ESTA OFICINA ME MATA

ESTA OFICINA ME MATA

Viola Veloce

SUMA
de letras

Título original: *Omidici in pausa pranzo*

Primera edición: junio de 2015

© 2014, Arnoldo Mondadori, S. p. A., Milán
© 2015, de la presente edición en castellano para todo el mundo:
Penguin Random House Grupo Editorial, S. A. U.
Travessera de Gràcia, 47-49. 08021 Barcelona
© 2015, Patricia Orts, por la traducción
© Cover Kitchen, por el diseño de cubierta
Iconos interiores de www.flaticon.com

Printed in Spain – Impreso en España

ISBN: 978-84-8365-923-6
Depósito legal: B-11943-2015

Impreso en Liberdúplex, Sant Llorenç d'Hortons (Barcelona)

SI59236

Penguin
Random House
Grupo Editorial

A Sabina Marchesi, la Onnisciente

Una mañana de invierno, mientras afuera nevaba con fuerza bajo una luz gris, K., ya agotado a pesar de haber apenas empezado la jornada, estaba sentado en su despacho. Para que no le molestasen con su presencia los subalternos había indicado a su ordenanza que no dejara pasar a nadie porque estaba abrumado de trabajo. Sin embargo, en lugar de trabajar, se removía inquieto en la silla y cambiaba lentamente de lugar los objetos que estaban sobre su escritorio y, por fin, sin reparar en lo que hacía, extendió el brazo sobre la mesa y se quedó inmóvil con la cabeza caída sobre el pecho.

FRANZ KAFKA, *El proceso*

LA MUERTE TE ESPERA EN EL BAÑO

Dónde habré puesto la tarjeta? Creo recordar que cuando fiché esta mañana la metí en el estuche de los bolígrafos, pero ahora no está ahí. Y ya llego tarde, el reloj marca las doce y treinta y uno. Aparto los folios que hay sobre el escritorio, levanto la calculadora y alzo el teclado del ordenador, pero no la encuentro. Busco en los bolsillos del anorak de plumas, nada, hurgo inquieta en el bolso. Encuentro chicles con varios siglos de antigüedad, tres paquetes abiertos de kleenex, carteras, el móvil, recibos del supermercado... Mis dedos tocan el plástico rígido de la tarjeta magnética, ahí está. La cojo y bajo corriendo las escaleras.

Frente a los tornos, Michele me espera ya para salir a comer juntos. Me mira irritado porque no llego puntual.

Michele pretende que no me retrase un solo segundo de las doce y media, hora que ha establecido como «ideal» para salir a comer, dado que en ese momento aún no hay demasiada gente. Y yo trato de contentarlo, porque ahora solo me gusta ir al bar con él.

Su humor serio y meditabundo se adapta como un guante al mío de los últimos tiempos, tétrico a más no poder. No podría soportar el parloteo de mis compañeras, que charlan sobre sus maridos; en cambio, me encantan las largas conferencias de Michele sobre los ensayos de Historia que está leyendo: puede contarme todo un siglo de guerras papales sin que yo diga una palabra. Mastico y asiento con la cabeza, feliz de no tener que hablar de zapatos, vestidos, niños o, especialmente, de maridos.

Así que Michele me saluda con una mueca para castigarme por el retraso, después pasa a toda prisa la tarjeta por el detector del torno y echa a andar a la velocidad de un torpedo. Tiene miedo de no encontrar una mesa libre en el bar que frecuentamos a diario. Dos salas grandes y melancólicas con fotos amarillentas de bocadillos colgadas en las paredes y un pretencioso menú del día en la pequeña pizarra que hay a la entrada, frente a la cual se paran todos para echar una ojeada antes de pedir el consabido escalope plasticoso con ensalada mixta, que en Milán se ha convertido en el plato estándar del trabajador de oficina.

Mientras echo también un vistazo, Marinella Sereni se acerca a mí —en el despacho estamos sentadas una delante de otra—, acompañada por el bigotudo con que suelo verla en el bar.

—¿Qué delicia nos esperará hoy? —pregunta a su compañero, descolorido como un fantasma y lo bastante insípido como para tolerar a diario la compañía de Sereni durante la pausa de mediodía.

Mi compañera de escritorio, de hecho, es un peso muerto insoportable: solo habla de las asquerosas recetas que le prepara a su hijo todas las noches y de las ganas que tiene de ir de vacaciones a la casa de la Romagna que ella y su marido compraron hace unos años en medio de las playas húmedas y plagadas de mosquitos de Ferrara.

A nadie le apetece ya seguir escuchando las historias sobre sus cutres iniciativas culinarias y sobre la dichosa casita, exceptuando, por lo visto, al miserable con bigote, que debe de ser más desafortunado que ella si no encuentra una compañía mejor para salir a comer.

Veo que Sereni guiña sus ojos miopes en dirección a la pizarra para ver si en ella figuran de verdad los *fusilli* con verdura y el guiso de carne. Su pasión es la quiniela-menú. Al modo de una pitonisa de los fogones, le gusta adivinar los platos del día. Piensa que ha logrado penetrar en la mente del cocinero y que ha descubierto en ella los oscuros biorritmos que regulan el ciclo de los platos que se sirven, cuándo es el momento de las albóndigas con patatas o, por el contrario, cuándo ha decidido el chef descongelar un pedazo de merluza. Puntual como la muerte, todas las mañanas, a las once comunica su profecía.

Si bien el oráculo había vaticinado para hoy *fusilli* y guiso de carne, oigo que Sereni resopla decepcionada:

—Caramba, me he equivocado: ¡han hecho *risotto* con calabaza y muslos de pollo!

Acto seguido entra, despechada, y el colega-ecto-plasma la sigue dócilmente.

Logro atisbarla entre la multitud una última vez mientras muerde abatida un gomoso sandwich de jamón y queso. Puede que la rabia la haya hecho renunciar al menú del día.

Yo, en cambio, lo pido y me siento con Michele a dar buena cuenta de la comida, aliñada por su charla tranquila, para no echar a perder el momento más bonito del día en que solo tenemos que esforzar la mandíbula.

El camarero tarda una eternidad en traernos la cuenta y, después de salir del local, Michele me obliga a correr para seguirle el paso. También ha planificado el horario para volver al trabajo y debemos recuperar el par de minutos que acabamos de perder. Cuando llego jadeando a la oficina me quito el anorak de plumas y me dejo caer en la silla tapizada en la que debo pasar cuatro horas más para realizar mi aburrido trabajo en la unidad más soporífera del mundo —la de Planificación y Control—, a la que me incorporé hace diez años, y de la que escaparía ahora mismo si no tuviese miedo de perder para siempre mi fantástico contrato indefinido, que hoy ya no le hacen a nadie.

De hecho, aún puedo pedir permisos no retribuidos y quedarme en casa cuando tengo gripe sin la angustia de que me pongan de patitas en la calle cuando venza el contrato, como les sucede, en cambio, a los consultores con contratos precarios. Claro que hay días en que me tiraría del Duomo ante la perspectiva de pasar treinta años más en este puesto, pero, cuando menos, me tiraría con el estómago lleno, eso seguro, y no vacío, como les ocurriría a los jóvenes con contratos por obra que se renuevan de un año para otro —si todo va bien— aunque trabajen tanto como nosotros.

Miro aturdida unos segundos las fotos que se deslizan por el salvapantallas de mi ordenador y luego me levanto de la silla. Cojo el neceser con el cepillo de dientes y el dentífrico. Arrastrando los pies, me dirijo a «las letrinas», como lo llamamos Michele y yo, porque los cuartos de baño no han cambiado desde que se fundó la empresa hará unos cuarenta años, y están llenos de armaritos desvencijados con unas etiquetas pegadas en que figuran los nombres de viejas empleadas —Antonia, Marina, Giovanna—, que deben de haberse jubilado ya. Ni siquiera sé si alguien tiene la llave de esos armaritos prehistóricos, vacíos y sin utilizar desde no se sabe cuándo.

Dejo la bolsita encima de uno de los lavabos. Hago salir un poco de pasta blanca del tubo de dentífrico y, cuando estoy a punto de meterme el cepillo en la boca, alzo los ojos al espejo y veo el reflejo de dos pies que asoman abandonados por la puerta de una de las cabinas, que son como las de Sing Sing, abiertas por arriba y por abajo.

«¿Qué hacen ahí unos pies?», pienso desconcertada, porque por lo general los pies suelen estar pegados a unas piernas en posición vertical. Algo no encaja.

Con el cepillo en la mano me acerco a esos pies, que siguen en el mismo punto, inmóviles.

Parecen los de Marinella Sereni. Reconozco enseguida los zapatos de salón de color marrón que llevaba hoy, combinados, como siempre, con una falda beis y una blusa de florecitas de color rosa.

Puede que haya sufrido un soponcio o que se haya desmayado... Movida por el instinto, abro la puerta del retrete de un manotazo. Sereni está en el suelo, tumbada sobre las losas grises, con la cabeza cerca de la taza del váter. Tiene los ojos abiertos y un enorme lazo corredizo blanco alrededor del cuello.

¡Dios mío, está muerta, tiesa como una tabla!

Un fluido helado corre por mis venas. Siento las manos y la cabeza muy frías, como si mi corazón fuera a detenerse congelado por el miedo. Solo siguen funcionando los ojos, de manera que miro atontada la falda de color beis de Marinella, perfectamente colocada sobre las piernas. Incluso tiene los brazos apoyados en el pecho y las manos cruzadas, una sobre otra, como si el asesino hubiese compuesto el cadáver antes de salir del baño. Sereni parece lista para entrar en el ataúd: sólo le faltan los cirios y las coronas de flores.

No sé cuántos segundos tardo en gritar: «¡Un muerto, hay un muerto, socorro!», casi sin comprender lo que estoy diciendo. Luego me precipito fuera de la cabina sin dejar de gritar.

Pero nadie parece oírme... ¿será posible que no hayan vuelto de comer? ¿Y ahora qué hago? ¿Me pongo de nuevo a gritar en el pasillo y subo al cuarto piso para avisar a Vernini, nuestro director? El problema es que está prohibido entrar en su despacho sin una cita. No obstante, esta vez hay un muerto de por medio. ¡Digo yo que comprenderá por qué me he saltado el procedimiento!

No puedo esperar a que llegue el ascensor —se ha parado a saber dónde—, de manera que corro hacia la escalera. Subo los tres pisos como una exhalación. La puerta de Vernini está cerrada, como siempre. Recupero el aliento y espero a que mi corazón vuelva a latir a un ritmo sensato. Llamo con delicadeza un par de veces.

Laura no responde. El director hizo poner el escritorio de su secretaria en una especie de antesala que hay que atravesar para alcanzar el despacho imperial, donde se encierra días enteros. Solo Laura tiene derecho a llamar a su puerta, mientras que el desgraciado de turno que ha sido convocado debe esperar de pie a que se le conceda el permiso para entrar.

Aguzo unos segundos la oreja para ver si oigo algo, pero el silencio es absoluto. Puede que tampoco Laura haya vuelto de comer. Hago acopio de todas mis fuerzas y empujo hacia abajo el picaporte. Entro sigilosamente en la salita, que está desierta, y doy un par de golpecitos ligeros a la puerta del director.

El ruido de los nudillos en la madera no causa ninguna reacción. ¡Mierda! Habrá salido él también. Del despacho no llega siquiera un susurro. Cada vez estoy más agitada. Puede que sea por su estatura —un metro noventa— y por la perilla mefistofélica y ya entrecana, pero si me topo con Vernini, incluso en la escalera, me invade una onda de pánico puro y primitivo y me quedo paralizada. ¿Cómo encontraré el valor para decirle que he encontrado a Sereni muerta en los servicios de señoras?

Pero la puerta se abre de repente y el director me mira atónito. La inesperada intrusión de una empleada en su santuario, que no ha pedido a Laura la correspondiente cita, lo ha dejado perplejo.

—¿Qué hace aquí, Zanardelli? —silba acercándose a mí como si quisiera darme una bofetada—. ¿Quién le ha dado permiso para entrar?

No logro responderle: su aparición me ha dejado petrificada. Boqueo un instante y a continuación emito una especie de grito ahogado:

—Marinella Sereni está muerta...

Él me mira como si le acabase de anunciar la reaparición de la Atlántida delante de las Columnas de Hércules.

—¿Qué está diciendo?

Le suplico:

—Es cierto, ¡he visto su cadáver en el baño del primer piso! ¡Tenía una cuerda alrededor del cuello... debemos llamar a la policía!

Vernini me aferra entonces un brazo sin decir una palabra y se precipita hacia el ascensor. Entramos juntos en la cabina como si estuviéramos esposados, él presiona con violencia el botón del primer piso y cuando se abren las puertas me empuja afuera sin soltarme el brazo. Pero al llegar frente al baño doy un rapidísimo salto hacia adelante, abro la puerta de la cabina y señalo el cadáver de Marinella.

—¿Y esto qué le parece? —exclamo ufana, como si me alegrara de que alguien la hubiese matado.

Vernini se pone más blanco que una sábana, parece que va a desmayarse. Empieza a repetir como una cantinela: «¿Por qué a mí, por qué a mí…?» y luego, en un ademán de complicidad del todo imprevisto, apoya una mano en mi hombro y gime: «Primero el tribunal anula la externalización del *call center* y ahora encuentro un muerto en el baño: ¡es mi ruina!».

Tengo la impresión de ser víctima de una alucinación auditiva. ¿Cómo es posible que Vernini sea capaz de ponerse a hablar de los compañeros del centro de llamadas con un cadáver delante? El director intentó deshacerse de esos trabajadores hace un año recurriendo a la estratagema de escindir el departamento de atención al cliente de la empresa para volver a subcontratarlo, lo que supuso que los enviaran a todos a un almacén perdido en medio de la llanura padana. Pero los del centro, en lugar de aceptar su infausto destino, solicitaron al magistrado de trabajo que anulase la escisión, dado que, pese al traslado, seguían respondiendo a las mismas llamadas de antes. Después, unos veinte miembros del sindicato acamparon con tiendas y banderitas rojas bajo las ventanas de la sede de Milán, hasta el día en que el juez condenó al director a readmitir a todos los trabajadores y a pagar las costas de la «parte contraria», como los llamaba Vernini con evidente disgusto.

Con todo, eso no justifica su reacción. ¿Qué pretende hacer? ¿Envolver el cadáver de Sereni en una alfombra y bajarlo por la escalera de servicio para arrojarlo a un contenedor de basura, evitando de esta forma la convocatoria de nuevas asambleas sindicales sobre, quizá, la seguridad de los empleados en los cuartos de baño de la empresa?

Desconozco lo que pasa por su mente en este momento, pero es probable que esté buscando una «solución». Tal vez, si pudiese, cortaría a Sereni en trocitos y la tiraría al váter. Luego se desharía también de mí para no tener testigos de sus prácticas «antisindicales».

—Siento lo que está sucediendo, señor, pero creo que deberíamos llamar a la policía… —balbuceo apurada, dando por hecho que la cuerda que rodea el cuello de Sereni es un drama que le afecta más a él que a la pobre desgraciada que acaba de morir.

Vernini parece recuperarse:

—Tiene razón, Zanardelli, pero hay que evacuar el edificio para que nadie toque nada ni pueda entrar en el baño. ¿Sabe lo que vamos a hacer? Haremos sonar la alarma antiincendios, así todos abandonarán sus cubículos, y yo llamaré a la policía.

Me empuja fuera del cuarto de baño y saca el móvil de un bolsillo. Marca un número y acto seguido ruge:

—¡Soy Vernini, dad la alarma antiincendios y evacuad los despachos! ¡Tranquilos, solo es un simulacro, luego os lo explicaré!

Al cabo de medio segundo oímos que los altavoces anuncian la orden de desalojo: «Se ruega a los empleados que abandonen el edificio por las salidas de emergencia».

Los pasillos, en cambio, siguen desiertos. Solo Luigi Randazzo, el responsable de nuestra planta en caso de incidentes, sale dócilmente de su oficina.

—¿Otro simulacro? —pregunta con aire de fastidio—. ¡El último fue hace dos semanas!

El año pasado hizo el curso de bombero y cada vez que se produce una falsa alarma debe convencer a sus compañeros para que sigan el procedimiento, pese a que todos saben que se trata de los habituales ejercicios, estúpidos a más no poder. Entretanto se pone de mala gana una chaqueta fluorescente y da la vuelta al piso diciendo: «Vamos, por favor, salid...», y bracea para acompañar sus palabras.

No obstante, esta vez el director parece que va en serio.

—¡Vamos, Randazzo, aprisa, haga salir a todos y reúnalos delante de la entrada!

Cada vez más crispado, Luigi insiste:

—Pero ¿a qué viene esta prueba ahora? ¿No es mejor hacerla por la mañana?

Vernini lo fulmina con la mirada:

—¡Póngase la estúpida chaqueta y haga lo que le digo! Salga usted también, señora Zanardelli, luego la llamaré.

Luigi saca la chaqueta naranja de un armarito e inicia su vía crucis: «Vamos, salid, por favor...».

De las oficinas solo asoman tres o cuatro personas, que lo siguen reticentes, mientras yo corro a coger el anorak y el bolso para salir con ellos. En un abrir y cerrar de ojos, todos los compañeros que se habían diseminado por los bares de la zona están reagrupados a la entrada de la empresa. Un par de ellos hacen amago de entrar, pero encuentran la puerta acristalada cerrada con llave. Guardamos diez minutos de nervioso silencio. Luego, un tipo que conozco de vista empieza a arengar a la multitud: «¡Se nos va a cortar la digestión con este frío! ¡Basta con estas payasadas de los simulacros de evacuación!».

Yo estoy sola, un poco aparte. Veo la cara de Sereni resplandecer ante mí, pálida y apagada, con esa horrible cuerda alrededor del cuello. ¿Qué pudo haber hecho Marinella para que alguien la estrangulase? Quizá tuviera una vida secreta de la que nadie sabía nada. Pero no puedo creerme que tuviese un amante. Ya me resulta difícil imaginármela con un marido. ¡Una tipa así no podía tener una doble vida! Se lavaba el pelo una vez a la semana, los domingos, como solía ir contando por ahí, y el jueves, cuando ya estaba un poco sucio, se lo recogía en una coleta pringosa con aspecto de cola de castor...

Oigo que mis compañeros refunfuñan a mi lado pero no logro comprender lo que dicen. Es como si asistiera a todo desde lejos. Hace tiempo, no recuerdo cuánto, leí un artículo sobre los que regresan de las puertas de la muerte: ahogados y reanimados, víctimas de un infarto y operados. Cuentan que se separaron del cuerpo y vieron desde lo alto a los médicos trajinado con el desfibrilador, mientras ellos permanecían serenos y tranquilos. Igual que yo ahora. Ya no siento nada, deambulo por la plaza con indolencia. Vernini se encargará de comunicar la mala noticia. En el fondo, Sereni era uno de sus «recursos» —como a él le gusta llamarnos—, así que le corresponde anunciar la pérdida de dicho recurso, que en este momento goza ya del descanso eterno.

Al cabo de unos minutos llegan un par de coches patrulla con las sirenas encendidas. Se detienen de golpe delante de nosotros dando un frenazo impresionante. Los policías se apean a toda prisa y corren hacia la entrada. Vernini se apresura a abrir la puerta para dejarlos pasar y luego la cierra de nuevo.

La multitud de empleados suelta una especie de «ooohhh» de asombro a la vez que alguien me toca un hombro. Oigo una voz que dice: «¿Qué te pasa? ¡Estás blanca como la pared!».

Tardo un par de segundos en relacionar la voz de Michele con su cara, como si mis ojos y mis oídos estuvieran desconectados. Apenas logro verlo, pero después su rostro sonriente emerge de la niebla de indiferencia en que me había hundido.

Enseguida me siento aliviada. Estar con él es como ingerir una dosis de valium, pero con una ración de lógica. Michele trabaja en la empresa desde hace diez años; de hecho, nos contrataron casi a la vez. Al principio me parecía un tipo estrafalario, con su licenciatura en Matemáticas y la pedantería propia de los informáticos, que transforman la vida en códigos de barras.

Él no tiene emociones como los demás. Él programa las emociones. Decide cuándo conviene amar a una mujer —su novia— o querer a alguien como yo, que aprecia su compañía y se traga sus disertaciones sobre la Edad Media en la pausa para comer mientras mastica en silencio.

Mi compañero de bar calcula todo y nunca es imprevisible ni está deprimido, ni siquiera de mal humor. Cuando estamos juntos tengo la impresión de navegar en un velero en un día soleado y con el mar en calma.

Michele es, de hecho, programador, y ha organizado más de la mitad de los sistemas informáticos que usamos. Además logra convertir todo en una ecuación, que luego resuelve de manera espléndida en un par de pasos. Es capaz de decirte en tres minutos cuántos años vas a tardar en amortizar lo que te has gastado en la lavadora dependiendo de si los miembros de tu familia son dos, tres o cuatro. Y si llegase el día del Juicio Universal pondría a punto un modelo estadístico para predecir la sentencia final con un margen de error del 0,01 por ciento.

No obstante, tiene el defecto de conjugar sus cálculos abstrusos con un sentido común que, a menudo, raya en la banalidad más absoluta. Como ahora. De hecho, me dice sin inmutarse:

—Puede que haya ocurrido algo.

Me gustaría contarle lo que he visto en el baño, pero aún estoy atontada y no me apetece descomponer su mundo perfecto con la noticia de una muerte repentina y en ningún caso planificada.

Entretanto, la explanada se llena poco a poco de personas. Solo ahora me doy cuenta de que apenas conozco a mis compañeros, que charlan en voz baja en pequeños grupos. Al verlos me parecen todos iguales: los hombres con los chaquetones grises y los hombros encogidos por el frío de enero, y las mujeres con algo más de color, pero en todo caso poco contentas de verse obligadas a estar fuera a tres grados bajo cero.

Por fin, el director pone término a la espera. Se asoma por la puerta y anuncia:

—¡Se ruega a la señora Zanardelli que entre! ¡Sola!

Michele me mira con los ojos desmesuradamente abiertos y, dado que sé cómo razona, lo tranquilizo:

—No te inquietes, porque la única vez que he cometido un delito en mi vida fue cuando hace un mes cogí tres mandarinas en el bar, en lugar de las dos que permite el menú.

Me dirijo hacia la entrada mientras todos se apartan estupefactos, abriéndose como las aguas del mar Rojo. En el vestíbulo veo al director en compañía de un par de policías. Me presenta abiertamente:

—La señora Zanardelli.

El policía más viejo me habla en tono casi afable:

—Buenos días, soy el inspector Lattanzi. —A continuación se dirige a Vernini—: ¿Es ella la que encontró el cuerpo de la víctima?

La palabra víctima me arranca del torpor.

—Pero yo no la he matado, no he sido yo...

El inspector me mira perplejo y comprendo que, presentándome así, ya me he exonerado de toda posible sospecha.

—No se preocupe, señora, si el asesino fuera siempre el testigo que encuentra el cadáver, los policías no tendríamos nada que hacer —me responde; entretanto, el otro agente observa el entorno con aire agresivo, como si quisiera hacer salir a una manada de peligrosos asesinos de detrás de las fotocopiadoras y los percheros solo con el poder de su mirada.

También el director trata de calmarme con una cortesía inexplicable:

—Zanardelli, solo quieren charlar un poco con usted, dado que fue quien encontró el cuerpo de la pobre Marinella. Venga, vamos a sentarnos en mi oficina, así estaremos más tranquilos.

Lattanzi se vuelve hacia su compañero.

—Yo hablaré con la testigo, tú vigila que nadie entre en el baño antes de que llegue la policía científica.

El hombre asiente y se marcha. Entramos en el ascensor en silencio. El director tiene cara de funeral, a saber cuánto tiempo pretende estirar la historia de la «pobre Marinella». Hace un cuarto de hora solo le preocupaba su estúpida carrera y ahora finge pesar porque alguien ha asesinado a Sereni. Seguro que quiere un pañuelo para enjugarse las lágrimas ante los agentes.

—Siéntese, Zanardelli —exclama cuando entramos en su despacho, señalando una silla tapizada de terciopelo que hay delante de su escritorio.

Lattanzi se acomoda a mi lado, a la vez que Vernini se hunde con aire sumamente serio en el enorme sillón de cuero desgastado que conquistó hace doce años, cuando lo nombraron director general. Mira a su alrededor y observa por un instante su adorado ficus benjamina, que a estas alturas parece más bien la planta de las habichuelas mágicas porque, en los dos lustros de cuidados obsesivos de la secretaria, ha crecido hasta rozar el techo.

—Puede iniciar el interrogatorio de la testigo —pronuncia con frialdad, como si fuera el juez de uno de esos programas televisivos que emiten a las dos de la tarde.

—Veamos, señora Zanardelli —dice el inspector con la sonrisa afable de buen un padre de familia, que contrasta con el cinturón y la pistola apenas ocultos por su barriga de cincuentón—. ¿Puede contarnos lo que vio cuando entró en el baño?

Farfullo unas palabras inconexas:

—Iba a lavarme los dientes cuando vi los pies de Sereni, que asomaban de una de las cabinas…

—¿Cómo supo que eran los pies de su compañera? —me interrumpe Lattanzi.

—Verá, la señora Sereni tenía una extraña manía: combinaba la ropa siempre de la misma forma, incluidos los zapatos. Si, por ejemplo, se ponía una falda beis, la blusa era de flores y los zapatos de salón, invariablemente, marrones. Una obsesión, vaya, y, dado que se sentaba delante de mí, conocía de memoria sus combinaciones… —A medida que hablo me voy sosegando, de forma que incluso logro hacer una pregunta al inspector—: ¿Cómo es posible que la mataran en el baño, dado el riesgo de que alguien entrara mientras la estaban estrangulando? El asesino debe de haber sido muy rápido. ¡No creía que fuera tan fácil asfixiar a una persona!

Él pierde de inmediato su aire sosegado y me pregunta con suspicacia:

—¿Por qué dice que fue fácil matarla?

Me doy cuenta de lo que estoy haciendo. ¡Bravo! Pero es tarde para refrenarme:

—No lo sé… si alguien intentase estrangularme supongo que lo golpearía, me defendería. En cambio, Sereni ni siquiera tenía la blusa desgarrada, todo estaba en su sitio… —trato de explicarle.

—¿Y eso le hace pensar que estrangular a una persona es fácil, usando su misma expresión?

Balbuceo otra memez:

—Puede que fácil no sea la palabra correcta, pero pienso que Sereni conocía al asesino, dado que no se defendió…

El inspector esboza de nuevo su sonrisa meliflua.

—Señora, déjese de suposiciones y hábleme de su compañera… ¿le hizo alguna confidencia alguna vez, quizá sobre su vida privada? Hábleme un poco de ella.

Exhalo un suspiro a la vez que intento recordar algo agradable sobre Sereni, pero no lo consigo. Si le digo que solo se lavaba el pelo los domingos pensará que soy una cotilla. De nada servirá que deduzca que soy una capulla que habla mal de una muerta. Balbuceo una frase a medias:

—En realidad, hablábamos poco… además siempre comía con el mismo colega, un tipo con bigote que no conozco.

Lattanzi asiente con la cabeza.

—Sí, ya lo hemos convocado. Hablaremos también con él. Usted y la señora Sereni estaban asignadas al departamento de Planificación y Control, ¿cuántas personas trabajan en él?

—Cinco, incluida ella. Nuestro jefe, el señor Ferrari, tiene un despacho para él solo, como todos los directivos.

—¿Sabe si la señora Sereni tenía enemigos?

—Auténticos enemigos no, pero quizá tampoco amigos…

—Explíquese mejor.

Solo hay una manera de explicarse mejor: decir la verdad, que de nuevo sale por mi boca como si otro hablara en mi lugar.

—El problema es que Sereni se las apañaba para que la echasen de todos los departamentos a los que la mandaba el director porque reñía con sus compañeros y no sabía hacer nada. Debía de tener unos cincuenta y cinco años y la habían contratado hacía mucho tiempo, cuando en el departamento de Contabilidad se trabajaba con calculadoras. ¿Recuerda las que tenían la cintita de papel? Pues imagínese, ella aún tenía una en el escritorio.

Lattanzi está perdiendo los estribos.

—¿Qué tienen que ver con todo esto las calculadoras?

—Sereni no había aprendido a usar el ordenador. ¡Si la hubiera visto mover el ratón comprendería lo que quiero decir! ¡Lo movía por la mesa durante diez minutos y luego miraba la pantalla para ver adónde había ido a parar la flechita! En fin, ¿cómo puede trabajar en Planificación y Control alguien que ni siquiera sabe usar el ratón? Pero por increíble que parezca, conseguía hacer unas partidas interminables de solitario... por lo demás, no creo que fuera tampoco gran cosa con la calculadora. El señor Ferrari decía siempre que Sereni aún no había entendido la diferencia entre una suma y una resta...

—¿Y qué?

—¡Pues que casi no sabía hacer cuentas! Pero, como se negaba a reconocer sus limitaciones, se cabreaba con los demás. En su opinión, la culpa era nuestra, porque no comprendíamos sus «potencialidades», como las llamaba ella, y a estas alturas ya no se hablaba con nadie. Pasaba las horas mirando no sé qué en la pantalla del ordenador o haciendo solitarios, y todas las mañanas, a las once en punto, anunciaba su profecía: cuál iba a ser el menú del día en el bar donde vamos a comer. A las doce y media pasaba a recogerla su amigo y volvían al cabo de una hora. Eso es todo.

Siento los ojos nerviosos de Vernini clavados en mí.
Quizá no debería haber soltado que cambiaban a Sereni
de una oficina a otra y que no conseguían encontrarle un
puesto definitivo. De hecho, el jefe empieza a revolverse
en el sillón, se enrolla como una ola a punto de romper.
Él quiere que me calle de inmediato, pero el inspector no
ceja:

—¿No recuerda nada más de su compañera?

—Sí, hace un mes nos contó que había ido a la fiesta de la castaña en su parroquia con su hijo y su marido...

Lattanzi no parece muy interesado en las castañas.

—¿Conocía a su marido? Llegará de un momento
a otro...

—No, creo que ninguno de nosotros lo conoce
—murmuro enternecida—. Pero ¿lo van a llevar al baño?
¡Será terrible ver a su mujer con la cuerda alrededor del
cuello! —Luego añado sin querer—: Pobre Casper...

Vernini me atraviesa con la mirada.

—¿Cómo la ha llamado?

Trato de salir del apuro como puedo.

—¡Disculpe la metedura de pata! La llamábamos
así por la caspa que tenía siempre en las blusas...

—¡Estamos hablando de una mujer muerta, señora
Zanardelli! —ruge Vernini desde lo alto de su trono.

A Lattanzi tampoco debe de haberle gustado mucho
mi incauto comentario, porque me ordena con frialdad:

—¡Espérenos fuera del despacho, por favor!

Ejecuto la orden sin replicar. Maldita yo y maldita
mi lengua. Mientras salgo me cruzo con un tipo de aire

distinguido que entra y saluda al inspector sin demasiados miramientos:

—Hola, Lattanzi, he visto el cuerpo…

—Le presento al doctor Micieli, el forense —dice entonces el policía dirigiéndose a Vernini—. Disculpe, director, ¿le importaría dejarnos solos unos minutos? Le llamaré cuando hayamos terminado.

Es la primera vez en la historia de la humanidad que alguien desaloja a Vernini de su despacho, pero él encaja el golpe con dignidad.

—Faltaría más, ¡considérense en su casa! —dice con aire servil y una sonrisa de circunstancias.

Pero, una vez en la antesala, finge que cierra la puerta y en realidad deja abierta una pequeña rendija. Se pega al marco para poder oír, a la vez que me ordena que me calle con un ademán brusco de la mano.

Asiento con la cabeza, un poco asustada por la tensión que transmite y que le contrae las facciones. Oímos la voz del doctor Micieli, quien se apresura a decir:

—He ido ya al baño a echar un vistazo y la verdad es que todo me parece muy extraño. No he tocado nada, porque aún no ha llegado la policía científica. Antes de matar a la víctima el asesino debe de haberla atontado con un trozo de algodón empapado de éter, que luego ha echado al cesto. Aún se notaba el olor. Pero lo que más me ha impresionado es que, después de matarla, el asesino compuso el cadáver. Como si le molestase la confusión típica de la escena de un crimen. En fin, ¿quién puede ser el loco que primero estrangula a una mujer y luego le arregla ropa y le cruza los brazos sobre el pecho?

—Ya se ocuparán los criminólogos de trazar el perfil del asesino… en cualquier caso, tiene razón, es curioso —admite Lattanzi.

—Además, a primera vista no me parece que la violaran. Estaba perfectamente vestida, sin huellas de lucha ni de golpes. Aun así habrá que hacer todos los análisis… ¿el fiscal aún no ha llegado?

—Ya debería estar aquí —responde el otro.

De repente, oímos que se levanta de golpe y que se precipita hacia la puerta. Vernini me aparta de un empujón justo cuando el inspector sale del despacho con Micieli, quien se despide de él a toda prisa:

— Hablamos luego —dice, y a continuación añade, dirigiéndose a nosotros dos—: Pueden volver a entrar.

Vernini me mira ligeramente disgustado, pero al final se resigna a compartir con una empleada cualquiera el honor de realizar un interrogatorio reservado. Recupera su posición en el trono mientras Lattanzi le pregunta:

—¿Cuántas personas trabajan aquí?

El director tiene la respuesta preparada:

—Unas trescientas, más unos cuarenta consultores que se ocupan, sobre todo, de informática, y puede que cuatro o cinco empleados de la limpieza. Le puedo dar el nombre de los que estaban en la empresa mientras asesinaron a la señora Sereni, dispongo del dato gracias a los tornos de entrada.

—Bien, haga una lista y guárdela para el fiscal. No obstante, me pregunto si es fácil entrar en sus oficinas sin ser visto, quizá pasando por las salidas de seguridad o por una ventana de la planta baja...

—Las puertas de seguridad no se pueden abrir desde fuera y si se fuerzan o se abren desde dentro suena la alarma —contesta con firmeza el director—. He preguntado ya al servicio de vigilancia si se disparó alguna alarma, pero me han dicho que no. La situación era de absoluta normalidad. El problema es que, con frecuencia, los empleados dejan las ventanas abiertas, incluso las de la planta baja, y hace un mes, por ejemplo, nos robaron varios ordenadores... los ladrones entraron a buen seguro por las ventanas.

—¿No tienen cámaras de vigilancia?

—Solo delante de la entrada, pese a que en su día pedí que colocaran varias alrededor del edificio... —explica vacilante el director.

Lattanzi adopta un tono sostenido:

—Inspeccionaremos todas las entradas, pero ¡es absurdo que no haya controles en una estructura como esta! El asesino podría ser uno de sus empleados, pero también un desconocido que accedió al edificio desde fuera. ¡Y no tenemos ninguna grabación para poder verificar los movimientos dentro del edificio!

—¡Ninguno de mis empleados cometería la canallada de matar a un compañero! —El director alza con firmeza la voz mientras trata de defender con orgullo a sus recursos—. ¡El asesino tiene que ser uno de los consultores externos o un desequilibrado que saltó por una ventana!

—Deje que sea el fiscal el que averigüe quién ha sido. Él coordinará la investigación. Además, ¿cómo puede asegurar que todos sus empleados son unos santos y que los consultores, en cambio, tienen el permiso de asesino en serie guardado en un cajón? ¡No diga estupideces, por favor!

Vernini encaja dolorosamente el golpe, veo que palidece en silencio. Acto seguido dice:

—¿Podemos seguir a solas esta conversación? No creo que sea conveniente que la señora Zanardelli nos escuche.

Lattanzi se vuelve hacia mí.

—Tenga la amabilidad de esperarnos fuera, pero no se vaya, aún la necesito.

Me refugio en la antesala, donde no hay ningún sillón para los invitados, solo la silla de Laura, sobre la que no oso apoyar mis miserables y ordinarias posaderas. Al cabo de diez minutos, los dos hombres siguen encerrados. Me falta el aire, necesito salir a respirar un poco. Lattanzi puede venir a buscarme: a fin de cuentas, no pienso fugarme. Bajo corriendo la escalera, llego frente a la cristalera de la entrada y pido al guardia que me abra. En la explanada están mis colegas, inquietos a más no poder; llevan más de una hora al frío y a buen seguro querrán saber por qué.

Apenas asomo la nariz por la puerta, uno me señala en voz alta:

—¡Ahí está, es ella! ¿Qué pasa?

Apunto en silencio hacia Michele, y las aguas del mar Rojo vuelven a abrirse para dejarme pasar. Paola Diblasi, nuestra sindicalista, sale enseguida a mi encuentro gritando:

—¿Cómo se permite Vernini tenernos aquí sin motivo?

—Te juro que tiene un motivo magnífico —respondo a Cruella, llamada así desde la revuelta contra la externalización del centro de llamadas, que capitaneó con una ferocidad bárbara. Cruella fue, precisamente, la que convenció a los cincuenta telefonistas de que nombraran como representante legal a un abogado de la sección de conflictos del sindicato. Tras seis meses de lucha en los tribunales, el día de la sentencia celebraron el éxito en el salón de actos con un brindis colectivo, agitando las banderas rojas del sindicato. Desde entonces nuestra cabecilla salta a la mínima señal de peligro. Veo que se hincha como un pez globo.

—¡Si sabes algo dilo, Zanardelli!

A estas alturas ha desarrollado la habilidad mimética de parecer más gorda cuando se enfada. El pelo se le eriza en la cabeza mientras me mira con aire de hastío.

—Creo que el honor corresponde al director... —le respondo imperturbable.

—¿Dónde está ese gusano? —me suelta, cada vez más enfadada—. ¿De verdad piensa que puede obligarnos a contraer una pulmonía sin ninguna consecuencia sindical? ¡Se las verá conmigo!

La voz de Vernini, distorsionada por un megáfono, interrumpe su arrebato de furia. El director ha aparecido delante de la entrada, y sujeta con las dos manos el chirriante aparato:

—¡Atención, por favor!

Se hace el silencio en el grupo de compañeros ateridos. Vernini cabecea, como si algo penoso le impidiese hablar, pero al final dice:

—Una inmensa aflicción atenaza mi corazón —calla unos segundos, se toca el pecho—, porque debo daros una noticia terrible. Hoy han asesinado a una empleada, justo aquí, ¡en la empresa en que todos trabajamos en alegre y serena armonía!

Es la primera vez que lo oigo decir unas memeces semejantes, puede que le parezcan apropiadas para la ocasión. Nadie respira, todos esperan a que prosiga y revele el nombre del muerto. Pero él alza con ímpetu una mano y dice de un tirón:

—Así pues, os ruego que volváis a casa, está a punto de llegar la policía científica.

A continuación baja la mano con un gesto teatral de tres al cuarto y hace amago de volver a entrar en el edificio. Pero Cruella se abalanza sobre él como si quisiera hacerle un placaje de rugby antes de que desaparezca por la puerta. De un golpe le arrebata el megáfono y a continuación ruge por él:

—Que quede claro que si el director quiere que nos vayamos a casa no podrá reducirnos las horas del sueldo. ¡O nos da un permiso retribuido o no nos movemos de aquí!

Él recupera el megáfono dándole un tirón.

—¡La empresa no tiene la culpa de que hayan asesinado a un empleado!

Pero el terror ha invadido ya la explanada. Cerca de mí, un par de mujeres empiezan a gritar, como si alguien estuviera a punto de matarlas también a ellas. Sus aullidos asustan todavía más a sus compañeros.

Alguien pregunta a voz en grito:

—¿A quién han matado? ¡Tenemos derecho a saberlo!

Al mismo tiempo, otro trabajador hace altavoz con las manos y vocifera:

—¡No quiero morir también!

Cualquiera pensaría que Vernini ha montado un patíbulo delante de la entrada.

El director intenta gritar algo por el megáfono, pero el caos ahoga su voz. Empieza a hacer aspavientos con los brazos, como si pretendiera decir: «¡Dejadme hablar!». Al cabo de un par de minutos la plaza se calma y todos aguardan en silencio su declaración.

—Estad tranquilos, por favor, la policía aún debe hacer las primeras averiguaciones.

—¿Qué tipo de averiguaciones? —grita uno de los informáticos—. ¿Sabéis o no quién es la víctima?

Vernini pronuncia, por fin, el nombre.

—Se trata de la pobre Marinella Sereni, nos ha dejado de una manera espantosa. ¡La echaremos siempre de menos!

Es, a decir poco, un gusano —Cruella tiene razón—, porque ahora parece incluso que vaya a echarse a llorar.

Nos mira con los ojos brillantes y sacude lentamente la cabeza, después abre los brazos, como un padre deseoso de abrazar a sus hijos en el momento del dolor. Pero es solo un truco para volver a entrar, porque, de improviso, da media vuelta y desaparece.

La voz enardecida de la sindicalista retumba entre los empleados, que han enmudecido:

—Que nadie se mueva de aquí. ¡Esperaremos a que Vernini vuelva a salir!

El silencio se diluye en unos tímidos murmullos. Un compañero de Facturación masculla:

—¿Por qué la han matado?

—No tengo la menor idea —responde el que está a su lado.

—¿Sereni era la gordita que trabajaba en Planificación? —pregunta un tercero—. Pero ¿qué hacía exactamente? Nunca la he visto en una reunión.

—Vernini la cambiaba de oficina una vez al año para ver si le encontraba algo que hacer —interviene otro—, pero no se pueden pedir peras al olmo.

Michele, que lo ha oído todo, los mira como si fueran unos extraterrestres. Luego susurra:

—¿Cómo se puede chismorrear así sobre una persona que acaba de morir? Me voy: a fin de cuentas, la jornada ha terminado. Adiós, Francesca, si me necesitas llámame. —E inicia su recorrido matemático, que concibió para llegar a la parada del autobús con el menor número de pasos posible y del que es imposible desviarlo medio metro.

Una vez a solas, me aparto un poco del grupo. A mis compañeros les gustaría hablar conmigo, pero yo he puesto cara de pocos amigos, de forma que ninguno intenta acercarse. Entretanto llegan más coches patrulla, además de dos furgonetas de las que se apean unos agentes vestidos con un mono blanco, con una especie de capucha y las palabras «Policía científica» escritas en la espalda. Descargan a toda prisa unos maletines metálicos y entran como un rayo en la empresa.

Al cabo de unos minutos Vernini vuelve a aparecer y me llama por el megáfono:

—¡Se ruega a la señora Zanardelli que entre de nuevo! —Luego anuncia magnánimo—: Tenéis un permiso retribuido de cuatro horas. Idos a casa, nos veremos mañana.

Cruella lanza un grito de victoria mientras yo me encamino afligida hacia la puerta. En el vestíbulo veo enseguida a Lattanzi.

—¿Dónde se había metido? Le dije que nos esperara, tenemos que tomar sus huellas dactilares. Debe venir con nosotros a jefatura.

Esa palabra es como un mazazo.

—¿A jefatura?

El inspector pierde la paciencia.

—¿Qué cree que hacemos en jefatura? No torturamos a los testigos… —Pero no le da tiempo a concluir la frase, porque en ese momento suena su móvil. Se apresura a responder, escucha un segundo y dice—: Sí, de acuerdo, los zapatos también.

A continuación resopla y me comenta:

—Le advierto que le van a pedir que entregue también los zapatos para compararlos con las huellas que hay en el baño. A propósito, permítame que eche un vistazo... —Me escudriña los pies. Saca un cuaderno de notas del bolsillo y escribe, recitando en voz alta—: Bailarinas negras... ¿qué numero calza, el treinta y ocho?

—El treinta y nueve...

Añade el número, cierra el cuaderno y me da nuevas instrucciones:

—Estamos esperando al fiscal, que debe examinar el cadáver. Se llama Silvio Guidoni y quiere hablar con usted, pero también esto es normal, forma parte del procedimiento de investigación. Así que escúcheme: cuando acabemos en jefatura, unos agentes la acompañarán a la fiscalía. ¿Sabe dónde está?

—No...

—Está en el tribunal, lo conoce, ¿no? No se desmaye, se lo ruego, porque tampoco allí torturan a los testigos. En caso de que Guidoni no haya llegado tendrá que esperarlo, pero ya verá cómo será la primera a la que interrogarán.

Después, sin darme siquiera tiempo a replicar, dos policías me flanquean a la vez que me ordenan:

—¡Venga con nosotros, por favor!

Me cogen por los brazos y me arrastran afuera a toda prisa. Cuando llegamos al coche patrulla abren la puerta, me meten dentro como si fuera la asesina y partimos a mil por hora, como si estuviéramos en el circuito de Imola. Echo un último vistazo a los compañeros que abarrotan la explanada… tengo la impresión de que todos me miran, mientras el coche avanza derrapando. ¿Pensarán que la he matado yo?

Comprendo que estoy llorando por los movimientos convulsos y violentos de mis hombros, sollozo tan fuerte que uno de los policías se compadece de mí y me ofrece un pañuelo gigantesco.

—¡Tranquilícese, señora! El inspector nos ha dicho que solo quieren interrogarla. Por desgracia ha tenido la mala suerte de encontrar el cadáver. Ya verá como no es la única que tiene que ir a jefatura.

La idea de que tomen también las huellas dactilares a Vernini no es, en cualquier caso, un gran consuelo. Las lágrimas no dejan de caer… me gustaría tirarme del coche y morir en el acto. ¿Cómo es posible que hace dos horas estuviera comiendo en el bar con Michele y ahora viaje desesperada con dos policías de rostro torvo que no despegan el pie del acelerador?

La cosa es extraña y no me avergüenzo de mis quejas. Siento que estoy liberando las lágrimas que he contenido en este año de mierda. Como cuando vas al funeral de alguien al que solo has visto dos veces en tu vida y te pones a llorar como una Magdalena cuando pasa el ataúd. Y comprendes que el funeral es únicamente un pretexto para desahogar la infelicidad que has alimentado hasta ese momento y que ahora puedes manifestarla por fin sin avergonzarte demasiado.

El policía que conduce da un frenazo digno de un especialista de películas de acción: hemos llegado a la jefatura. El agente del pañuelo enorme me obliga a bajar del coche patrulla con mayor dulzura que cuando me empujó al interior delante de mis compañeros. Lo sigo con los ojos anegados en lágrimas. Luego me mete con firmeza en un ascensor y cuando salimos de él, en el último piso, se dirige directamente a una puerta cerrada. Llama con fuerza al timbre. Nos abre un policía muy educado que saluda ceremonioso al estrafalario dúo que formamos y me pide de inmediato el carné de identidad:

—Tenemos que hacer una fotocopia, señora Zanardelli.

Se lo doy, y él se lo entrega a un compañero, que se apresura a escribir algo en el ordenador. Luego el policía del pañuelo me acompaña al despacho donde toman las huellas dactilares. Tengo que apoyar la mano y las yemas en una especie de escáner que emite una luz roja. Me tranquilizo mientras el agente que nos ha abierto la puerta trajina con la máquina. Estaba convencida de que iba a salir de aquí con las yemas manchadas de tinta, como Al Capone, y la buena noticia de que eso no vaya a suceder me anima.

Luego los policías me escoltan a otra habitación. El tipo que ha usado el escáner me señala una silla y me dice:

—Siéntese y denos los zapatos, tenemos que registrarlos.

Vacilo un segundo.

—Perdone, pero ¿voy a tener que caminar descalza?

Él sonríe con afabilidad.

—¡No, claro que no!

Saca de un armario un par de zapatillas monstruosas, como las de los hoteles.

—Póngaselas —me dice todo contento, como si me acabara de regalar un par de zapatos de la última colección de Prada. Pero en realidad son unas pantuflas de rizo blanco que solo sirven para salir de la ducha y arrastrarse hasta la cama.

Lo miro atónita.

—¿Pretende que vaya por Milán en zapatillas? ¿Cómo me voy a presentar así en la fiscalía?

El policía que me prestó el pañuelo debe de ser un buen chico, porque, una vez más, sale en mi auxilio.

—No se preocupe, nosotros la acompañaremos.

Así pues, no hay manera de librarse de las pantuflas. Me quito resignada los zapatos y me las calzo. Luego me hacen firmar no sé cuántos folios. Me veo obligada a concentrarme en mi dirección, mi fecha de nacimiento y la descripción de las bailarinas negras, y ello me sumerge de nuevo sin que me dé cuenta en el estado de ánimo sereno y congelado de los semimuertos.

Cuando salimos de la jefatura, a las seis de la tarde, subo al coche calzada con las pantuflas, con una naturalidad que me sorprende incluso a mí. En diez minutos llegamos al tribunal y nos dirigimos a paso de marcha al despacho del fiscal Guidoni, oculto al fondo de un pasillo que parece tener un kilómetro de largo.

Llamamos. Una voz nos responde enseguida: «Adelante». Míster Pañuelo abre la puerta haciendo gala de una fuerza impresionante, como si quisiera tirarla abajo.

Dios mío. Jamás habría imaginado que la investigación de un homicidio se coordinase en un lugar tan triste como este. Parece el despacho del director de mi antiguo instituto de contabilidad, con los muebles ministeriales abrillantados por su ordenanza preferido, quien cepillaba también el fieltro de color verde antiguo del escritorio. Busco instintivamente la vieja aspidistra con las hojas resplandecientes —siempre gracias al ordenanza—, pero allí no hay el menor rastro de plantas. Solo montañas de carpetas llenas de folios que han amarilleado con los años y que quizá aún esperan a que alguien los lea.

El fiscal es un señor de mediana edad que lleva unas gafas con cristales de cuatro centímetros de espesor. Está hablando por teléfono y me lanza una mirada sesgada. Otro par de agentes, presentes también en el despacho, me observan sin excesiva curiosidad. Guidoni señala con la mano una silla libre y concluye la llamada. Acto seguido esboza una sonrisa dulce, a la vez que me mira guiñando sus ojos de miope.

—Me avisaron de que estaba a punto de llegar, señora Zanardelli, buenas tardes. —A continuación invita a los dos policías que me han acompañado a que esperen fuera.

Da la impresión de que hace todo lo posible para que me sienta cómoda, porque me dice:

—Solo quiero hacerle unas preguntas, señora. Le aviso de que grabaremos nuestra conversación, pero esto no es un interrogatorio, no se inquiete, no la acusamos de nada. —Hace un ademán al policía que está sentado a nuestro lado—. Puede empezar a grabar, gracias. —Luego vuelve a sonreír y concluye, dirigiéndose a mí—: Lamento mucho lo que le ha sucedido a su colega, señora Zanardelli. He estado ya en la escena del crimen, pero me gustaría que me contase todo desde el principio.

No tengo escapatoria: empiezo de nuevo por los pies que asomaban de la cabina del baño y sigo hablando durante una hora, mientras él me interrumpe una y otra vez para pedirme que repita en qué posición estaba el cuerpo de Sereni con la esperanza, quizá, de que recuerde un pormenor que pueda servirle. Repasamos de nuevo todos los detalles —la falda recolocada sobre las piernas, la soga alrededor del cuello, las manos juntas en el pecho— hasta llegar a las preguntas sobre la vida privada de Sereni sobre la que, con toda probabilidad, sé menos que él.

—¿Sabe si tenía alguna relación con un empleado? ¿Se rumoreaba algo sobre ella?

Le digo la verdad:

—Sereni no era mujer de amantes, entre otras cosas porque pesaba unos setenta kilos y medía un metro y cincuenta, así que no creo que tuviera pretendientes.

Guidoni pone los ojos en blanco detrás de las gafas y sacude la cabeza.

—¿Ni siquiera había un compañero que la detestase de forma especial? ¿Nunca la oyó pelear con los encargados de la limpieza o, quizá, con los técnicos que se ocupaban del mantenimiento de los ordenadores?

Me veo obligada a decepcionarlo una vez más.

—Mire, Sereni discutía con todos, pero no lo hacía con nadie en particular. Era una de esas personas que no logran hacer amigos en el trabajo. Se quejaba continuamente de que no la valoraban suficiente, pero era un desastre con el ordenador y nuestro jefe ya no le pedía que hiciera nada.

—¿Me está hablando de acoso laboral? —pregunta el fiscal animándose.

—¡En absoluto! No podían despedirla porque la contrataron no sé cuándo por tiempo indefinido. Además, solo tenía cuarenta y cinco años, era demasiado joven para jubilarse. Vernini había tirado la toalla, porque ella apenas sabía hacer cuentas con la calculadora y nunca había aprendido a usar el ordenador como se debe. Yo misma intenté enseñarle un par de veces los programas nuevos, pero fue imposible.

Guidoni no parece convencido.

—¿Y aun así nadie hacía presión para que se marchase?

Es evidente que no está al corriente del asunto del centro de llamadas. Me veo obligada a contárselo, de otra forma no podrá comprender por qué Sereni podía pasar sus días sin dar un palo al agua y no correr el menor peligro.

—El director no está en la posición más adecuada para acosar a los empleados. Los compañeros de nuestro centro de llamadas acaban de ganar un pleito por la escisión fraudulenta de ese sector de la empresa, y el tribunal ha fallado que tienen que readmitirlos a todos. Vernini sabe de sobra que, después de lo sucedido, cualquier intento de *mobbing* sería un suicidio.

Guidoni se deshincha como un globo pinchado y se lleva las manos a la cabeza como si tratase de evitar que se esta se le cayese directamente sobre el escritorio. Me hace varias preguntas más, pero salta a la vista que las suelta sin ton ni son, sin la menor esperanza de atrapar a la liebre que acaba de escapar de la madriguera. Al cabo de un rato concluye con aire desconsolado:

—A partir de ahora deberá estar localizable. La llamaremos en caso de que necesitemos hacerle más preguntas.

Se quita las gafas y me escruta unos segundos; en su mirada leo una mezcla de pesimismo y tristeza. A continuación me propone, comprensivo:

—Si quiere podemos llevarla a casa, señora Zanardelli.

Comparo rápidamente la vergüenza que sentiré si salgo con unas pantuflas de rizo del tribunal de Milán para buscar un taxi y el riesgo de que uno de mis vecinos me vea apeándome de un coche de la policía. No sé qué prefiero. Al final opto por la solución más cómoda, al infierno con los vecinos.

—Gracias, encantada de que me lleven a casa, pero le advierto que vivo fuera de la ciudad, en Rozzano.

Dos agentes entran de golpe.

—Será un placer acompañarla.

Llegamos a Rozzano en media hora. Pese a que allí no me espera ningún cadáver, el modo de conducir de los policías, digno de un rally, me ha empapado de sudor frío. Gracias a Dios no me cruzo con ningún vecino y subo sola en el ascensor. Meto a toda prisa la llave en la cerradura.

Ni siquiera tengo ya ganas de llorar, lo único que quiero es meterme en la cama y quedarme quieta bajo las sábanas. Pero ya sé que la soga blanca que rodeaba el cuello de Sereni me impedirá conciliar el sueño. Era una mujer inútil, de acuerdo, pero no se merecía un final semejante.

¿Y si el desequilibrado que la mató fuera un asesino en serie? ¿Y si ella fuera solo la primera de sus víctimas? ¿Y si yo estuviera destinada a ser la segunda? Dios mío, no volveré a dormir en mi vida.

EL ENIGMA DE LA EMPLEADA

Me meto vestida en la cama, después de haberme quitado solo el anorak de plumas y las zapatillas de la jefatura. Desde hace cierto tiempo, cuando algo va mal, me apresuro a meterme bajo las sábanas. Me quedo quieta hasta que me hundo en un sueño pesado que borra todos mis pensamientos. Hoy, sin embargo, casi tengo la impresión de ver a Sereni tumbada en la cama a mi lado, con las manos juntas en el pecho. A la pobre solo le faltaba el rosario entre los dedos...

El timbre del móvil me arranca de las visiones funestas de comunión con los muertos. Es Vernini.

—¡Zanardelli, por favor, mantenga la calma!

Me asusto.

—¿Qué ha sucedido ahora?

Él prosigue en tono de coronel:

—Nada, pero ustedes, los de Planificación, deberán quedarse en casa una temporada, hasta que los de la científica hayan examinado a fondo la oficina. —Luego dulcifica el tono y suelta bonachón—: Tranquilícese, estos días no contarán como vacaciones. —Como si el problema no fuera que acaban de matar a mi compañera de escritorio, sino que lo denuncie a la sección de conflictos del sindicato.

A continuación, adopta de nuevo el estilo militar para anunciarme altisonante:

—Aunque no venga a la oficina, debe quedarse en Milán, porque el fiscal podría llamarla de nuevo a declarar. ¡Si prueba a irse una semana a las Maldivas se las verá conmigo!

Me gustaría contestarle que no sabría con quién ir a las Maldivas. En cambio, le digo en tono melifluo:

—Muchas gracias, director, después de lo que ha sucedido es una suerte poder estar en casa unos cuantos días. —De esta forma se sentirá un benefactor, pese a que el mérito no es suyo sino de la policía, que debe buscar indicios en nuestra oficina.

Él, sin embargo, no ha concluido.

—Espero que no se le ocurra conceder entrevistas a la prensa o aceptar la invitación a uno de esos estúpidos programas de televisión. Hemos salido ya en el telediario, ¡menudo desastre!

Le doy cuerda:

—Tiene usted razón, ¡qué injusticia que nos pase precisamente a nosotros!

Debe de haber apreciado mi solidaridad, porque prosigue animado:

—Así se habla, Zanardelli, qué palabras tan sabias las suyas. Los periodistas querrán darnos caza. ¡Ya verá como no me equivoco! Usted descuelgue el teléfono, haga lo que quiera, pero no diga una palabra a nadie, ¿me ha entendido?

En eso llueve sobre mojado.

—Todo lo que tenía que contar se lo he dicho ya al señor Guidoni. Solo hablaré de Sereni con los investigadores, se lo juro, pero ahora, si no le importa, tengo que despedirme de usted, necesito descansar un poco.

Cuelgo, pero la llamada me ha puesto tan nerviosa que ya no puedo estarme quieta. Las mantas me ahogan, debo encontrar la manera de calmarme. Cojo el ordenador, lo pongo sobre la cama y meto el pendrive donde guardo la prehistórica serie *Friends*. Es tan falsa y alegre, sin una sola mala noticia, que consigue allanarme las ondas cerebrales. En pocas palabras, funciona mejor que la benzodiacepina, no cuesta nada y no perjudica la salud. Espero que esta noche también logre aturdirme el telón de fondo de sus risas enlatadas...

Tengo la impresión de haber apenas cerrado los ojos cuando suena el teléfono. El radiodespertador de la mesita marca las ocho de la mañana.

—¿Dígame? —refunfuño.

—¿Es usted Francesca Zanardelli? —pregunta la voz de una desconocida.

—¿Y usted quién es?

—Disculpe que la moleste tan pronto, soy periodista, me gustaría hacerle unas preguntas sobre la señora Marinella Sereni.

—¿Quién le ha dado mi número?

—Tenemos nuestras fuentes, no estoy obligada a revelárselas.

—¡Oiga, déjeme en paz y diga también a sus compañeros que conmigo están perdiendo el tiempo! —grito.

Cuelgo y me dejo caer de nuevo en la cama, pero ya estoy despierta. Me doy una ducha, me bebo un café a toda prisa y salgo para comprar los periódicos. En el ascensor una vecina me mira estupefacta, como si estuviera contemplando las serpientes de Medusa adornando mi cabeza. Echo una ojeada al espejo de la cabina y veo unas ojeras enormes y, dicho de forma amable, una expresión alterada bajo un matorral oscuro de mechones enloquecidos. Hace meses que no voy a la peluquería y que me maltrato el pelo con el secador. La verdad es que mis rizos sí parecen ya un nido de víboras. Pero me importa un comino que los vecinos de casa me encuentren desagradable. A fin de cuentas, tampoco es que ellos me caigan genial.

Compro los diarios en el supermercado, así aprovecho para hacer algunos recados más. Echo en la cesta unos cuantos productos congelados y varios periódicos y me pongo en la cola de la caja.

El «Enigma de la muerte de la empleada» —uno de los titulares paridos por los periodistas— aparece en todas las primeras páginas junto a las fotografías de la policía científica en la entrada de la empresa. De Sereni solo hay una foto de carné en la que aparece con un par de gafas en forma de mariposa que, con toda probabilidad, le endilgó un óptico con la excusa de que le alargaban la cara. La montura de los últimos tiempos era más sobria, de una especie de color tortuga.

Mientras aguardo mi turno hojeo a toda prisa los periódicos para comprobar si se ha producido alguna novedad en la investigación, pero todos los artículos me parecen idénticos y no cuentan nada que no sepa ya. Incluso hay una reconstrucción del plano del baño con el cadáver en el suelo, en tanto que en otro artículo describen a nuestra empresa como «eficiente y moderna, a la vanguardia tanto desde el punto de vista tecnológico como de las relaciones industriales». Es evidente que Vernini ha hablado con los cronistas y nos ha presentado como el paraíso lombardo del trabajador feliz, en que solo puedes morir asesinado en los servicios debido a una suerte negra, como cuando cruzas la calle y te atropella un coche.

Tengo la fundada sospecha —como diría el inspector Lattanzi— de que Sereni se ha convertido en una estrella de la crónica de sucesos, los periódicos solo hablan de ella. Un final tan disparatado parece increíble, obra de un loco. A saber si conseguirán encontrarlo.

Llevo una semana encerrada en casa. Mi piel ha adquirido una tonalidad amarillo mortecino porque ni siquiera tengo ganas de dar un paseo. Vivo en un estado de constante duermevela. Me levanto muy tarde por la mañana, porque por la noche no paro de dar vueltas en la cama como una tortilla. Luego salgo a comprar los periódicos y me vuelvo a meter enseguida bajo el edredón.

Ni siquiera corro el riesgo de que me llamen por teléfono. Cuando Maurizio me dejó hace un año cambié mi número, le pedí a mi padre que me comprara un móvil miserable, uno de esos que ni siquiera reciben MMS, y metí en un cajón el iPhone que él me había regalado. Nadie tiene el nuevo número y además he cancelado mi perfil en Facebook. Quería desaparecer del mundo. Para siempre. En fin, que si uno de mis viejos amigos trata de buscarme no podrá mandarme ni un mensaje al móvil, tendrá que ir a *¿Quién sabe dónde?* Aunque encontrarme no puede ser más fácil. Por lo general, cuando no estoy en el despacho, voy a casa de mis padres como una solterona enmadrada. Y en la oficina solo salgo a comer con Michele, que es tan preguntón como el plástico que recubre los cables de los ordenadores.

Que nadie crea que soy idiota: sé perfectamente que a mi edad no debería pasar tanto tiempo con mis padres. Solo que ahora que un asesino ha matado a mi compañera de mesa supongo que comprenderán que no tengo ganas de salir por la noche, entre otras cosas porque cada vez estoy más débil. Duermo a intervalos de dos horas y abro los ojos como si hubiese saltado un interruptor. Tengo la impresión de oír a Marinella flotando en la habitación y me aterroriza la idea de que su fantasma aparezca de improviso, y de que esté enfadada conmigo porque yo sigo viva y ella está muerta.

A estas alturas su fotografía está en todas partes, acompañando los artículos y los reportajes televisivos sobre la «muerte de una empleada insoportable en la empresa en que trabajaba» en los que los cronistas, que tienen pinta de haber perdido el juicio, tratan de seguir una trama que parece sacada de una novela negra, dado que aún no hay un solo sospechoso.

Según los periodistas, el asesino llevaba guantes y no dejó huellas dactilares ni rastros biológicos que permitan identificar su ADN. Los EBH —los expertos-busca-huellas de la policía científica— solo han reconocido unas marcas de zapato sucias de barro que en ciertos puntos del baño se superponían a las de Sereni.

La única verdad indiscutible, en opinión de los investigadores, es que las huellas de barro son del asesino, un hombre de estatura mediana. Pero las huellas, según explican las decenas de artículos que he leído, no llevan literalmente a ninguna parte. De hecho, el asesino calzaba unos zapatos nuevos con la suela de cuero completamente lisa, sin los elementos característicos que permiten averiguar la marca o el propietario, como por ejemplo el tipo de dibujo que hay impreso debajo, las marcas de un zapatero, tacones desgastados, etcétera. El

EBH solo ha conseguido precisar el número: un cuarenta y tres. Eso es todo. Los artículos dicen también que los expertos han utilizado el Crimescope, una lámpara enorme que emite una luz violácea y detecta las denominadas «huellas latentes», pero que aun así no han logrado descubrir adónde fue el asesino tras salir del baño. Cosa nada sorprendente, porque, tal y como explicaba uno de los cronistas, «el asesino era consciente de que ese tipo de suela no deja huellas». En pocas palabras, que es alguien que sabe lo que hace.

Después de hartarme de artículos charcuteros, llamo a Michele. No he vuelto a hablar con él desde el día del asesinato y debo reconocer que lo echo un poco de menos.

Responde enseguida, pero con el tono de falsa alegría que tiene cuando algo lo irrita. De hecho, su pregunta no puede ser más banal:

—Entonces, ¿cómo va?

Me pregunto si es tan mojigato como para que hablar de la muerte de Sereni le parezca chismorreo. Es la impresión que tengo en las raras veces en las que intento desviar la conversación sobre la Edad Media a siglos más recientes, quizá a algo que haya ocurrido en la oficina.

Pero yo necesito conversar un poco con un ser humano, aunque este espécimen esté esculpido en granito:

—Estoy destrozada, no pego ojo.

Quizá esté con alguien en la oficina, porque la respuesta no puede ser más formal:

—¿Cuándo vuelves a trabajar? Han precintado tu oficina, de vez en cuando aún se ve entrar a algún policía de la científica buscando algo...

Así que él también chismorrea alguna vez. Me arriesgo a hacer algún comentario:

—¿Has oído que han logrado averiguar el número que calza el asesino? Si lleva un cuarenta y tres podría medir entre un metro setenta y un metro ochenta...

Siento que se tensa.

—Sí, lo he leído, pero eso no basta para averiguar quién ha sido.

No tiro la toalla.

—Lo sé... y ¿has echado una ojeada al artículo sobre el número de empleados que había en la empresa cuando la mataron?

Michele resopla.

—El fiscal no ha dicho en ningún momento cuántos eran. Solo son rumores de los que se hacen eco los periodistas, así acabarán sospechando de alguien que quizá no tenga nada que ver con lo sucedido.

Si hacer caso del comentario, prosigo:

—Según parece, a la una y veinte había unas cincuenta personas en la empresa, en su mayoría hombres. Si el asesino es uno de ellos bastará averiguar quién calza el cuarenta y tres. Si, en cambio, el asesino es un desconocido que entró por una ventana de la planta baja, la investigación deberá concentrarse en los hombres que calzan el cuarenta y tres...

Michele suelta una risotada.

—¡Claro! Va a ser muy fácil identificarlo entre los millones de italianos que calzan ese número.

Pues resulta que navegando en internet estos días he descubierto la existencia de la podología forense, que estudia las huellas que dejan los zapatos. Los departamentos de policía de todo el mundo buscan a sus Cenicientas recurriendo a unos sitios web americanos que averiguan el modelo de zapato basándose en el tipo de huella. Pero aquí el problema es que el asesino fue lo suficientemente inteligente como para usar un par de zapatos imposibles de identificar.

—¿Has oído hablar de la podología forense? —digo, tratando de mostrar a Michele la cultura que he adquirido en la materia.

Pero él se burla de mí sin piedad:

—Creía que tu trabajo consistía en otra cosa. Si mal no recuerdo te ocupas de contabilidad. Aunque quizá bastan un par de horas en la web para convertirse en podólogo forense. Quién sabe, igual llegas a ser también anatomopatóloga… seguro que hay unos tutoriales magníficos en YouTube.

Aparco la podología para cambiar de tema:

—¿Has leído que el colega con bigote que acompañaba siempre a Sereni al bar está fuera de toda sospecha? Un par de testigos lo vieron volver a su oficina después de comer. También el marido de la muerta tiene una coartada: estuvo reunido con sus jefes hasta las dos de la tarde.

Michele calla, pero eso no me impide seguir, víctima de un ataque de verborrea:

—No la violaron, además en el bolso no faltaba nada, ni siquiera un bolígrafo. ¿Por qué la mataron justo a ella? ¿Y si ahora me dejan tiesa a mí? Puede que haya por ahí un asesino en serie que se dedica a estrangular empleadas...

Michele adopta el tono seco de cuando ha decidido poner punto final a una conversación:

—Francesca, si quieres arruinarte la vida pensando que vas a morir, allá tú, pero no existen casos de asesinos múltiples de oficina que vayan matando a un empleado a la semana. Ya verás como la policía descubrirá quién fue y por qué lo hizo. Ahora discúlpame, tengo que trabajar.

Cuelga el teléfono antes de que yo pueda decir nada más. Me pongo a leer los periódicos de nuevo. Hay un sinfín de artículos de criminólogos que trazan el perfil psicológico del asesino usando la técnica americana que examina las huellas dejadas en la escena del crimen.

Leo rápidamente uno de los perfiles: el asesino es descrito como una persona «ordenada y minuciosa», porque narcotizó a la víctima antes de estrangularla y luego dejó el cadáver en una posición digna, «como si estuviese buscando la perfección incluso en la muerte. El rito lúgubre de los brazos, compuestos sobre el pecho, revela que podría tener una personalidad obsesiva, maníaca del orden, o velada por una falsa religiosidad que vive como una cobertura inconsciente de las pulsiones homicidas». Unos indicios que valen menos que el número de los zapatos.

Sigo leyendo morbosamente aquí y allí. Abundan también las listas, largas y variopintas, sobre los posibles móviles del estrangulador, que incluyen todos los vicios capitales entre los cuales, por descontado, no falta la envidia, pese a que nadie explique el motivo y todos se regodeen en el concepto genérico de «envidia entre colegas». La verdad es que no alcanzo a comprender qué podía ser objeto de envidia en Sereni. ¿La caspa y los kilos de más? En un largo reportaje sobre los homicidios pasionales encuentro una hipótesis semierótica: Sereni, a la que describen como una madre y esposa intachable, habría sido la víctima de un empleado aquejado de «psicosis de amor», esto es, «la convicción patológica de ser amados por un hombre o una mujer que, en realidad, no comparte nuestros sentimientos y no hace nada para alentarlos, hasta que el delirio desemboca en el homicidio». Con todo, me cuesta creer que alguien pudiera haber elegido a Sereni como objeto de una pasión furiosa que ella rechazó hasta el punto de costarle la vida.

Aplaco las punzadas de hambre aplastando dos lonchas de jamón dentro de un bocadillo, que acompaño con una Coca Cola. Puede que no sea muy saludable, pero nunca me ha gustado cocinar para mí sola. A las diez de la noche enciendo la televisión y me tumbo en el sofá, porque emiten un programa especial dedicado al caso. No hay ninguna novedad en la investigación, ninguna persona bajo sospecha, la policía no sabe por dónde va. Me muero de curiosidad por saber qué se habrán inventado para permanecer dos horas en antena.

En la pantalla fluye sobreimpreso el titular «¿Quién ha matado a la empleada?» mientras se ve a los invitados sentados. Todos tienen cara de fiesta y sonríen encantados cuando la cámara los enfoca. Seguro que es un reflejo condicionado, me digo, porque de no ser así no se comprende cómo pueden hablar tan alegremente de un homicidio brutal.

Empiezan las presentaciones: abundan los psiquiatras y los criminólogos. Todos tienen en su haber unos currículums llenos de peritajes y dictámenes clínicos que, por lo visto, han contribuido a resolver casos mucho más complicados que el de Sereni. Acto seguido, el presentador anuncia con expresión excitada la «sorpresa» de la velada: un vídeo interpretado por actores que reconstruye el desarrollo del delito.

¡Espero que no se les haya ocurrido meterme a mí también en su dramatización!

La primera escena muestra el baño con una musiquita angustiosa de película de terror como fondo. Se ve a un hombre alto y con el pelo oscuro esperando a Sereni, ovillado en el váter para que no lo descubran. Tiene en la mano un trozo enorme de algodón. Cuando Sereni abre la puerta se abalanza sobre ella como un guerrero ninja. Aprieta la nariz de Marinella con el algodón, y ella se desmaya de inmediato. Luego el asesino le aprieta la cuerda alrededor del cuello con un movimiento veloz. Siempre de la misma forma, ágil y dinámico, remata a toda prisa el trabajo y escapa, no sin antes haberle arreglado la falda sobre las piernas y puesto las manos en cruz sobre el pecho.

En ese momento entra en el baño una joven... ¡caramba, se supone que esa soy yo! Han elegido a una actriz con el pelo rizado y negro como el mío, aunque, mirándola bien, parece que lleva peluca. Viste unos pantalones de color verde ajado y un suéter minúsculo de una tonalidad rosa repugnante, y debe de pesar, al menos, diez kilos menos que yo. Incluso la han obligado a ponerse un par de mocasines marrones espantosos que, con toda probabilidad, ha comprado en un mercadillo de la periferia una snob diseñadora de vestuario que tiene la idea de que todos los oficinistas somos unos cutres zarrapastrosos.

Por si fuera poco, mi doble no puede interpretar peor su papel. En cuanto ve el cadáver de Sereni aletea y se agita como una gallina, luego sube como un rayo la escalera, rumbo al despacho del director. Él —¡un tipo distinguido y fascinante, lo opuesto de Vernini!— le abre enseguida la puerta con galantería. Mientras escucha el anuncio mortal pone cara de asombro y dolor y luego echa a correr con la empleada en dirección al baño. La escena es tan intensa que una juraría que la empleada y el apuesto jefe van a tener algún intercambio de fluidos en los retretes.

En lugar de coger el ascensor, los dos atléticos actores bajan como flechas la escalera y cuando entran en el servicio el falso Vernini rodea con un ademán protector los hombros de la falsa yo. A continuación, jadeante y eficaz, trata de «prestar los primeros auxilios» a Sereni —según explica una voz en *off* con la respiración entrecortada—, pero su empleada preferida ha abandonado ya este mundo. Vernini se lleva una mano a la frente, en un gesto trágico de desesperación, y corre a llamar a la policía arrastrando a mi doble, que ya no llora cacareando como una gallina, sino aullando como un hombre lobo. La escena concluye con un fundido aterrador en color rojo sangre.

Sigue un intervalo titulado «¿Quién es el asesino?» e inicia la reconstrucción de su fuga, filmada en dos posibles versiones. En la primera, el actor que lo interpreta salta por una ventana abierta de la planta baja y huye como alma que lleva el diablo hacia la impunidad. En la otra, vuelve con aire de no haber roto un plato a uno de los escritorios, se sienta y finge trabajar, pese a que su expresión no puede ser más feroz.

La voz en *off* define la segunda solución como la más inquietante: «¡En este caso el asesino es uno de los compañeros de la contable y sigue en la empresa!». Acto seguido aparecen unas palabras enormes sobre un fondo negro «¿Es un asesino en serie?», al mismo tiempo que la voz de siempre comenta: «De ser así, nadie volverá a dormir tranquilo en la Empresa Letal. El asesino podría volver a actuar, porque los asesinos múltiples matan sin un móvil aparente, empujados por una misteriosa obsesión».

Acabado el vídeo, la cámara se centra de nuevo en el presentador, que sonríe orgulloso, como si hubiera contribuido a resolver el caso, y pide que nos muestren «los dos elementos principales que obran en poder de los investigadores» y que están encima de una mesa, en el centro del estudio: un par de zapatos con la suela lisa de cuero y una cuerda blanca, como la que podría comprar cualquier patrón de barco en una tienda de náutica.

A continuación arranca un debate entre los psiquiatras y los criminólogos, que pugnan por reconstruir el perfil psicológico del asesino, al que definen como un ser eficiente, con una inteligencia superior a la media, obsesivo, dotado de un gran dominio de sí mismo, disciplinado y severo. Todos parecen estar de acuerdo en la sarta de adjetivos, pese a que podrían atribuirse a varios millones de personas.

Un criminólogo con bigote y mirada fija de psicópata desvía el tema hacia las posibles perversiones sexuales del asesino, causadas por algún trauma del pasado: «¡Solo comprenderemos su *modus operandi* cuando sepamos algo más sobre su infancia!».

Luego se desencadena una barahúnda, porque uno de los expertos no está de acuerdo con que el asesino fuera violado de pequeño por una retahíla de padres, tíos y primos antes de convertirse en un loco homicida. A media noche siguen hablando sobre la personalidad del monstruo sin haber dado un solo paso adelante, estancados en un alboroto patético y caótico. La única conclusión clara, visible a ojos de todos, es que a los invitados solo les interesa salir en televisión. Punto final. Sereni les importa un comino, y saben menos que Guidoni sobre el asesino. Pero tengo otras cosas en las que pensar, porque durante nuestra conversación he conseguido arrancar un secreto a Michele: el director ha ido contando por ahí que está organizando una nueva oficina, porque la vieja está «demasiado llena de malos recuerdos», pero, sobre todo, porque aún está precintada por la policía científica, que espera encontrar a saber qué pruebas en nuestras papeleras, las de los empleados de Planificación.

Tengo muchas ganas de volver al trabajo, al menos para charlar un poco con Michele en hora de la comida. La única meta de mis últimos paseos han sido las estanterías de los supermercados: a estas alturas podría hacer la compra con los ojos vendados, porque sé exactamente dónde se encuentra cada artículo. Podría responder también a un cuestionario sobre las ofertas especiales sin cometer errores, pese a que luego no compro prácticamente nada, dado que voy casi a diario a cenar a casa de mis padres, donde mi padre se encarga de la cocina.

Después del asesinato de Sereni, mi madre se hundió de golpe como un dique que ha resistido demasiado tiempo el asedio de una inundación. La noche del homicidio lloró varias horas, mientras mi padre intentaba explicarle que el hecho de que hubieran matado a mi compañera de mesa no suponía que yo también fuese a morir.

Pero no creo que lograra tranquilizarla, porque a partir de esa noche no ha vuelto a ser la misma y ahora se pasa el día entero en la cama, en pijama y con las persianas bajadas. El menor rayo de luz la irrita y protesta cuando mi padre trata de abrir las ventanas para airear un poco.

Cada vez que voy a su casa se repite invariablemente la misma escena. Cuando entro en el dormitorio para ver cómo está solloza: «Nos persigue la desgracia…». En su opinión, la calamidad se habría desatado cuando Maurizio me dejó. Después gime bajo las sábanas. «¿Por qué me ha de ocurrir todo a mí?», mientras mi padre le acaricia una mano y trata de convencerla de que no me va a suceder nada recurriendo a unos argumentos bastante estúpidos: «¡No matan a todos los que encuentran un cadáver, Maria! Si fuera así, ¿sabes cuánta gente habría muerto?».

Ya no puedo soportar oír cómo explica a mi madre que viviré, como poco, hasta los cien años, y no veo la hora de que Vernini me llame por teléfono para que vuelva al trabajo. También estoy harta de pasar el día leyendo el periódico, porque, además, cada vez publican menos artículos sobre Sereni. Según parece, nadie sabe ya qué contar sobre el «homicidio empresarial», como lo definió alguien, y el de Marinella corre el riesgo de convertirse en uno de los «casos por resolver del siglo XXI».

Cuando estoy pensando en darme una ducha que borre la imagen de mi madre aullando en la cama como un cachorrito herido, suena el móvil. ¡Es Vernini! Habla con el tono jovial y asertivo del que pretende darte una orden disfrazada de buena noticia.

—Por fin puede volver al trabajo, Zanardelli, pero, dado que su oficina aún está a disposición de la policía científica, he preparado una nueva para ustedes, los de

Planificación, así podrán trabajar sin rumiar demasiado sobre el pasado —concluye, como si estuviera hablando de los viejos amores del instituto. Parece incluso feliz—. Los he instalado en el cuarto piso, cerca de mi despacho. Ya no debe preocuparse por nada, ¡a partir de ahora les vigilaré yo!

Le doy las gracias balando como una ovejita, aunque poco convincente, porque siento tener que dejar la pequeña oficina del primer piso, donde nadie nos molestaba sin motivo, para ir a la planta noble, donde se celebran todas las reuniones de los jefes y donde se encuentran los lujosos despachos de los directivos.

—¡Nos vemos mañana! ¿Contenta? —berrea.

—Contentísima —le contesto, como si me acabara de ascender a vicedirectora general.

A las ocho y cuarenta estoy en la oficina. Tengo el estómago encogido como si se hubiera reducido al tamaño de una nuez. Pese a que no creo que viva hasta los cien años, al menos hoy no pasaré el día en casa. Cojo el ascensor y subo al cuarto piso. Vernini dijo que había dispuesto nuestra oficina en la penúltima sala de la derecha, justo delante de la suya.

Cuando llego veo que la puerta sigue cerrada. La abro con suma lentitud y... ¡Dios mío! ¡Parece el set de una película de miedo! El director ha reproducido al milímetro la antigua disposición de nuestros escritorios, solo que ahora parecen amontonados unos sobre otros, porque la habitación es más pequeña que la del primer piso. Veo el escritorio doble que compartía con Sereni pegado al de Parodi y Gavazzeni, que también es doble, e identifico un poco más allá el escritorio individual de Colombo, responsable del balance final, quien antes tenía también una mesita redonda de reuniones de la que no queda rastro.

Vernini ha hecho desaparecer también las prímulas y las plantitas de Sereni, que ella examinaba una y otra vez buscando las hojas muertas, que luego tiraba en el cesto del baño, porque, según me había explicado, no le gustaba ensuciar su papelera. Deben de haber ido a parar a la basura, esta vez enteras, maceta y plato incluidos.

La moqueta es nueva, de color azul celeste, igual que la del despacho del director que, a buen seguro, está convencido de habernos concedido un honor adornándonos el suelo con las tonalidades propias del alto mando.

Miro a mi alrededor unos minutos, luego llegan mis tres compañeros. Por el silencio sobrecogido que guardan comprendo que, al igual que yo, se han quedado asombrados por la reconstrucción lograda por Vernini, que no puede ser más perfecta. No obstante, los escritorios están vacíos, porque aún no han traído los ordenadores.

Nos miramos sin decir una palabra. Nadie tiene valor para hablar de Sereni, de manera que nos sentamos en nuestros correspondientes sitios. Permanecemos mudos y con la mirada perdida en el vacío hasta que Colombo tiene el primer ataque de histeria del día.

—Quiero que me devuelvan la mesa de reuniones. ¡Yo no tengo la culpa de que esta sala sea tan pequeña! Además, ¿cómo voy a trabajar sin ordenador? ¿Se supone que tengo que hacerlo desde el móvil? —Se pone a golpetear las teclas del teléfono—. Veamos, entonces, si los gastos corrientes del último mes ascienden a ochocientos veintisiete mil euros, añadiendo los costes de los envíos... —recita como un poseído su letanía de números inventados, mientras nosotros lo miramos estupefactos.

Bajo la chaqueta de empleado y la corbata de ordenanza Colombo oculta un carácter horrible, que ni siquiera las canas han logrado dulcificar. Estamos tan acostumbrados a sus ardientes representaciones en las que grita como un endemoniado, quizá porque la impresora lleva dos horas rota y él no puede releer los balances, que nos hacemos los suecos. No obstante, ahora insiste con la historia del móvil:

—Vamos, Gavazzeni y Parodi, coged también el teléfono y empecemos a trabajar.

—Basta —le responde en tono gélido Parodi, que ni siquiera en verano y a treinta y cinco grados abandona su apariencia de empleado modelo, consistente en chaqueta, corbata y camisa de manga larga. A los cuarenta años lleva probablemente el mismo modelo de gafas que usaba en el instituto, y es todo un ejemplar de la especie de los viejóvenes. El hecho de que constituya un recurso precioso para la empresa no solo se debe a su necio apego a los atuendos decorosos, sino también a que cuando se pone a trabajar es capaz de pasar varios días sin detenerse.

Gavazzeni ignora a Colombo y suelta su habitual «Prffff» que significa «el tema no me interesa». De todas formas Gavazzeni nunca habla, a menos que sea de fútbol con algún compañero, y está esperando a jubilarse para irse a vivir a no sé qué pueblecito de los valles de Bergamo, donde la gente debe de ser tan parlanchina como él. Pese a que llevamos juntos dos años en la oficina, lo conozco menos que a los viajeros que veo cinco minutos en el metro.

Por fin, dado que el público no agradece el espectáculo, Colombo se calla y empieza a mordisquear nerviosamente un bolígrafo. Aguardamos a que suceda algo, pero nadie entra.

He de reconocer que me impresiona no tener enfrente a Casper atontada delante del ordenador, pero al menos ahora podré mirar por la ventana sin sentir sobre mí sus ojos fisgones, propios de quien no sabe cómo pasar ocho horas encerrada en la oficina.

Me observaba curiosa como una mona, aguardando a que le dirigiera la palabra o quizá a que hablase con alguno de nuestros colegas para poder entrometerse en la conversación. Con tal de no darle esa satisfacción yo estaba siempre callada.

En cambio, sabía de sobra a lo que se dedicaba ella las raras veces que cogía el ratón. Le gustaba hacer estúpidos solitarios con lentitud de paquidermo. Todos sabíamos en qué estaba empleando el tiempo y oír el clic del ratón cada dos minutos —Sereni tardaba lo suyo en decidir adónde movía las cartas— era insultante. El goteo de clics me infundía ganas de saltarle al cuello para arrancarle el ratón de las manos y acabarle el solitario, y eso que odio jugar a las cartas.

De vez en cuando, Colombo le gritaba:

—¿Has terminado el solitario? ¡Llevas dos horas con él! —pero Sereni lo ignoraba indignada. Pese a ello, Colombo no podía callarse, era superior a sus fuerzas. También ahora se levanta y dice—: ¡Me he hartado de esperar! Voy a tomar un café, ¿me acompaña alguien?

Parodi es demasiado educado para no contestarle, pero rechaza la invitación con delicadeza:

—No, gracias, estoy esperando a que llegue Ferrari...

Entonces Colombo prueba conmigo:

—Vamos, acompáñame: en el fondo, eres la que mejor la conocía...

Sé de sobra que el muy metomentodo quiere que le hable de Sereni, pero antes preferiría que me cortaran la lengua.

—Yo también estoy esperando a Ferrari.

Cuando la tensión está a punto de alcanzar un nivel insoportable entre nosotros aparece el señor Ferrari, quien ascendió a director por haber sido capaz de poner «un poco» de sentido común en el «baile de cuentas empresariales», como dijo Vernini en la fiestecita de su nombramiento. Él también tiene el pelo cano, pero en su caso va unido a una madurez mental que es de agradecer. Es el único capaz de aplacar a Colombo cuando se encoleriza y se pone a gritar contra todo y todos.

Ferrari también mostraba una paciencia ejemplar con Sereni. El director se la endilgó hace un año y medio, después de que la hubieran largado de otro par de oficinas. Creo que Vernini trató incluso de incorporarla al departamento de Comunicación, pero allí también se hartaron de sus solitarios. Entonces, Ferrari le encontró una tarea en apariencia fácil: actualizar los datos de las ventas en un archivo que ya estaba perfectamente configurado, en el que bastaba escribir los números en las correspondientes columnas. Pero ella iba cada cinco minutos al despacho con un pliego de folios en la mano —¡tenía la manía de imprimirlo todo!— para preguntarle si las cuentas eran correctas, hasta que una mañana Ferrari perdió también los estribos y le gritó a la cara:

—Tres más tres suman siempre seis, ¿quiere entenderlo de una vez? ¡No es posible que el martes sume cinco y el jueves siete!

Ella, entonces, le soltó la aburrida cantinela sobre sus potencialidades incomprendidas, de forma que a partir de ese día Ferrari no le volvió a dar trabajo y Casper se pudo dedicar de nuevo en cuerpo y alma a los solitarios, al examen minucioso de las plantitas y a los pronósticos sobre el menú del día.

Y ahora me muero de curiosidad por ver si Ferrari, al igual que Vernini, fingirá que está desesperado porque han estrangulado a su «recurso», o si tendrá el buen gusto de evitarnos los lloriqueos.

Pues bien, nuestro jefe parece sentirse un poco incómodo: se para en mitad de la oficina, calla unos segundos y a continuación se ajusta la corbata marrón a juego con una chaqueta de pata de gallo, que le queda un poco estrecha en sus hombros robustos. Ferrari es un hombre afable, incapaz de mentir, como si hasta el mero hecho de imaginar las palabras con las que contar una mentira le resultara imposible.

Tampoco esta vez me decepciona, porque si bien se lanza a un brevísimo discurso sobre Casper, quien, según dice, merecía más que una muerte tan espantosa, enseguida pone punto final.

—Dentro de nada traerán los ordenadores y podremos ponernos a trabajar. La pérdida de Sereni será muy dolorosa para sus seres queridos, desde luego, ¡pero podemos seguir adelante sin ella! —Calla unos segundos, nos mira a los ojos con complicidad y repite—: ¡Nos irá de maravilla, ya lo veréis! —Acto seguido sale a toda prisa para volver a su despacho del primer piso, como si se avergonzase de lo que acaba de decir.

También Ferrari sabía que Sereni tenía la manía de los solitarios. Y sabe mejor que nosotros que no la echamos de menos. No obstante, nadie tiene aún la menor idea de quién la mató ni, sobre todo, por qué. ¿Y si el asesino fuera uno de mis compañeros de oficina? ¿Colombo, sin ir más lejos, dado que no podía soportarla?

Echo un vistazo a sus zapatos. No sé, puede que calce el cuarenta y tres… instintivamente miro también los zapatos de mis otros dos compañeros. Los pies de Gavazzeni me parecen enormes, en tanto que los de Parodi dan la impresión de ser muy pequeños. Noto que se han dado cuenta de que les estoy mirando los pies, porque Parodi los mete bajo la silla, como si pretendiera esconderlos, mientras Gavazzeni los mueve con nerviosismo.

Desvío la mirada y mis ojos se cruzan con los de Colombo, que me está escrutando. ¿Qué querrá ahora ese pelmazo?

Lo ignoro, pero él se levanta de golpe y se acerca a mi escritorio.

—¿Es cierto que Casper tenía los brazos cruzados en el pecho, como si estuviera ya dentro del ataúd?

—Estaba muerta y basta —suelto sin añadir detalles, cosa que saca de sus casillas al chismoso que lleva dentro.

Pero luego comprendo que quizá sea mejor hacer una especie de declaración oficial para no alimentar el chismorreo y las leyendas sobre el hallazgo del cadáver. Empiezo por los pies que asomaban de la cabina y sigo hasta llegar a la carrera hasta el despacho de Vernini y a los interrogatorios en la jefatura de policía. Colombo me escucha en silencio y luego comenta:

—Seguro que no fue un maníaco, porque no la violaron, aunque se necesitaba valor para violar a Casper, ¡un valor leonino!

Está, a decir poco, exagerando.

—Sereni no le caía bien a nadie y las quinielas sobre los menús nos habían hartado a todos, pero ¿te parece bien decir esas cosas?

—¡Solo trato de comprender quién es el asesino! ¿Te crees que Guidoni solo te ha interrogado a ti? ¿Sabes que también me ha preguntado a mí si sospecho de alguien de la empresa?

—En ese caso, hiciste bien explicándole que nadie habría sido capaz de violar a Casper, porque así el fiscal podrá excluir de sus sospechas a todos los maníacos sexuales de la empresa. ¿Le has dicho ya quiénes son esos maníacos o te has guardado la revelación para cuando te vuelva a citar en la fiscalía? —Me encantaría darle un sopapo.

Colombo vuelve por fin a su puesto mascullando:

—¡Estas feministas son un coñazo! —Rumia lúgubremente unos segundos antes de preguntar a Gavazzeni y Parodi—: ¿A vosotros también os han convocado a la fiscalía?

Parodi hace una mueca de embarazo antes de admitir que a él también le ha tocado ir.

—Creo que el señor Guidoni nos ha hecho a todos las mismas preguntas, pero yo no sabía qué contestarle, dado que no tenía ninguna relación con Sereni.

Su desahogo debe de haberle parecido demasiado emotivo, porque vuelve a adoptar de inmediato su estilo impasible y concluye con suma formalidad:

—En cualquier caso, todo fue bien.

Gavazzeni, en cambio, no dice una palabra, mientras Colombo lo pincha.

—¡Vamos, habla!

Y él responde con un sí poco convencido al que sabemos que no añadirá nada. El silencio se instala de nuevo en la oficina, pesado como una piedra. ¿Cuándo nos traerán los malditos ordenadores?

A las once aún no han llegado, de forma que voy a dar una vuelta al piso de abajo, porque el nuestro es un auténtico cementerio. Los directores están encerrados en sus respectivos despachos, a diferencia de lo que pasa en los demás pisos, donde hay espacios abiertos para los cuadros y los empleados, además de algún que otro despacho para los directivos de menor envergadura.

Quiero ver qué clima hay en la empresa, dado que he estado ausente bastantes días. Me dirijo a uno de los trasteros sin ventanas que el director destinó en cada planta a «zona de pausa», según la definió pomposamente en una ocasión por el mero hecho de que las había dotado con dispensadores de agua mineral y máquinas de café. Las zonas de pausa, sin embargo, son tan tristes y oscuras que apenas resistes en ellas cinco segundos.

En la penumbra distingo el perfil de la secretaria, Laura, que me saluda con un «holaaaa...» abatido, porque, tras haber pasado diez años a las órdenes de Vernini, parece estar al borde del ataque de nervios. Supongo que ahora será peor de lo habitual. Intento pegar la hebra:

—¿Cómo estás? Te veo un poco apagada...

Se le escapa un lamento:

—Dentro de nada nos espiarán también en el baño... ¿has oído que quieren poner cámaras por todas partes? —Luego coge el collar de perlas que nunca se quita y empieza a apretarlo con las manos, como si el gesto la calmara.

También hoy lleva un suéter de cachemir de color pastel y el pelo recogido en un moño almidonado que ni siquiera se hacían las amigas de mi madre hace veinte años. Debe de tener unos treinta y cinco años y nunca habla de su vida privada, como si tuviera miedo de ensuciarla haciendo alguna confidencia a sus compañeros. Dado que no lleva alianza, Colombo ha decretado que es una solterona:

—¿Quién querría casarse con ella? Parece la hermana de mi abuela. ¡A los noventa años pretendía que la siguieran llamando «señorita» y comulgaba todas las mañanas!

Sobre Vernini, en cambio, hay pocos rumores. Lo único que sabemos es que está casado con una abogada y que «no tiene hijos, ni perros, ni gatos», según lo oí jactarse con un par de directores: «¡Mi único hijo es la empresa!».

Una vez logré ver a la primera dama sentada en el coche, esperándolo a la entrada. ¡Impresionante! Parecía la fotocopia de Laura, solo que en una versión de cincuenta años: el pelo cano apretado en un moño y un collar de perlas de dos vueltas alrededor de un cuello delgado y lleno de arrugas, como el de una jirafa envejecida. Laura, en cambio, sigue teniendo el cutis liso y firme, aunque destinado a desaparecer en una decena de años; entonces se parecerá aún más a la mujer del director.

Pero hoy ya parece haber envejecido de golpe: las arrugas forman una tela de araña alrededor de sus ojos. Le apoyo con delicadeza una mano en el brazo.

—¿Estás segura de lo que dices? ¿De verdad van a poner cámaras en los servicios?

Ella mira alrededor para ver si hay moros en la costa y susurra:

—Las están montando por todas partes, ¡qué vergüenza que te graben mientras haces pipí! —Luego, con aire cada vez más transido, coge un café de la máquina y lo apura de un trago, como si fuera vodka—. Perdona, pero tengo que marcharme... —dice antes de salir como un rayo del trastero para volver al lado de Vernini.

Me bebo también un café, bajo al primer piso y me dirijo a mi viejo baño. La puerta está precintada con la cinta amarilla de la policía científica. Mi corazón se acelera, los latidos me ensordecen. Ni siquiera oigo las voces de mis compañeros, que deambulan alrededor y que quizá estén hablando de mí.

Escapo antes de que me dé un infarto y acabo delante de mi antigua oficina. Los precintos siguen también allí. A poca distancia, en el pasillo, dos electricistas están montando una cámara. Uno está de pie en la escalera de mano buscando la mejor orientación para el objetivo. No puedo contenerme:

—Disculpen que los moleste... ¿van a ponerlas también en el baño?

—¡No, no se preocupe! —contestan—. Nadie puede espiarles ahí dentro —Después se echan a reír pensando en la idea de grabar a los empleados mientras se bajan las bragas y los pantalones. Qué sentido del humor tan macabro, me gustaría darles unas cuantas bofetadas y hacerles tragar sus chabacanas risotadas.

Sigo deambulando sola por los pasillos. En las oficinas no se oye una mosca. El silencio solo se ve interrumpido por el grupo de compañeras que se dirigen juntas al otro baño del primer piso, guiadas por una de ellas, que abre la puerta y, tras echar un vistazo dentro, exclama resuelta:

—¡Luz verde!

¿Luz verde para qué? —me pregunto—. ¿No hay ningún asesino de empleados en los alrededores? ¿De verdad tienen que escoltarnos para hacer pipí?

Me precipito a la oficina de Michele para contarle que nuestras compañeras ahora entran en el baño como un grupo de marines en el curso de una emboscada:

—¿De verdad crees que nos pueden estrangular por asomarnos al baño?

—Hola, Francesca, bienvenida. Noto con sumo placer que la semana de reposo te ha curado de tus paranoias —me saluda con ironía. Acto seguido hace una de sus observaciones—: Dudo que se cometan dos delitos casi idénticos a pocos días de distancia, sería una coincidencia muy extraña.

—¿Y si el asesino fuera un *serial killer* que mata siempre de la misma forma? —replico, obstinada.

—Francesca, los asesinos en serie no matan siempre en el mismo lugar y casi a la misma hora, porque si lo hicieran los arrestarían en menos que canta un gallo —contesta con la calma propia de un sacerdote que reza el rosario en el mes mariano—. Por lo general suelen cambiar algún detalle al elegir a las víctimas, además del lugar donde las raptan y las asesinan.

Habla como si hubiese leído algún libro sobre el tema.

Por lo demás, no es alguien que se deja pillar desprevenido, ni siquiera por un homicidio. De hecho, dicta su sentencia final:

—Nadie ha entendido hasta ahora por qué asesinaron a Sereni, y la probabilidad de que el suyo sea el primero de una serie de delitos es, a decir poco, remota...

No obstante, esta vez no me convence.

—De acuerdo, supongamos que no se trata de un asesino en serie, pero, entonces, ¿por qué la mataron? Si Guidoni hubiera descubierto algo los periódicos habrían hablado de ello. En cambio, no saben qué inventarse ya. Quizá haya sido de verdad un maníaco sexual que no tuvo tiempo de violarla.

—¿Crees que si alguien decidiese violar a una compañera la esperaría en un baño como el nuestro, donde puedes oír todo lo que hace el vecino?

—¡Tienes razón! De manera que, en tu opinión, ¿no hace falta que me acompañen a los servicios?

—Claro que no.

—De acuerdo, puede que sea así... con todo, ¿sabes lo que pienso? Pues que si me asesinaran nadie vendría a mi funeral. Hace un año que estoy encerrada en casa y solo veo a mis padres.

Michele no soporta la autocompasión.

—Francesca, guárdate las lamentaciones para cuando haya un motivo. Marinella ha muerto y tú sigues aquí quejándote, ¿cuál es la más desafortunada de las dos?

Es inútil insistir.

—¿Mañana vendrás a la misa de Sereni? —le pregunto.

Él asiente con la cabeza y se pone de nuevo a trabajar como si me hubiera convertido en un fantasma invisible.

LA VIDA CONTINÚA

A las nueve de la mañana hay un centenar de compañeros reunidos delante del pequeño pórtico de la iglesia —que sigue inexplicablemente cerrada— donde va a tener lugar la misa en sufragio por el alma de Sereni. Según he leído en los periódicos, el funeral se celebró en la intimidad hace unos días, pero aun así Vernini ha querido organizar una ceremonia reservada a los empleados.

Sin embargo, sospecho que más que una misa va a ser una payasada para quedar bien con los periodistas. De hecho, en el cementerio se apiñan un sinfín de fotógrafos y cámaras con la intención de procurarse nuevo material para sus reportajes, que han quedado ya relegados a las últimas páginas de la crónica negra.

Noto que hay un coche de la policía aparcado al lado de la iglesia y miro alrededor para ver si hay policías de paisano vigilando quién asiste al funeral; el problema es que no sé distinguirlos de los compañeros que no conozco y de los cronistas que vagan entre la multitud a la espera de entrar.

Hoy tendremos también ocasión de ver al marido de Casper porque Vernini lo ha «invitado», según ha ido diciendo por ahí. ¡Menuda ridiculez! Como si el viudo necesitara la autorización del exdirector de su esposa para asistir al funeral.

Al cabo de diez minutos se abre por fin la puerta y se entrevé a Vernini flanqueado por el párroco y un hombrecito con un mechón de pelo aún negro sobre un cráneo puntiagudo, que coge la mano a un niño tristísimo de unos diez años. Los dos tienen aire de estar sufriendo mucho, y los fotógrafos y los cámaras se lanzan como buitres al ataque del cementerio para inmortalizarlos.

Vernini no se inmuta, permanece erguido y alerta; con el traje de chaqueta gris y la corbata negra parece un verdugo profesional. Esa especie de gusano tiene impresa en la cara una expresión de digno pesar, como si fuera el único a quien le está permitido sufrir por la desaparición de la «querida Sereni».

—Venid a rezar por nuestra querida Sereni —dice, palabras textuales, dirigiéndose a la multitud de empleados—, porque la vamos a echar siempre de menos. Aquí están su abatido marido y su adorable hijo: con ellos compartiremos hoy el dolor que nos produce el hecho de que ella ya no esté entre nosotros. —A continuación, añade con magnanimidad—: Se ruega a los fotógrafos que permanezcan fuera de la iglesia, no queremos que haya interferencias durante la ceremonia. ¡Ahora, sin embargo, pueden sacar algunas imágenes!

Así pues, posa rodeando con un brazo los hombros del viudo para demostrar su infinita misericordia, aún más intensa, si cabe, en este doloroso momento. Ese fatuo logra que le saquen incluso un par de instantáneas con el párroco y el niño. No sabe lo que es el recato.

Acto seguido pronuncia rimbombante «¡Podéis entrar!» y nos contempla con una placidez digna del Padre Eterno mientras desfilamos ante sus ojos. Espera a que el último de nosotros haya entrado y a continuación se dirige al altar escoltado por el sacerdote, que camina a unos pasos de él.

Jamás habría imaginado que después de la espantosa pantomima de la apertura de las puertas pudiese tener el valor de subir al altar, pero veo que se acomoda detrás del atril mientras el párroco se coloca melancólico a su lado, y el hijo y el marido de Sereni van a sentarse en las primeras filas.

Guardamos silencio unos minutos más, esperando la homilía de Vernini, quien inspira, alza los ojos al cielo y dice:

—Queridos hermanos…

¡Ha dicho «hermanos», en serio!

—Hoy nos despediremos por última vez de una compañera que jamás habríamos querido que nos dejase, sobre todo de una manera tan espantosa. Una mano cruel la arrancó de la empresa y de sus seres queridos cuando aún estaba en la plenitud de su vida y de su carrera laboral...

Mira un segundo hacia abajo, puede que se avergüence de su hipocresía.

—Porque a nuestra querida Marinella Sereni aún le quedaba mucho por dar...

Hace una pausa inspirada.

—A nosotros, pero, sobre todo, a su marido y a su hijo, a los que adoraba. Nuestros corazones están junto a la familia de nuestra colega desaparecida: ¡siempre la recordaremos! —Nos escudriña para comprobar si estamos vibrando de dolor como él.

Acto seguido inclina la cabeza sobre el atril, como si quisiera verificar algo en unos folios inexistentes, y prosigue:

—En cuanto al asesino, estoy seguro de que los investigadores están haciendo todo lo posible para encontrarlo. Es triste admitir que el homicida podría estar sentado aquí, entre nosotros, pese a que estoy convencido de que no es así. No todas las ventanas de la planta baja estaban cerradas y el asesino de nuestra hermana... —Se interrumpe un instante, haciendo una pausa teatral, y luego continúa—: podría haber entrado por una de ellas. Así pues, ¡os invito a respetar siempre dos mandamientos fundamentales!

Dentro de nada grabará con fuego sus «mandamientos» y exhibirá el Arca de la Alianza en el salón de actos.

—Primero: cerrad siempre bien todas las ventanas cuando no estéis en la oficina, en caso contrario las bloquearé y no podréis volver a abrirlas. Segundo: llevad siempre encima la tarjeta identificadora. Con la fotografía bien a la vista, ¿está claro? La circular seiscientos veintisiete establece que la tarjeta identificadora es un documento de reconocimiento laboral que debe mostrarse a los colegas durante el horario de trabajo.

Michele y yo nos miramos desconcertados. Los dos estamos pensando lo mismo: no se puede hablar de circulares en un funeral. Pero Vernini prosigue impertérrito:

—Pero ¡a vosotros no os gusta la tarjeta! ¿Acaso os parece poco elegante? No estáis en un desfile de moda, estáis trabajando, ¡así que no quiero volver a ver a nadie sin ella, porque nos enfrentamos a un asesino! ¿Lo habéis entendido?

El sacerdote empieza a agitarse; quizá creyó de verdad que Vernini se iba a limitar a pronunciar unas cuantas palabras en recuerdo de Casper. Menudo ingenuo.

—Encontraremos al que nos la ha arrebatado ensuciando el nombre de nuestra empresa y colaboraremos con la justicia hasta que se aclare el trágico suceso que nos ha turbado a todos. Una última cosa, después del funeral volved a la oficina. ¡Y ahora de pie, que empieza la misa!

Baja con paso firme del altar y se sienta en primera fila, supongo que al lado del marido y del hijo de Sereni, aunque no puedo ver a los dos desgraciados desde donde estoy. El párroco se aproxima al atril y con aire mortificado susurra en el micrófono:

—Iniciemos ahora el oficio… —Como si la intervención de Vernini hubiera sido una inútil pausa publicitaria.

Si he de ser franca, la irrupción del asesino no fue responsable de empeorar tanto mi estado de ánimo. Antes mi depresión era de nivel menos treinta y cinco en la escala Celsius, ahora ha alcanzado el menos cuarenta.

En fin, cuando hace mucho frío en Siberia no te pones un abrigo de piel de foca más por el hecho de que la temperatura haya bajado cinco grados. Y el mío es un humor siberiano: tan desolado como la tundra barrida por los vientos árticos.

No, nunca perdonaré a Maurizio que esperase a que la modista hubiera traído a casa el vestido de novia para llamarme llorando y decirme: «Tenemos que hablar…». Y cuando añadió que nunca nos casaríamos me metí en la cama, en casa de mis padres, y no me levanté en cuatro meses.

«Permiso no retribuido por motivos de salud», pese a que en la oficina todos sabían que la boda se había ido al garete. Algunos de mis compañeros llegaron a contar que había tratado de suicidarme, movida por la vergüenza y la desesperación. Sí, es cierto que pensé en quitarme de en medio. Me habría gustado arruinar la vida de Maurizio, porque se había enamorado de otra —me lo confesó llorando, el muy canalla— y yo casi estaba dispuesta a crearle un sentimiento de culpa monstruoso que aniquilase su historia de amor.

Pero al final, el despecho no fue suficiente para que me suicidase; no quise dar otro disgusto a mis padres. Soy hija única y me habrían seguido a la tumba en un santiamén. Quizá no se habrían colgado de la lámpara del cuarto de baño, como pretendía hacer yo —dado que estaba obsesionada con un gancho que me parecía muy sólido—, pero jamás habrían podido resistir sin mí, pese a que en esos días parecía una zombi y ni siquiera lograba tragarme los caldos de gallina que mi madre me preparaba todas las mañanas.

No dormía: me revolvía entre las sábanas pensando en que ese capullo me había paseado por todas las casas rurales de Lombardía cuando ya estaba con otra para elegir el lugar del banquete, y que habíamos pasado días enteros hablando del menú.

Lo recuerdo perfectamente: *culatello* con vinagre balsámico, bufé de fiambres con pan tostado caliente y tortillas mil gustos; ñoquis de patata con aromas verdes del bosque y *risotto* de achicoria con queso curado; pierna de ternera especiada y *porchetta* con hinojo silvestre; dulce nupcial consistente en milhojas con crema *chantilly* y hojaldre con chocolate blanco; café y pastelitos surtidos.

Catorce mil euros —eran doscientos veintitrés invitados— tirados al váter, porque cancelamos la comida la tarde anterior.

Mejor dicho, la canceló ese traidor, y luego llamó a ciento setenta personas para decirles que todo había sido un «error» y que el matrimonio se posponía a una «fecha por determinar», como si alguien se pudiese creer una mentira tan patética.

A los demás invitados —nuestros parientes en varios grados y los amigos de mis padres— los llamó mi padre, pero sin contarles la historia de que la boda se había aplazado. Lo oía susurrar excusas apurado, si bien la palabra que más repetía era CANCELADO. La boda se había cancelado. Punto final.

Tras dos días llorando en la cama conseguí encender el ordenador y cancelar mi perfil de Facebook. Luego me volví a tumbar casi sin poder hablar. Mi padre, en cambio, se pasaba el día al teléfono con Maurizio para «liberarme de la hipoteca», como decía él, dado que mi ex futuro marido y yo habíamos invertido varios años de ahorros en la entrada de la casa de Cesano Boscone, con la cocina hecha a medida, que ahora estará disfrutando otro en mi lugar.

Pobre papá, no podía soportar que yo siguiese pagando seiscientos euros al mes por mi parte de la hipoteca mientras que Maurizio se había ido ya a vivir con la otra a Milán, a un piso de la avenida Sempione con vistas al parque.

Mientras vegetaba en mi dormitorio, oía a mi padre discutiendo con él para vender la maldita casa. Yo la habría quemado con los muebles de la cocina y el comedor dentro. Recordaba las mañanas que había perdido eligiendo el parqué y los azulejos y tomando medidas con el carpintero. A saber quién estará usando ahora el lavabo empotrado del baño y el armario para las escobas.

En esos días terribles mi madre también reaccionó y se comportó de forma práctica y firme. Fue ella la que se ocupó de llamar a los invitados para rogarles que aceptaran que les devolviéramos los regalos. Pronunciaba frases tan vergonzosas como: «Tal vez pueda pedir que se lo cambien por un vale…», porque la mitad de los invitados había elegido el regalo en la lista de bodas, elaborada tras dos días enteros pasados en Nicki, «Adornos para la mesa y presentes de boda», la tienda más chic de Buccinasco. Yo comprendía el esfuerzo que le suponían esas llamadas, sobre todo cuando el regalo no era de Nicki, sino que procedía de alguna tienda desconocida y había que devolver el paquete a unas personas que no iban a saber qué hacer con una lámpara de mesa de diseño o con un juego de toallas de lino para el baño.

Los miraba por la ventana, a mi padre y a ella, mientras cargaban los paquetes en el coche para llevarlos a Correos, pese a que algunos invitados se habían negado a aceptar la devolución:

—Dígale a su hija que se puede quedar el set para la *fondue*, quizá lo use con sus amigos.

Pero yo había sido categórica:

—Prefiero que los tiréis al Lambro. ¡No quiero volver a verlos!

Mis padres salían con las mejores prendas de su guardarropa para que no pensase que se sentían humillados por el transporte cotidiano. Mi madre con el consabido tinte rubio un poco apagado pero muy tiesa sobre sus tacones y agitando las manos para enseñar los anillos que mi padre le sigue comprando. Él con una chaqueta de ante y unos pantalones de vicuña planchados cada noche, con la raya siempre perfectamente marcada.

Tres meses antes habían conseguido jubilarse a la vez, después de que mi padre, que se sabía de memoria la lista de los ingresos a la Seguridad Social, hubiera pasado varios años haciendo cálculos. Incluso habían organizado una fiesta: sobre la tarta había cincuenta velitas, como el número de años de contribución. Durante el brindis, mi madre había comentado encantada:

—Después de la boda haremos algún que otro viajecito.

Quién le iba a decir que el viajecito acabaría siendo un ir y venir a Correos para devolver mis regalos de boda.

En cualquier caso, al final lo consiguieron: no quedó nada que pudiera recordarme la boda cancelada e incluso el vestido de novia desapareció una tarde del armario. Seguro que lo metieron en una maleta y se lo llevaron sin que yo me diera cuenta. También desapareció enseguida el traje de chaqueta morado con la rosa de paño en el cuello que mi madre iba a ponerse el día de la boda. Quizá lo regaló o lo tiró de verdad al Lambro para que no trajese mala suerte a ninguna otra novia.

Luego, una mañana, mi padre, después de haber pasado varias horas con la oreja pegada al auricular, entró a mi dormitorio sonriente, pese a que estaba destrozado.

—He conseguido vender la casa, nunca volveremos a hablar de Maurizio. Ahora levántate y vete a trabajar.

Pensaba de verdad que me había salvado la vida, y después de todo lo que había hecho por mí no podía decepcionarlo. Volví a la oficina, al mismo tiempo que él buscaba un piso de dos habitaciones para comprar:

—No puedes vivir siempre con nosotros. Eres una mujer, Francesca, tienes treinta y cuatro años, ¡debes vivir como una adulta!

En tres meses encontró el apartamento, pero yo me negaba a oír hablar de nuevo de muebles y fundas para sofás. Así que mi padre se dedicó a la decoración. Y un domingo por la mañana —fórmula «llave en mano»— me acompañó al nuevo piso. El de soltera, donde vivo más sola que la una, entre librerías Billy y estanterías Expedit de Ikea.

También esta noche iré a cenar a casa de mis padres e interpretaré el papel de siempre: voy al dormitorio de mi madre, donde mi padre ha puesto el televisor que antes estaba en la sala, y lo apago enseguida, porque mi madre lleva varios días mirando de forma compulsiva series policiacas como *Mentes criminales*, donde aparecen cadáveres por todas partes, generosamente despedazados por unos sádicos asesinos en serie.

Antes mi madre no soportaba ese tipo de series, al contrario, obligaba a mi padre a cambiar de canal apenas veía un muerto. Ahora, en cambio, la he pillado en un par de ocasiones viendo incluso *Dexter*. Tengo miedo de que le haga daño ver esas cosas, dado lo que me acaba de suceder, pero mi padre asegura que no debo preocuparme: «Así se distrae un poco», dice.

Si intento apagar la televisión ella lloriquea como un niño y tenemos que arrastrarla a la fuerza a la mesa, que mi padre ha puesto ya después de haber cocinado. Mientras comemos él trata de hablar del tiempo o de otros temas por el estilo y ella, después de haber chafado un poco la pasta en el plato, vuelve enseguida a tumbarse y maúlla tristemente: «Francesca, te llamo mañana por la mañana a la oficina...».

Porque me llama todos los días a las nueve y cinco en punto. Como ahora:

—Nos vemos esta noche, ¿verdad, cariño? Papá cocinará algo...

—Querrás decir que descongelará algo —le contesto, porque mi padre, para animarla a que se levante de la cama, quiere ganársela por el paladar preparando unos platos deliciosos, pero dado que es un desastre en la cocina no le ha quedado más remedio que recurrir a la sección de congelados del supermercado: *agnolotti* a la piamontesa, paella valenciana, parrilladas mixtas de pescado y otras exquisiteces por el estilo.

—Sí, cariño —contesta ella en tono grave—, le he pedido que caliente una sopa de legumbres para cenar, quiero comer algo sencillo...

Noto la velocidad con la que ha eliminado el verbo «cocinar» del vocabulario. Pero, a decir verdad, yo también descongelaría algo en mi casa, así pues, más vale la sopa de legumbres en compañía.

A las siete aparco bajo su casa, delante del jardín del edificio de Rozzano en que viven desde hace más de veinte años y que mi madre adora porque «todos lo conservan muy aseado», como repite cada vez que se habla del encerado de la escalera, que la empresa de limpieza aplica cada tres meses. Los inquilinos han decidido incluso que las cortinas de los balcones deben ser del mismo color terracota del enlucido. Por poco no han elegido también en asamblea las plantas de los balcones.

Cuando me apeo de mi viejo y fiable Seiscientos de color azul claro casi tropiezo con mi padre.

—¿Qué haces aquí fuera? —le pregunto estupefacta. Estamos a finales de enero y hace un frío del demonio.

Él me coge un brazo.

—Tengo que decirte una cosa antes de subir…

—Habla, papá, ¡espero que no sea nada grave!

—Se trata de tu madre… —contesta él, misterioso.

—¿Qué quieres decir? ¿No está bien?

—No, no… ¡tu madre está como una manzana! Pero hoy pasó a verla la vecina del piso de abajo con una amiga viuda…

—¿Y qué?

—Pues que la amiga, la señora Giovanna, tiene una hija… —prosigue pensativo.

—¿Y bien?

—La hija está soltera...

Me estoy poniendo nerviosa.

—¡Papá, si dices una palabra al minuto mañana por la mañana seguiremos aquí!

Él suelta entonces todo de un tirón.

—Según parece, esa chica habla mucho con su madre, aún viven juntas, porque el padre murió hace muchos años. Por lo visto frecuenta ciertas veladas para solteros que se organizan en internet, donde es facilísimo conocer hombres, incluso chicos formales dispuestos a casarse... ¡tu madre ha pensado que podríais conoceros e ir juntas a una de esas fiestas!

—¿Estás bromeando?

—No, Francesca... tu madre me pidió que mirara en internet y he descubierto que es cierto. Hay sitios para solteros que organizan cenas y aperitivos en bares.

Es increíble. ¡Mi padre se ha puesto las gafas de présbite y ha encendido el ordenador para buscar en Google fiestas para solteros a las que quiere que vaya! Justo él, que en el pasado decía a mi madre: «¿Qué prefieres, que tu hija viva sola o que esté casada con un mostrenco?».

Me siento traicionada.

—¿Por qué has hecho algo así, papá? ¿Quieres mandarme a la caza entre desconocidos para ver si encuentro marido?

—Francesca, sabes de sobra que me da igual si te casas o no, y que para mí lo que cuenta es que seas feliz, pero tu madre está mal: sigue diciendo que te van a matar también. Tenía que darle una esperanza, algo en que creer.

—¿De verdad quieres que vaya a una fiesta para solteros con una tipa que no he visto en mi vida?

Entonces, confiesa:

—Tu madre invitó a comer a la señora Giovanna y a su hija el domingo…

—¿Y tú qué dijiste?

—Que yo cocinaré…

—No vendré, papá, ¡no vendré! Además, ¿qué pretendes hacer, una comida entera a base de congelados?

—¡Te advierto que los espaguetis con almejas son mejores que los que prepara tu madre! ¡Te lo ruego, Francesca, no digas que no!

Están perdiendo la chaveta los dos, pero mi padre empieza a darme un poco de lástima. Transijo solo para evitarle más problemas con mi madre.

—De acuerdo, vendré a comer, pero nunca iré a una de esas fiestas, ¡ni lo sueñes!

—Tranquila, tu madre nunca sabrá si has ido o no. No obstante, esta noche dile que tienes ganas de rehacer tu vida, de casarte…

—¿Casarme con quién?

—Dile que aún no lo sabes, pero que estás buscando un buen chico con el que fundar una familia…

—Papá, júrame que estás sobrio. ¿Has empezado a beber a escondidas?

—¡De eso nada! Solo estoy preocupado por tu madre. Debemos darle una buena noticia que la anime un poco.

No tengo tiempo de replicar, porque hemos entrado en casa. La mesa de la cocina está perfectamente puesta, y sobresale de una olla un bloque de hielo marrón. Mi padre enciende el gas y luego me empuja dentro del dormitorio:

—¡Escucha la buena noticia, Maria! ¡Nuestra hija se quiere casar!

Mi madre desvía la mirada de la televisión y sonríe, fuera de sí:

—¡Por fin, cariño! Pero ¿con quién?

Él le responde con suma gravedad:

—Aún no ha decidido quién será su marido, pero nuestra Francesca quiere intentarlo de nuevo. ¿Estás contenta, Maria?

Una sombra de duda pasa por la mirada de mi madre, pero la aparta enseguida con una mano.

—Pero ¡eso es maravilloso, Amedeo! Francesca, ¿sabes que el domingo viene a comer una señora con su hija? Seguro que os hacéis amigas.

Papá se apresura a interrumpir para evitar que le conteste mal:

—Seguro que sí. Ven a celebrar la buena noticia con nosotros. ¡Vamos, Maria, levántate!

Pero mi madre no parece muy convencida y, de hecho, dice con voz trémula:

—Es que aún tengo que descubrir quién es el asesino, el FBI está a punto de detenerlo…

Mi padre apaga el televisor.

—Vamos, ven, ¡luego te lo buscaré yo en internet!
—le promete levantándola de la cama.

Entramos juntos en la cocina, donde el iceberg de
la olla casi se ha disuelto.

—Te he hecho sopa campesina, Maria, ¿qué te parece?

Mi madre sonríe por fin. Después de haber cocinado durante veinte años esa papilla de farro y habichuelas
debe de parecerle una receta de *nouvelle cuisine.*

Mi padre vierte unos cucharones humeantes en los
platos hondos y luego me mira fugazmente a los ojos,
como si quisiera decirme: «¿Has visto? Ha funcionado».
Acto seguido sonríe a su mujer con aire alentador.

—¿Qué prefieres que haga el domingo, espaguetis
con almejas o *tonnarelli* con mero?

Y ella, como si estuviera eligiendo en el menú de
un restaurante de cuatro tenedores, responde:

—¿Y si probamos los *tonnarelli*?

—Perfecto, cariño, ¡*tonnarelli* entonces! Y tú, Francesca, sé puntual, te lo ruego —prosigue papá lanzándome otra mirada cómplice y satisfecha. Luego se vuelve
para anotar algo en el cuaderno que guarda en la repisa
del aparador.

—¿Qué estás escribiendo, papá?

—Anoto todo, así puedo organizar la compra en el
supermercado. ¿Por qué? ¿Tú no lo haces?

Yo paso entre las estanterías metiendo cosas en el carrito. Stop. ¿Y si le presentara a Michele? Seguro que se

caerían bien e irían a hacer la compra juntos, no sin antes haber planificado el orden de las visitas a las diferentes secciones.

Por lo visto mi padre se ha lanzado con discreto placer a su nueva manía, porque me pregunta en tono eficiente:

—¿Qué más quieres comer el domingo, Francesca? ¿Una tarta helada?

Lo provoco esbozando una sonrisa:

—¿Tienes una lista de las tartas? Haz una, así podemos elegirla juntos.

Mi padre coge de inmediato el cuadernito, escribe un encabezado con la palabra TARTAS y luego responde:

—Perfecto, cariño, te llamaré a la oficina cuando complete la lista —No ha entendido que estaba bromeando.

—Me parece una idea estupenda, espero tu llamada —añado lacónica. Adónde he ido a parar, a los treinta y cuatro años debo decidir con mi padre entre comprar la tarta Viennetta o la Saint Honoré.

Mi madre, en cambio, parece interesadísima por el tema.

—Amedeo, ¿sabes que venden también la Viennetta al capuchino?

Esta noche, cuando vuelva a casa, me tiraré por la ventana. Vivo en el séptimo piso, así que no necesito ir a la plaza del Duomo para tirarme de una torre de la catedral.

La investigación parece haberse detenido en el punto de partida. Casper ha quedado arrinconada a algún que otro brevísimo artículo de crónica, en que se repite invariablemente lo mismo: «Aún se ignora la identidad del asesino».

Así pues, Vernini ha tomado cartas en el asunto y ha iniciado una serie de interrogatorios internos. Desde ayer recibe en su despacho a todos los empleados que conocían a Sereni. Hemos notado un extraño vaivén en la atmósfera de la empresa y esperamos que, de un momento a otro, nos convoque también a nosotros, los de Planificación.

En primer lugar suena el teléfono de Gavazzeni, y luego el de Parodi. Los dos escuchan en silencio durante un par de segundos, susurran contritos un «voy enseguida» y luego se precipitan al despacho de Vernini.

Colombo, que observa siempre todo como un halcón depredador, nota sus movimientos, de forma que cuando Parodi regresa con aire cabizbajo lo asalta de inmediato:

—¿Te ha llamado el director? ¿Qué quería?

Pero Parodi no tiene ganas de hacer declaraciones.

—Es asunto mío.

El otro insiste:

—¡El director nos atormenta para recoger información sobre Sereni! Pero si yo solo hablé con ella dos veces en un año. ¿Recuerdas cuando trajo las pastas secas, nada más incorporarse a nuestra oficina? Se acercó a mí con la bandeja, cogí una y le di las gracias. ¿Crees que es suficiente para que sospechen que soy el asesino?

—¡Qué exagerado! —objeta Parodi, un tanto turbado por la investigación interna que está llevando a cabo Vernini.

—¿Y a ti, en cambio, qué te ha preguntado? —pregunta Colombo a Gavanezzi en cuanto este entra en la oficina. Pero el imperturbable Gavanezzi le responde con su sempiterno «prfff» y sigue trabajando en silencio.

Así que Colombo mete la cuarta.

—¡A ver si se atreve a llamarme! Quiero ver si lo hace —empieza a gritar, pese a que sabe que el director prefiere dejarlo en paz desde que Colombo se afilió al sindicato. Estuvo tranquilo los seis meses que duró la batalla legal del *call center*, pero apenas se dio cuenta de que el viento soplaba contra Vernini solicitó el carné y empezó a dejarse ver con Cruella, como si siempre hubiera sido el más sincero militante sindical.

Ahora que ha olfateado la sangre ruge:

—¿Sabéis lo que pienso hacer? Iré al despacho del director y le pediré que me interrogue también. Ya veremos si tiene el valor de decirme que no, ¡yo no soy como Parodi! —dice, ofendiendo también a este, que nunca reacciona. A continuación se dirige resuelto al despacho de Vernini—: ¡Quiero contar todo sobre Sereni! ¡La maté yo! ¿Alguien quiere oír mi confesión?

Nada más llegar al despacho abre la puerta con decisión, se cuela en la antesala de Laura y cierra tras de sí. Pero al cabo de un segundo Vernini lo saca de allí con cajas destempladas, susurrando en tono glacial:

—Si la mató usted vaya a contárselo a los de jefatura, no a mí. —Luego da media vuelta y vuelve a su magnífico sillón de cuero.

No obstante, Vernini debería haberlo escuchado y haberle concedido cierta satisfacción —cinco minutos de intercambio de gritos—, porque así Colombo se habría desahogado y todo habría terminado ahí. En cambio, ahora va a buscar a Cruella hecho una furia.

—¿Matan a una compañera y nadie convoca una asamblea sindical? ¿Nos matan en los servicios y no vamos a la huelga? ¿Quién garantiza nuestra seguridad?

Al cabo de media hora todos recibimos un email de Cruella instigándonos a formar:

«Dada la gravedad de lo sucedido, ¿no os parece que deberíamos convocar una asamblea de empleados para evitar que la empresa instrumentalice el homicidio de una de nuestras colegas y lo utilice como pretexto para lanzar un nuevo ataque contra nosotros?». Sigue una frase sibilina, de contenido, por lo demás, clarísimo, para los que estamos al corriente de los interrogatorios de Vernini: «Solo la fiscalía tiene derecho a investigar sobre el delito cometido, de forma que os desaconsejamos que respondáis a las preguntas de los que no tienen competencia para hacer averiguaciones. Si alguien es interrogado por personal no judicial rogamos que lo comunique a los representantes del sindicato, que adoptarán las medidas necesarias».

Colombo regresa con el aire satisfecho de un gato que acaba de comerse un ratón mucho más grande que él. Avanza triunfal hacia su escritorio, a la vez que se proclama defensor del pueblo:

—Si ese loco intenta haceros el tercer grado de nuevo decídmelo. Os llevaré a ver al abogado del sindicato. ¡Seguiremos defendiendo a los trabajadores de cualquier amenaza!

La que acaba de soltar es tan gorda que incluso Gavazzeni se ve obligado a intervenir:

—Pero ¡si todos saben que te afiliaste después de la sentencia!

Oírlo hablar nos ha sorprendido tanto que ni siquiera Colombo se atreve a responderle. En lugar de eso empieza a golpear sombrío las teclas de su ordenador, con aire de estar meditando sobre lo que puede hacer a continuación para provocar a Vernini.

En el silencio cargado de tensión suena de repente mi teléfono. Es Laura, quien me transmite en tono eficiente la orden del director: quiere verme enseguida. Cuando estoy a punto de salir de la oficina, Colombo se levanta de un salto de la silla y se dirige hacia mí gritando:

—¡No puedes ir sola, yo te acompañaré!

La idea de asistir a uno de sus proverbiales arrebatos me aterroriza más que la posibilidad de encontrar otro cadáver en el baño.

—Eres muy amable, pero si necesito tu ayuda te lo diré... —Consigo que se calle y me deje pasar.

Laura me abre la puerta jadeante y vuelve de inmediato a su escritorio, porque su teléfono ha sonado y si no responde a la segunda llamada Vernini la transferirá como a Casper. Me quedo de pie en la pequeña antesala, hasta que oigo un grito:

—¡Adelante, Zanardelli!

Entro titubeando un poco, pero el director insiste:

—¡Acomódese, por favor! —dice, con una sonrisa que no hace presagiar nada bueno. Se yergue en su sillón de directivo, echa hacia atrás la cabeza, como buscando inspiración, y luego, con un golpe de cuello hacia delante, la vuelve a poner en posición erecta. Me mira a los ojos y anuncia exaltado:

—¡La vida continúa, Zanardelli! —Luego calla, a la espera de que yo diga algo.

Le apasiona soltar frases que no quieren decir nada, o casi nada, para estudiar nuestras reacciones. Si le respondemos lo primero que se nos pasa por la cabeza demostramos que somos idiotas. Si, en cambio, le pedimos explicaciones, mostramos una «escasa proactividad», como nos reprocha siempre en los discursos navideños, en los que enumera puntualmente los defectos que debemos combatir «desde dentro» para convertirnos en «guerreros de nosotros mismos».

Prefiero representar el papel de canalla y callarme. Y es la mejor opción, porque su cara se vuelve a ensanchar en una nueva sonrisa de tiburón y prosigue:

—Le hemos encontrado otro colega con el que compartir el escritorio, que ocupará el lugar de Sereni... —Hace una pausa, mientras yo permanezco impasible. A continuación alza la voz, se pone serio y me pregunta—: ¿Está contenta?

¿Qué se supone que debo contestarle: que no veo la hora de conocer al heredero de Marinella y que me intriga saber si también preguntará a Ferrari cuándo hay que hacer una suma o una resta?

El director debe de haber notado mis dudas, porque me apremia enseguida:

—Le he hecho una pregunta, Zanardelli. ¿Es que se ha vuelto sorda?

Busco a toda prisa una respuesta vaga para que no aumentar su irritación.

—¿Así que el nuevo compañero es un hombre? —Mientras termino de pronunciar la frase me doy cuenta de que me he marcado un autogol.

—¿Por casualidad está buscando un nuevo marido? —contesta él, tan rápido y malvado como una comadreja.

A buen seguro, Vernini sabe cómo terminó la historia de mi boda, pero, pese a ello, no me esperaba un golpe tan bajo. Lo último que me podía imaginar es que saliera con un comentario típico del cuarto donde tomamos café durante las pausas.

No respondo, pero mi corazón se acelera y mi estómago se vuelve a encoger hasta convertirse en una nuez. Alguien llama a la puerta, rompiendo el embarazoso silencio. Vernini grita como de costumbre:

—¡Adelante!

Entra tímidamente Gino Pisani, el chófer-recadero-hombre-para-todo de Vernini, con la habitual cara hinchada y las gotas lozanas de sudor de quien se bebe como mínimo un par de *spritz* en el bar cuando desconecta del trabajo. El «esclavo personal» de Vernini, como lo llaman todos, porque lo acompaña a todas partes con el coche de la empresa, tiene más o menos la misma edad que su amo.

«¡Vaya una vida de mierda!» es el comentario que hacemos cada vez que lo vemos esperar durante horas a su señor delante de la entrada, encerrado en un vistoso sedán azul oscuro, que a Vernini debe de parecerle muy chic y absolutamente adecuado para un hombre de su rango.

Pisani deja un sobre en el escritorio del director, que no se molesta en darle las gracias y le ordena que salga con un ademán arrogante de la mano.

Después de que su esclavo haya salido, Vernini se dirige de nuevo a mí en tono meditabundo:

—Sí, su nuevo colega es un hombre… acabamos de cambiarlo de sección y espero que se integre enseguida en su grupo. Así pues, le deseo una fructífera y útil colaboración con el señor Savino Santi, recién licenciado en Economía y Comercio.

También esta es una broma de pésimo gusto, porque Vernini sabe de sobra que estoy matriculada en esa carrera y que hace un año que no me presento a un examen. Sin embargo, debo fingir que me alegro mucho por el tal Santi:

—Será jovencísimo, si se acaba de licenciar.

Vernini se ensombrece y masculla:

—Tiene cuarenta y ocho años cumplidos y lleva veinte en esta empresa. ¿Le parece un neolicenciado?

Al director le privan los «neo», como los llama él, porque le encantan los recursos jóvenes y brillantes, a los que exprime como limones, pero un «neo» anciano es una extraña categoría. ¿Logrará poner también a punto para Santi una «trayectoria de desarrollo» personalizada que concluya con el ascenso una hora antes de que se jubile?

Pero debe de suceder algo extraño, porque Vernini me hace una confidencia asumiendo un aire conspiratorio:

—Santi pretende ascender a mando intermedio sin seguir todas las fases de la trayectoria de desarrollo. Hace veinte años que trabaja para nuestra empresa y considera que debemos ascenderlo por el mero hecho de que ahora tiene un diploma…

Su mirada se pierde en el vacío con una expresión desesperada, como si solo él fuera capaz de comprender la escandalosa gravedad de las exigencias de Santi. Luego vuelve a mirarme a los ojos y, por fin, va al grano:

—Santi cree que es un experto en Derecho Laboral, porque tiene incluso valor para mandarme los trataditos que escribe —explica sacando unos folios, que agita delante de mi cara—, en los que divaga sobre el Decreto Ley laboral de 1924 y se define como un empleado de orden y no de concepto.

Se coge la cabeza con las manos y la levanta lentamente antes de preguntarme, resignado:

—¿Usted sabe qué es un empleado de orden?

No, desconozco esas sutilezas propias de los expertos en Derecho Laboral, y no entiendo una palabra de lo que dice. Solo sé que yo también sigo siendo una *currita* de a pie como Santi, y que lo seré de por vida hasta que no me haga con ese maldito pedazo de papel. Pero tengo que contestarle algo a la fuerza, porque Vernini no soporta los silencios.

—No, señor Vernini, no sé qué es un empleado de orden…

Él, entonces, coge los folios de Santi y lee con una mueca de horror: «Según se deduce de algunas importantes sentencias del tribunal de casación, los empleados se dividen en dos categorías: empleados de concepto y empleados de orden. Yo, Savino Santi, pertenezco sin duda a la segunda, dada mi reducida integración contractual. Así pues, me veo obligado a desempeñar un trabajo intelectual, si bien solo aplico las directivas de mis superiores y carezco de cualquier poder de iniciativa». A continuación tira de nuevo los folios sobre el escritorio y grita:

—¡A Santi se le ha metido en la cabeza comportarse como un empleado de orden hasta que lo ascienda! ¡Me escribe cuatro veces a la semana para protestar acusando a sus jefes de no darle las instrucciones adecuadas para que él pueda desempeñar su trabajo! —despotrica agitando las manos en el aire—. ¡Este hombre no solo insinúa que desconozco las leyes laborales sino que además, desde que se licenció, no hace nada de la mañana a la tarde porque, según él, no recibe las directivas apropiadas de sus superiores! ¡Así que pasa ocho horas al día mano sobre mano! Es intolerable. ¡Debería ganarse su sueldo! —concluye dando un puñetazo al escritorio. Luego cabecea de nuevo mirando por la ventana. Espero aterrorizada la próxima oleada de cólera. En cambio, me pregunta en tono casi neutro—: ¿Usted sabe en qué trabaja mi mujer?

—Es abogada... —balbuceo, porque no sé si realmente espera que yo lo sepa.

Por lo visto, la idea de responderle ha sido acertada, porque esboza la sonrisa de satisfacción de un demente.

—¿Y cree usted que el marido de una abogada debe recibir lecciones sobre el Código Civil? ¡Mi mujer no se ocupa de desahucios ni de divorcios! Es una experta en Derecho Laboral y defiende a empresas como la nuestra. No se parece en nada a los abogados que trabajan para el sindicato, ¡esos desgraciados que no valen un pimiento! Por desgracia, no pudo asistirme en el tema de la externalización, ¡con ella habríamos ganado seguro! —Se interrumpe un instante y luego añade, nuevamente irritado—: ¡En cambio, ahora me tengo que enfrentar a ese ejército de haraganes armados por Cruella!

Al cabo de unos segundos recupera la calma.

—Perdone el desahogo, puede que haya exagerado. Olvide lo que he dicho, y también cómo he llamado a esa mujer. —Me sonríe con afecto, casi como un amigo—.

Querida Francesca, aprecié mucho cómo se comportó el día de la tragedia, fue muy valiente y demostró una gran firmeza, de forma que creo que puedo confesarle la verdad.

¡Dios mío! ¿Qué habré hecho para convencerlo de mi lealtad? ¿Será porque no he contado a los investigadores las bromas que corren sobre cómo ha fastidiado su carrera?

Hace una pausa dramática y sentencia:

—Santi me preocupa. ¡No pensará de verdad que puede ascender a directivo comportándose como el más miserable de los empleados!

¡Así que es verdad que desprecia a sus subordinados! Aun así debería demostrar un poco más de prudencia porque yo también soy uno de ellos:

—No somos todos iguales, señor Vernini, pero la empresa necesita también buenos empleados como nosotros —objeto con cierta mezquindad, mientras pienso que si Cruella me oyese sería capaz de estrangularme con sus propias manos, sin usar siquiera la cuerda blanca.

Vernini me sorprende entonces con un cumplido:

—Zanardelli, usted está teniendo una trayectoria que la llevará a un rápido crecimiento profesional, además es autónoma, realiza sus tareas con pasión… pero Santi no destaca, desde luego, por su profesionalidad. Y es licenciado, ¿comprende? ¡Licenciado!

Estoy empezando a preocuparme. ¿Y si Santi es de verdad el digno heredero de Casper? ¿Será aún más ablandahigos y polémico que ella? ¿Tendré que pasar ocho horas al día sentada delante de un extraño maleducado, separada de él por un simple panel divisorio de treinta centímetros?

Mi expresión debe de ser elocuente, porque Vernini se levanta del sillón para despedirse de mí y me dice con ternura:

—Trate de mantener la calma con Santi y todo irá bien, ¿de acuerdo?

Me acompaña a la puerta —¡no lo ha hecho en su vida!— y me estrecha incluso la mano.

—¡Si algo va mal venga a verme!

Caramba. Si Vernini me recomienda que mantenga la calma Santi debe de ser poco menos que un monstruo.

Cuando a la mañana siguiente entro en la oficina, veo que está más oscura de lo habitual. La persiana de la ventana permanece bajada. En la penumbra destaca un flexo nuevo encendido en el escritorio delante del mío. Savino Santi está sentado allí. Se ha hecho un horrible emparrado con el pelo que no logra ocultar su calvicie. Viste una chaqueta marrón, combinada con una corbata de un extraño color verdoso, que parece hecha con la piel de una serpiente planchada y cortada en esa forma.

Ha apilado un montón de documentos para formar una barrera más alta que el panel divisorio a fin de protegerse de una servidora. Cuando dejo el bolso en el escritorio él levanta la cabeza, me mira con cierto disgusto y baja de nuevo los ojos sin siquiera saludarme. Empezamos bien.

Me dejo caer abatida en la silla y enciendo el ordenador. Todo ha de pasarme a mí. Primero las miradas curiosas e insistentes de Sereni, y ahora Santi, que adora la oscuridad y pretende estar con la persiana bajada.

Aunque Parodi y Gavazzeni han subido la suya, no parece molestarles la ocurrencia de Santi. Comprendo enseguida que nadie me defenderá de las locuras del recién llegado.

Me pongo a ordenar los viejos documentos que guardo en el fondo de un cajón, con el único propósito de no tener que mirar a la cara a mi estrambótico compañero de escritorio. Bah, quizá debería presentarme y darle la bienvenida. Puede que esté esperando a que lo haga, pero no tengo ningunas ganas. Parece el tipo que te muerde los tobillos por el mero gusto de oírte gritar de dolor.

Mis otros compañeros también están silenciosos, da la impresión de que la presencia de Santi ha enfriado incluso el ánimo ardiente de Colombo. No quiero reñir, pero no puedo estar a oscuras todo el día, de manera que voy a encender la luz. Me equivoco y pulso los interruptores de lámparas de neón que hay encima de nuestros escritorios.

Santi estalla furibundo:

—¿Quién te ha pedido que enciendas también la mía? ¡Enciende solo la tuya si tanto lo necesitas!

Mis mejillas se encienden, no me esperaba un ataque similar. Mortificada, apago enseguida su lámpara. No son siquiera las nueve y media, y debo pasar el resto del día con la luz encendida, mientras fuera un tímido sol caldea la ciudad. Ahora comprendo por qué me puso en guardia Vernini: Santi es peor que Casper. Pero no me queda más remedio que aguantarlo. El director me ha advertido, así que si discutimos la culpa será mía.

Para aplacar los nervios voy a dar una vuelta por los pisos de abajo, pero en ellos el abatimiento es aún mayor. Mis compañeros se mueven furtivos como sombras, mirando alrededor con circunspección. La única que camina con descaro es Cruella, que me aborda en el pasillo:

—¿Vendrás a la asamblea general? La celebraremos el lunes en el salón de actos.

Está muy emocionada. Le parece increíble haber vuelto a los viejos tiempos en que todos aplaudían los recursos de los abogados del sindicato para intentar anular la externalización, que ella declamaba con voz firme y dura.

Se acerca aún más para susurrarme meliflua al oído:

—¿Por qué no intervienes? En el fondo, tú encontraste a Sereni…

¡De manera que también ella quiere que cuente lo que vi en el baño! No puedo más.

—Tú misma dijiste que solo debíamos hablar con los magistrados, ¿y ahora quieres que haga una bonita declaración delante de todos? ¿Esperas descubrir algo nuevo?

Cruella saca entonces las garras.

—No me agredas, no he dicho nada por el estilo. Supongo que estarás traumatizada por lo que te sucedió y has interpretado mal mis palabras. Solo te he invitado.

—¡Gracias, pero no pienso ir! —le suelto a la cara. Si fuera por mí no volvería a hablar de Casper. Me basta soñar con su cadáver todas las noches.

Vuelvo a la oficina e intento trabajar, pero siento las ondas negativas que emana Santi. Es como si su malhumor apestase el aire y lo transformase en un veneno que nos hará morir ahogados dentro de poco. Está sentado, tieso como si se hubiera quedado encandilado, con la camisa endurecida por kilos de almidón: indeformable, inflexible, perfectamente tensa, como el traje de un maniquí.

Intento abstraerme en la meditación contable, pero Colombo se acerca a nuestras mesas, unidas involuntariamente como dos gemelos siameses.

—¿Has acabado con esta bruja? Te acompaño en el sentimiento —dice brioso dirigiéndose a Santi, a la vez que me mira sonriendo para ver si ha logrado sacarme de mis casillas. ¿Me tendrá ojeriza porque cree que me he convertido en la querida de Vernini? A saber: dado lo paranoico que es, puede pensar cualquier cosa.

Pero esta vez me hace perder de verdad los estribos.

—Dale el pésame por un motivo mejor. ¡La última que se sentaba ahí murió estrangulada y aún no sabemos quién la mató! ¿Te parece un puesto afortunado?

Colombo me mira complacido. He tenido la reacción que esperaba, así que se apresura a replicar:

—¿Qué estás insinuando? ¿Que todos los que se sientan delante de ti mueren asesinados? ¿Sabes más de lo que dices o eres simplemente gafe?

Santi levanta por fin la cabeza y sonríe con la gracia de una barracuda, dejando a la vista dos largos caninos de carnívoro depredador.

—Si Zanardelli es peligrosa pediré que me cambien de oficina.

Caigo en la trampa hasta el fondo:

—¡Será un honor traer mala suerte a dos tipos como vosotros! Por desgracia, no tengo ese poder.

El canalla de Colombo se lanza por completo al ataque.

—¡Eres realmente una bruja! ¡Mañana traeremos los collares de ajos!

Vernini, ubicuo como el Omnipotente, aparece de repente en la sala.

—Se lo advertí, Zanardelli. Venga un momento a mi despacho.

Me veo obligada a seguirlo, mientras mis dos colegas se ríen engreídos. Tras entrar en su despacho, Vernini me indica que me siente con un ademán:

—¿Qué le dije, querida Francesca? ¡Déjelo estar! Además, no debe reñir con Colombo, ya sabe cómo es.

Me esperaba un buen chorreo y, en cambio, su tono es conciliador. ¿Así que Vernini tampoco los soporta? Quizá sea así, porque me libera enseguida:

—Vamos, Zanardelli, vuelva a la oficina y no les haga caso. A propósito, he sabido que no irá a la asamblea sindical...

Pero ¿cómo hace para estar informado de todo? Este hombre parece Dios...

Él prosigue, seráfico:

—Me parece una sabia decisión. Detesto a los que quieren instigarles contra la empresa. Por eso he decidido organizar lo antes posible varios encuentros con un profesional de *team building,* que les enseñará a trabajar juntos en armonía y a transformar la competitividad en un estímulo positivo. ¿Le gusta la idea?

Seguro que teme que Cruella le lance de nuevo encima a la sección de conflictos y está dispuesto a hacer lo que sea para no volver a pisar los tribunales, incluso a llamar a un *life coach* empresarial para estimular el «espíritu de grupo» de sus empleados. Confiaba en que, después de las lecciones de Educación Física del instituto, no iba a tener que volver a fingir en mi vida entusiasmo por los ridículos juegos en equipo, pero si a Vernini le enfervoriza tanto el *team building* me conviene secundarlo.

Con la nariz tan larga como la de Pinocho contesto:

—¡Es justo lo que hace falta en un momento como este! ¡Gracias, director!

Él se electriza aún más.

—¡Será una sorpresa para todos! Incluso para los que creen erróneamente que me conocen. Si soy severo es porque quiero sacar lo mejor de cada uno de ustedes.

Se levanta para acompañarme a la puerta —¡la segunda vez en dos días!— y, en un tono casi íntimo, me dice exaltado:

—Deben tener también más confianza en mí. —Pero luego, en un abrir y cerrar de ojos, vuelve a ser el Vernini desagradable de siempre. En lugar de soltar mi mano la estrecha aún más fuerte y susurra gélido—: Si vuelve a pelear con Colombo o con Santi la trasladaré a un trastero y la obligaré a hacer el balance final con un ábaco. ¿Está claro?

Mensaje recibido. No es necesario estrujarme la mano para que comprenda la amenaza. Me libero de él y vuelvo a la oficina. Pero, en un nuevo giro de los acontecimientos, me encuentro a Santi organizando un escándalo a Ferrari que, a todas luces, ha pasado para pedirle que haga algo.

Los dos están de pie delante de nuestro escritorio. Santi grita como un poseído:

—¡Tiene que procurarme una lista diaria de las tareas que debo realizar! ¡No puede pretender que organice mi trabajo solo, porque el jefe es usted! Y si no le gusta, hable con el director. ¡Lo único que pido es poder cumplir con mi deber con entusiasmo y abnegación!

Ferrari hincha el pecho en una respiración tensa y furibunda; da la impresión de que le gustaría agarrarlo por la camisa y soltarle una bofetada.

—Pero ¡qué entusiasmo y abnegación ni qué ocho cuartos! —le responde rabioso. Acto seguido se vuelve hacia nosotros y añade—: ¿Qué hay que hacer con un imbécil como este? ¿Matarlo?

Calla de inmediato al darse cuenta de que acaba de decir algo espantoso. Se produce un silencio tenso que nos deja congelados, como una ráfaga de viento polar.

«¿Y si hubiera sido él?», pensamos todos, incluido, a buen seguro, Vernini, que se ha asomado a la puerta atraído por el bullicio. Miro instintivamente los zapatos de Ferrari. Incluso es posible que calce el cuarenta y tres…

Mientras pienso que Ferrari podría ser de verdad el asesino múltiple, Santi grita inspirado:

—¿Habéis oído? Ferrari me ha amenazado de muerte, después de que un asesino haya matado a esa tal Sereni. ¡Yo lo denuncio, en serio! ¡Y os citaré como testigos! Todos habéis oído lo que me ha dicho, ¿verdad?

Ninguno tiene el valor de responderle. Nos quedamos inmóviles, conteniendo el aliento, esperando a que pase el vendaval. También Vernini calla. Está blanco, lívido de ira. Su querida empresa está viviendo un drama interminable.

¿Qué será de nosotros?

BUSCO MARIDO

Vivo cerca de mis padres. Para ser más exacta, a ochocientos cincuenta metros, según calculó mi padre cuando me compró el piso: «Tres minutos en coche y diez a pie».

Antes de firmar el acuerdo de compra, él y mi madre fueron a verlo una infinidad de veces. Yo no quería ver ni los planos. Sabía dónde estaba el edificio, había pasado por delante un par de veces, pero no me entusiasmaba la idea de elegir el sitio en que iba a vivir sola, mientras que Maurizio se instalaba bien a gusto en el ático de su nueva novia.

Jamás pude imaginar que me traicionaría con la hija del asesor fiscal para el que trabajaba desde hacía dos años, una chica con la que incluso habíamos salido en un par de ocasiones. La muy bruja venía acompañada de un «novio» vestido con pantalones pitillo y zapatos

Church's abrillantados con grasa de foca: un pijo vanidoso y arrogante. Solo más tarde comprendí que era un truco repugnante para que yo no tuviera celos.

La muy capulla, una rubia teñida con los ojos de color castaño claro desvaído, trabajaba en el escritorio contiguo al de Maurizio. Cuando salíamos juntos llevaba un bolso que valía tres sueldos míos. Me pareció odiosa, pero mi exfuturo marido me había tranquilizado: «Parece arrogante, pero en realidad solo es muy tímida, debes entenderla...».

A mí no me parecía nada tímida, y jamás habría sospechado que Maurizio, mientras aseguraba estar desbordado en su trabajo, se citaba en un restaurante con esa mentirosa tapizada de Gucci, del bolso a los zapatos. Y menos aún que luego follase con ella en su casa, después de haberme llamado por teléfono para decirme que quería concluir el banquete de boda con la milhojas de crema *chantilly*.

Quizá fue sincero cuando me confesó: «Al principio solo era una compañera que me caía bien, ¡te lo juro!». Él tampoco se habría imaginado nunca que podía salir con una privilegiada habitante del centro, mientras nosotros habíamos firmado una hipoteca de treinta años para comprar un piso en la residencia Sant'Antonio, en la periferia de Cesano Boscone: un apartamento de tres habitaciones y noventa metros cuadrados, con un cuartito para nuestro hijo, que pensábamos tener cuando los dos nos hubiéramos licenciado en Economía en la universidad nocturna. Nos habíamos matriculado juntos porque ambos estábamos hartos de trabajar como contables.

No podía creer que Maurizio hubiera sido capaz de contar una mentira tras otra durante todos esos meses sin que yo me diera cuenta de nada. Era la novia de un monstruo que, por fin, se había quitado la máscara y me había desvelado su verdadero yo. Un pequeño trepa social dispuesto a prostituirse con la hija de su jefe para heredar el negocio del padre y convertirse también él en asesor fiscal, con un superdespacho en el centro de Milán.

No volví a poner un pie en la universidad para no verlo. Además, ¿de qué me servía acabar la carrera? ¿Qué cambiaría en mi vida? No he vuelto a tocar los textos de Economía, que mi padre ordenó en la estantería. Y el domingo por la mañana, en lugar de estudiar, me quedo en la cama rumiando la historia de siempre.

Como ahora. Estoy tumbada, pensando en cuál será el menú de la boda de Maurizio cuando se case con esa cabrona. No tengo ningunas ganas de levantarme, entre otras cosas porque a la una hemos quedado para comer con la señora Giovanna y su hija. Mientras estoy acurrucada bajo el edredón suena el móvil. Es mi padre, que quiere saber si estoy despierta.

Habla muy bajo:

—Hola, cariño, tu madre sigue durmiendo... he comprado la Saint Honoré, ¿te parece bien?

—¿Cómo que sigue durmiendo? ¡Casi es mediodía!

—Chitón... prefiero dejarla dormir tranquila, así luego se sienta a la mesa con nosotros. Quizá nunca le gustó levantarse temprano, así que ahora duerme siempre hasta que le da la gana.

—¿Has limpiado también la casa?

—Claro, Francesca, hice todo ayer, así hoy tengo tiempo para cocinar.

—¿No estás cansado, papá?

—No, cariño. Solo es un mal momento, pasará. Entonces, ¿estás preparada? ¡Ponte algo mono, por favor!

—¿Tengo que ir a la comida dominguera con un vestido de noche?

—No exageres, basta con que no te presentes con los vaqueros de siempre y las zapatillas de tenis…

—Iré vestida como me apetezca, papá. Y si insistes iré en pijama, sin siquiera cambiarme.

—Como quieras, cariño, haz lo que te parezca, pero trata bien a tu madre. ¿Me lo prometes?

No tengo ganas de reñir nada más levantarme.

—Ok, papá, te lo prometo.

Cuando, una hora más tarde, llamo a la puerta, me abre él. Lleva un delantal con alguna que otra mancha y parece ajetreado:

—Ven, he vestido a tu madre, ¡mira qué bien está! —me dice antes de empujarme al interior del dormitorio.

—¿Qué significa que la has vestido, papá? No está muerta, ¡sabe hacerlo sola!

—No digas esas cosas delante de ella, Francesca. Aún está muy mal y debo cuidarla.

—¡Pero si se pasa el día viendo la televisión, no es que tenga pulmonía!

—Tú también tardaste cuatro meses en levantarte de la cama, solo hay que esperar. Ahora salúdala, vamos.

Entramos en el dormitorio. Mi madre está tumbada en la cama vestida de pies a cabeza, como si fuera un cadáver preparado para la capilla ardiente, solo que en este caso la difunta está viva y sintonizada a un canal de la parabólica, donde emiten una de las series policiacas que ahora le privan. Creo que es *Mentes criminales.* Me siento en la cama para verla con ella. Diez minutos más tarde, un asesino en serie ha matado a una prostituta y ha metido la cabeza de la desgraciada en el congelador.

¡No puede ver cosas tan truculentas en su estado! Apago la televisión y ella se comporta entonces como una caprichosa.

—Francesca, ¿por qué no me dejas relajarme un poco con la televisión?

—¿Relajarte con esos asesinos en serie? Pero ¿qué estás diciendo? —Empieza a preocuparme seriamente.

Ella pone una vocecita de colegiala y dice con suma amabilidad:

—¡Cariño, me esfuerzo por ver esas series terribles porque quiero descubrir al asesino de Sereni! ¿Me has entendido, tesoro? ¡Las miro por ti, para ayudarte!

Me ha dejado sin palabras. No me esperaba que delirase hasta ese punto. Entretanto mi padre entra en la habitación y me da una patadita en la pierna:

—Ven a ver, ya he preparado todo.

Entro con él en una cocina inmaculada. Los estantes y las encimeras están como los chorros del oro y en las bandejas se descongelan los *tonnarelli* con mero y la guarnición de verduras mixtas. En el horno diviso un pollo.

—¿El pollo también es congelado, papá?

—¡Por supuesto que no, cariño! Además, es una pintada. La compré esta mañana en la carnicería de la esquina, con el tocino y todo lo demás... lo único que hay que hacer es calentarla. A propósito, hemos pensado decir que la cocinera es tu madre. Te lo ruego, evita los comentarios de siempre sobre los congelados, ¿de acuerdo?

Cuando estoy en un tris de responderle que no me trate como a una niña suena el telefonillo. Mi padre se quita el delantal.

—¡Aquí están, son ellas! Abre tú, Francesca. Voy a levantar a tu madre.

Aprieto el botón de la puerta a la vez que digo «¡Cuarto piso!» de forma, quizá, excesivamente brusca. En respuesta me llega una especie de trino retorcido: «¡Gracias, querida! Tú debes de ser Francesca, ¡no veo la hora de conocerte!».

Me precipito furibunda al dormitorio de mis padres.

—¿Qué le has contado sobre mí?

Mi madre me mira con ojos brillantes de salmonete.

—Solo les he contado la verdad, cariño; sabe todo sobre ti y sobre Maurizio...

¿Quién le ha dado permiso para pregonar mi vida privada a una desconocida? Me doy media vuelta y me dirijo al perchero para coger mi anorak de plumas, pero la mirada implorante de mi padre me detiene. Si ha secundado a mi madre en esta locura de la comida no es solo por ella, también lo ha hecho por mí. Está deseando que haga una nueva amiga y que salga a divertirme...

En cualquier caso, un timbrazo apremiante pone punto final a mi plan de fuga. Mi madre, que ha recuperado el don de caminar, galopa a abrir la puerta.

—¡Bienvenidas! ¡Adelante!

La señora Giovanna es una mujerona imponente: luce una permanente de color rojo pompeyano y ha estado morreando un lápiz de labios tono ciclamen. Su hija, en cambio, parece un espárrago: lleva una chaqueta de cuero y unos pantalones superceñidos combinados con un par de zapatos de tacón de doce centímetros. Va maquillada como un loro —maquillaje y colorete, rímel y pintalabios— y cuando se quita la chaqueta se queda con un suéter minúsculo y estrujado de color negro sobre el que brilla como un intermitente de camión un collar de cristales de colores.

A pesar del *look* pretendidamente sexy, mi futura amiga del alma parece una anchoa seca ataviada para ir a bailar a una discoteca. Debe de pesar menos de cincuenta kilos y parece una de esas que se deja la piel en el gimnasio para no engordar un solo gramo. Puede que tenga mi edad, pero carece por completo de expresión. Solo logra esbozar una especie de sonrisa, que parece más bien un tic nervioso y que se apaga enseguida.

La cariátide de su madre, en cambio, es excesivamente vivaz. Apenas se quita la chaqueta me abraza de forma exagerada mientras exclama:

—¡Querida Francesca, pobre Francesca!

No sé lo que daría por tirarla al suelo de un empellón y salir de casa como un rayo, pero supongo que pesa, al menos, cuarenta kilos más que yo. Por suerte, mi madre me distrae de mis propósitos homicidas:

—¡Venid a tomar un aperitivo!

Las sigo de mala gana al salón, donde mi padre ha preparado en la mesita una bandeja llena de pedazos de grana padano —que ha comprado ya cortados, los reconozco— y unas aceitunas con sus correspondientes palillos artísticamente clavados.

Veo también una botella de vino de aguja a remojo en la hielera de plata de la lista de bodas, que mi madre solo saca por Navidad.

Mi padre abre el vino como si fuera un experto catador y lo escancia en las copas. Sujetando la suya con una mano, la señora Giovanna bebe un sorbo abundante, en tanto que con la otra coge un pedazo de queso. Su hija, en cambio, sostiene su copa con dos dedos y se moja apenas los labios sin mover mínimamente la cara.

—Entonces, cariño —me dice la mujerona impertinente—, ¿mi Regina y tú habéis decidido ir juntas a esas fiestas maravillosas donde se conoce un montón de gente encantadora?

Creo que no la he entendido bien. ¿Su hija se llama de verdad Regina o ella la llama así porque la considera una reina?*

Intento aclarar la cuestión:

—¿Su hija se llama Regina?

Ella me mira con los ojos fuera de las órbitas.

—¡Por supuesto que se llama Regina! ¿Qué preguntas son esas, Francesca? —Después prosigue, con su verborrea—: ¡Me parece una idea maravillosa que uséis internet para encontrar al hombre de vuestros sueños!

Miro a mi padre para que me auxilie, dado que el tanque apunta directo a su objetivo: lanzarnos, a su hija y a mí, a la imposible empresa de conquistar a unos hombres «encantadores» dispuestos a llevarnos al altar mientras nosotras lucimos la consabida cola con la coronita de flores en la cabeza.

Mi padre intenta cambiar de tema:

—Que decidan ellas. Si les apetece salir juntas que se pongan de acuerdo.

Pero el viejo *panzer* ya está en marcha y no hay quien lo detenga.

—Yo sé todo de mi Regina: jamás sale sin decirme adónde va, ¡si no lo hiciera me preocuparía! Además, me gusta imaginármela... —Calla un segundo, exhala un suspiro que más bien parece el resoplido de un fuelle, y prosigue— ... toda elegante, como ahora, y pensar en lo que estará haciendo.

---

* En italiano *regina* significa también «reina» (*N. de la T.*)

Regina, mientras tanto, permanece en silencio, con la mirada fija en sus uñas. Luce una manicura francesa perfecta que, a buen seguro, retoca todas las noches antes de irse a dormir.

Pero ahora su madre quiere involucrarla en la conversación y le ordena:

—¡Cuéntanos un poco cómo son esas maravillosas fiestas!

Regina tarda un momento en hablar, pero después dice con voz monocorde:

—La próxima cita es una *speed date,* una velada en que puedes conocer a veinticinco solteros. Cada uno lleva un número. Ves a uno cada vez, sentado en una mesa, y puedes charlar con él durante doscientos segundos. Luego, si te ha gustado, debes escribir «ok» en la ficha que te dan los organizadores. Si tú también le gustas recibes un email con su número de teléfono. —Al final suelta la sorpresa—: He reservado también para ti. Te daré la dirección cuando nos llamemos.

No tengo tiempo de reaccionar, porque la señora Giovanna aplaude con sus manos rechonchas y gorjea:

—¿Has visto, Maria? ¿Qué te dije? ¡Es facilísimo!

También mi madre aplaude exultante y exclama:

—¡Es el final de una pesadilla!

¡El final de la suya, pero el principio de la mía! Trato de escabullirme hacia la puerta con la intención de marcharme sin ser vista, pero mi padre se planta a mi lado como un carabinero y me empuja hacia el comedor.

—¡Entrad y os serviré los *tonnarelli* que ha hecho Maria! —dice incitante y, bajando la voz, me susurra en tono amenazador—: No puedes darle un disgusto así. Haz como si nada, luego ya lo arreglaré yo todo.

Me resigno a mi infausto destino y entro con ellas en el comedor. La mesa está puesta para un banquete de boda casero: servilletas plegadas sobre los platos, copas de cristal y cubiertos para dar y tomar. La señora Giovanna abre los ojos desmesuradamente: «Pero ¡qué maravilla!», mientras mi padre revolotea a nuestro alrededor, deslizando con gracia las sillas bajo nuestras posaderas. Si sigue por ese camino acabará poniéndose una servilleta en el antebrazo y preguntándonos qué deseamos comer. Pero en lugar de eso se precipita a la cocina y vuelve al cabo de un segundo empujando un carrito con una fuente enorme rebosante de *tonnarelli.*

La señora Giovanna aplaude de nuevo, mientras él especifica con discreción:

—¡Los ha hecho Maria, le salen de maravilla! —explica descargando en el plato un cucharón pantagruélico. A Regina solo le sirve un par de bocados, pese a que ella sacude la cabeza para dar a entender que es demasiado.

Empezamos a comer. Mi madre y la señora Giovanna charlan como dos viejas amigas, Regina escruta un punto en el vacío, mi padre trajina alrededor de la mesa con la presteza de un *maître* y yo me pregunto por qué no me habré quedado apoltronada en la cama.

Cuando llega la pintada, la señora Giovanna dice:

—¿Por qué no habláis un poco entre vosotras, chicas? —Luego susurra algo al oído a mi madre.

¿Cómo podré resistir hasta la Saint Honoré sin saltarle a la yugular?

Ir todas las mañanas a la oficina, cruzar unos pasillos vigilada por las cámaras, llegar al escritorio y ver la calva de Santi iluminada por la lámpara me cuesta un esfuerzo inmenso. No puedo soportar más su presencia hostil detrás de la pila de documentos. A su lado, Colombo es un dechado de simpatía y delicadeza. Las escenas que monta resultan divertidas comparadas con el aire lúgubre de Santi, y sacuden la atmósfera, cada vez más plúmbea, que reina en toda la empresa.

Aún se ven grupos de empleadas que van juntas al baño, e incluso las salas de reuniones han sido asaltadas por comitivas de compañeros. Nadie se atreve a entrar primero y esperar a que lleguen los demás. Se habla de los temas de siempre: ¿qué empleados estaban en la empresa cuando asesinaron a Sereni? ¿Quién de ellos calza el cuarenta y tres? Si el asesino es de verdad uno de nosotros, ¿matará a alguien más? Aun así nadie habla de marcharse. Un trabajo fijo no es algo a lo que se pueda renunciar ni en presencia de un psicópata. Esos son los tiempos que vivimos.

La fiscalía no ha revelado los nombres de las personas que estaban en la empresa mientras asesinaban a

Sereni, pese a que los periódicos aseguran que eran unas cincuenta. El resultado es que ahora circulan unas hojas de Excel con los nombres de los cincuenta candidatos, en los que hay incluso una columna dedicada al número de zapato. He visto la copia que Colombo tenía en su escritorio, medio escondida bajo un montón de folios.

Es *vox populi* que mi jefe figura entre los principales sospechosos. Dicen que calza el cuarenta y tres, y algunos aseguran haberlo visto en el búnker del café poco antes de que asesinaran a Sereni. En la lista figura también el joven egipcio que cambia las toallas de papel en los servicios, pero incluso a un oriundo de Bergamo como Gavazzeni le asquea que lo acusen «por el mero hecho de ser extranjero», como ha dicho con el sentido común sintético y desabrido del que hace gala de vez en cuando. A Colombo se le ha metido en la cabeza destilar una lista personal de los cincuenta sospechosos y pregunta a quien asome la nariz a nuestra oficina si recuerda quién seguía fuera a la hora de comer el día del homicidio, de manera que ha conseguido que ya no entre nadie.

En cualquier caso, la moda de las listas acabó deprisa, después de que Vernini apareciera en un par de despachos —incluido el nuestro— para intimidarnos:

—¡Si una de esas listas llega por error a mi escritorio denunciaré por calumnia a todos lo que no figuren en ella! ¿Queda claro?

Como un prestidigitador, Colombo hizo desaparecer de inmediato el folio y en un par de horas se convirtió en un defensor a ultranza de la presunción de inocencia corporativa. De hecho, lo pillé en el pasillo fanfarroneando con la secretaria:

—Si hay alguien que jamás cometería el error de emitir un veredicto de culpabilidad para una persona sin una sentencia, ese soy yo. Escúchame bien, Laura: ¡he usado la palabra sentencia porque todos tenemos derecho a un juicio justo antes de que nos declaren culpables!

Pero a estas alturas todos sospechan de todos. Vivimos inmersos en un clima en que predominan las miradas de reojo inquietas y perplejas, como si uno de nuestros compañeros pudiera abalanzarse de pronto sobre nosotros en el cuarto del café para estrangularnos mientras bebemos el capuchino de la máquina.

La otra mañana, sin ir más lejos, a una de las compañeras de Michele le dio un ataque de histeria cuando un empleado chocó con ella por error al salir de la zona de pausa del tercer piso.

Ella, una rubia con el pelo rizado que sigue vistiéndose y peinándose como una adolescente pese a que hace mucho tiempo que superó los cuarenta, lanzó un grito:

—¡Socorro! ¡Quieren matarme! ¡Detened a este hombre! ¡Es el asesino!

Todos nos asustamos, pero el colega-asesino se justificó de inmediato:

—Perdona, no te he empujado adrede, lo siento.

Ella estalló entonces en un extraño llanto acompañado de unos maullidos inauditos, a la vez que sacudía los rizos.

Y cuando, más tarde, entró en el despacho uno de los técnicos informáticos, los cuatro —Santi incluido— nos miramos pensando lo mismo: «¿Y si hubiera sido él?».

Luego, sin embargo, bajamos la mirada avergonzados, dado que también el técnico parecía haber adivinado lo que nos estaba pasando por la mente y miraba a su vez en derredor preguntándose si saldría vivo de la habitación.

Laura es la única que está absolutamente convencida de que el asesino no es un empleado. La oí susurrando a Parodi en el pasillo:

—El señor Vernini siempre ha sido muy correcto. Todas las personas que trabajan aquí están satisfechas, ¡así que nadie tenía ningún motivo para perder el juicio y matar a Sereni!

Parodi asentía con la cabeza, pero él siempre da la razón a todos. Cree que es de mala educación contradecir a su interlocutor. Diga lo que diga.

Esta mañana todos van a ir a la asamblea que Cruella ha organizado en el salón de actos. Incluso Gavazzeni se levanta de su mesa para salir en silencio de la oficina, mientras Parodi lo escruta sorprendido. ¿Será posible que Gavazzeni tenga también miedo de acabar bajo tierra antes de volver a su amada Bergamo para disfrutar de la jubilación?

Yo, en cambio, no despego el trasero de la silla. No tengo la menor intención de dar una satisfacción a Cruella. Según parece, Parodi está de mi parte, porque sigue trabajando como si nada.

Colombo regresa a mediodía con el paso exaltado de un mosquetero del rey.

—¡Sois unos canallas! No contéis con mi compasión cuando el asesino os coja por el cuello y os lo apriete sin piedad, ¡porque no os habéis defendido cuando podíais hacerlo!

No podría jurarlo, pero tengo la impresión de que Parodi se toca sus partes antes de saltar como un muelle y salir de la oficina a toda prisa. Colombo no se esperaba esta reacción y se queda estupefacto un segundo, pero luego se acerca a mí con un folio en la mano.

—Lee la moción que hemos votado, pequeña esquirola.

En lugar de insultarlo como se merece, cojo la hoja y empiezo a leerla con una expresión tan concentrada que deja de sentir la tentación de interrumpirme. La estratagema funciona. El mosquetero deja de zumbar a mi alrededor y se sienta por fin tras su escritorio.

En la moción, Cruella pasa de inmediato al ataque. Vernini sería «responsable de haber contaminado con peligrosos venenos la vida cotidiana de los empleados, tratando de externalizar la estructura del centro de llamadas y rechazando conceptos como la flexibilidad, un derecho cada vez más reconocido en el mundo laboral, porque permite a las mujeres conciliar de forma más adecuada el tiempo que dedican al trabajo y a la familia».

Después de un doloroso párrafo sobre «la batalla perdida a favor de la guardería interna, que habría podido aliviar las dificultades de aquellos de nosotros que aún tienen hijos pequeños», Cruella asesta el golpe mortal: «Así pues, se solicita un encuentro con el director para decidir las medidas a adoptar en relación con la protección de los asalariados, medidas que deberán ser sometidas después a un referéndum aprobatorio».

Conozco lo suficiente a Vernini para saber que no soportará otra serie de asambleas, mociones y referéndums, y salta a la vista que Cruella está tratando de llevarlo de nuevo al campo de batalla a golpes de maza de hierro, arma que sabe agitar con habilidad. Pero el director no tiene ninguna culpa de que alguien haya estrangulado a Sereni. A saber adónde quiere llegar en realidad nuestra sindicalista de asalto. ¿Estará apuntando a unos viernes con horario reducido? ¿Quizá solo en verano? Hace años que se habla de ello, y a Vernini le da un síncope cada vez que alguien menciona el tema.

Cuando acabo de leer el comunicado me quedo con la cabeza inclinada sobre el folio. Colombo me escruta con la intensidad de un buitre. Luego se acerca a mí.

—¿Qué piensas?

Lo miro con aire de suficiencia, alzo las posaderas con un movimiento atlético, deposito el folio en su mesa y, dejándolo de una pieza con mi cortesía, que no puede ser más falsa, le digo:

—Gracias, pero no quiero comprar nada.

A continuación corro a ver a Michele. Pero mi amigo está hoy de pésimo humor. Lo noto enseguida, porque lo encuentro afilando con obstinación un lápiz del que apenas queda ya nada. Le gusta usarlos hasta que se convierten en una ridícula colilla que apenas puede sujetar con los dedos, mientras refunfuña sobre lo «despilfarradores» que son sus compañeros.

No resisto la tentación de pincharlo un poco:

—¿Tú también has votado a favor de la moción? ¿Pensáis ir en bloque a la policía a denunciar a Vernini por haber creado un pésimo ambiente en la empresa y haber provocado con ello el asesinato de Casper?

—Están exagerando. ¡No se puede instrumentalizar la muerte de una persona para pelear con el director! —responde indignado.

—De acuerdo, pero si no encuentran al culpable será difícil volver a la vida de antes. Se rumorea incluso de Ferrari, como si bastase una discusión con el jefe para que la cosa acabe mal.

Michele cabecea.

—Es necesario tener un poco de serenidad para trabajar. Si invitas a un colega a una reunión, ahora se presenta escoltado por un compañero. No podemos seguir así…

—¿Sabes que Vernini, para calmar las aguas, quiere organizar encuentros sobre *team building,* como dice él?

—Sí, ha mandado la invitación hace unos minutos. —Me enseña el mail en la pantalla del ordenador—. Reunión en el salón de actos el 13 de febrero.

Abre el mensaje y lo leemos juntos sin decir una palabra. Apenas reconozco el tono del director, que ha perdido su habitual vigor para adoptar un tono empalagoso: «Queridos colegas, los tristes acontecimientos de estos días nos han golpeado de forma dolorosa y nos han arrebatado la alegría de antaño, cuando trabajar no era solo nuestra misión empresarial sino también una manera de relacionarnos de forma positiva entre nosotros. En la actualidad se perciben, sin embargo, las señales de una peligrosa discordia que tiene como efecto la mortificación de nuestra vida común, lo que empeora a su vez la calidad de la relación laboral que nos une durante tantas horas al día. Debemos volver a fiarnos unos de otros, sin sospechas recíprocas. Así pues, os invito a que pasemos juntos el próximo 13 de febrero para recuperar nuestro habitual entusiasmo. La reunión iniciará a las 9.30, con una pausa de una hora, entre las 13 y las 14, para comer, y concluirá a las 17. ¡Sed puntuales, os lo ruego!».

La vergüenza que sentimos al acabar de leer el email nos impide hablar. Apoyo una mano en un hombro de Michele.

—¿Crees que Vernini se ha convertido en un hombre bondadoso? Parece el lobo de Caperucita Roja. ¿Recuerdas que se ponía el gorrito de la abuela?

—Bah, quizá la reunión sea interesante, no hagamos juicios apresurados...

Puede que le arranque algún comentario más durante la comida. Cojo el ascensor para volver a mi oficina, pero apenas llego a nuestro pasillo me cruzo con Vernini, que camina a dos metros del suelo.

—¿Ha visto la invitación, Zanardelli? ¿Quieren entender de una vez que estoy de su parte? Están demasiado desmoralizados, debemos superar este momento,

¡y debemos hacerlo juntos! La reunión es una buena idea, ¿verdad?

Por desgracia, cuando Vernini me interroga de forma tan directa, mis ondas cerebrales se achatan. La única estupidez que me viene a la mente es, claro está, la más inapropiada.

—Pero ¿en qué consiste exactamente?

Irritado, vuelve a ser el de siempre:

—¡En lugar de dedicarse a curiosear por ahí vuelva a su oficina, Zanardelli! —Pero se interrumpe enseguida y me vuelve a mirar casi con dulzura—: Le ruego que deje en paz a Santi, a fin de cuentas, nunca cambiará... —Dicho lo cual se da media vuelta y se marcha.

Últimamente no hay quien entienda a Vernini. A saber qué tendrá en el melón. Sus cambios de humor son increíbles, salta de los insultos a la ternura paternal. Puede que padezca ciclotimia y tenga doble personalidad. Por lo visto, esas espantosas series que ve mi madre en la televisión también están haciendo mella en mí.

Puede que mi compañero tenga muchos defectos, pero es un hombre de palabra. En el escritorio —acabo de dejar ahí el bolso, a las ocho y cincuenta y cinco— yace una nota doblada en dos y con mi nombre escrito a bolígrafo. La abro y veo que es de Santi. Me avisa de que he recibido un «mensaje certificado con acuse de recibo» y que debo retirarlo en su puesto. Nadie me ha mandado jamás una carta certificada escrita a mano, y no tengo la menor idea de lo que es el acuse de recibo.

El muy loco está sentado con la lámpara apuntada a la calva, como siempre, y hace como si nada. Mira la pantalla del ordenador con una fijeza que recuerda mucho a la de Casper. Pero él no hace solitarios, porque está convencido de ser un empleado modélico y no un caradura que usa los instrumentos empresariales para fines distintos a los laborales, como prohíben las circulares internas.

Echo un vistazo rápido a los escritorios de mis compañeros, y veo que todos han recibido la misma nota. ¡Así que les ha escrito a todos una carta certificada! Miro con disimulo más allá de la barrera de papel y atisbo varios mensajitos encima de su mesa. ¡Ese desequilibrado no bromea! ¿Qué se le habrá ocurrido? La idea de pedirle la carta me repugna. Prefiero hacerme la sueca, luego ya veremos.

Gavazzeni y Parodi tienen más o menos la misma reacción que yo cuando llegan. Echan un vistazo perplejo a la nota de Santi, luego la vuelven a dejar encima del escritorio sin decir nada. Solo Colombo se aproxima pomposo hacia nuestro improvisado cartero y le anuncia con aire triunfal:

—Dame el sobre, ¿dónde debo firmar?

Santi esboza una sonrisa complacida que deja a la vista unos caninos aterradores.

—Aquí tienes, firma donde figura tu nombre.

Colombo hace un garabato y retira la carta. Abre el sobre, lo lee rápidamente y suelta una risotada sardónica.

—¡Lo has hecho! ¡Caramba, mi querido Santi, tú sí que tienes un par de huevos! —A continuación se vuelve hacia nosotros—: ¡Sí, pusilánimes, no disimuléis, porque nos llamarán a testificar! Os conviene retirar la carta.

Miro a Parodi. Tampoco él logra ocultar el estremecimiento que le produce que lo hayan metido en un marrón semejante, pero luego se levanta y va a coger su sobre. También Gavazzeni retira el suyo. Yo, en cambio me resisto. ¡Ese imbécil se puede quedar para siempre con su estúpida carta!

No obstante, no he tenido en cuenta lo infame que puede llegar a ser Santi, porque este levanta de su silla, sortea los obstáculos y deja otra notita en el teclado de mi ordenador.

Está como un cencerro. Es el «segundo aviso para la carta certificada a mano que debe pedir al señor Santi». Ha añadido «señor» delante de su nombre para conferir un tono aún más oficial al mezquino asunto.

Me digo que no voy a hacerle ni caso, pero lo descubro escribiendo a toda prisa un nuevo aviso, el tercero, por mi intolerable retraso de treinta segundos. ¡Basta, me doy por vencida! Sin mirarlo, me acerco a él para firmar el folio. Cojo la última carta certificada y salgo de la oficina para no darle la satisfacción de abrirla delante de sus ojos famélicos.

Una vez en el pasillo, abro el sobre. La carta es muy larga y espantosamente rebuscada: «Por la presente se advierte a los señores Colombo Gualtiero, Gavazzeni Mario, Parodi Lucio y Zanardelli Francesca que serán llamados a bla bla bla contra el señor Ferrari Gianfausto, culpable de bla bla bla...». Sigue un párrafo donde la víctima relata cuánto sufrió por culpa de la amenaza de su superior. Resumiendo, noches en vela, manía persecutoria y una serie de tics que el muy canalla ha tenido siempre y ahora quiere endosarle al pobre Ferrari. Se le acusa de haber infringido el artículo 612 del Código Penal relativo a la amenaza, y dado que esta es de carácter grave (de muerte) podría conllevar hasta un año de cárcel. Después vuelve a la tela de araña del lenguaje propio del bufete de abogados Hermanos Marx y Asociados: «La gravedad de la amenaza debe determinarse asimismo en relación con la entidad de la turbación psíquica causada al sujeto pasivo del acto intimidatorio. Una medida de tal entidad se puede deducir de las condiciones en que se encuentran el autor del delito y la persona ofendida». Me dan ganas de preguntar a Gavazzeni o Colombo si ellos son capaces de comprender semejante galimatías, pero no quiero remover el asunto. Sigo leyendo y descubro que el muy cerdo, no contento con torturar a los destinatarios de su carta, reserva la mayor parte de su vileza para Ferrari: «Además, el delito de amenazas puede ser el presupuesto de delitos más graves contra la persona, como las lesiones temporales o el homicidio...».

Acabo de leer, horrorizada. Un velo de sudor frío cubre mi frente, siento crecer la rabia en mi interior. De delito de amenazas nada, Santi está consiguiendo que nos den ganas de dejarlo seco. Algo así como lo que les sucedía a los pasajeros del Orient Express en la novela de Agatha Christie, que daban cada uno un navajazo al maldito gánster que había arruinado la vida de todos ellos. ¿No es ese el caso de Santi? Quizá Gavazzeni le asestaría el golpe fatal. Él también está harto y no ve la hora de que lo dejen en paz.

Además, Ferrari es realmente un buen jefe, no se merece una canallada de este calibre. Si perdió los estribos con Santi fue por culpa de Vernini, que no deja de meterle en la oficina a seres infrahumanos con los que no sabe qué hacer, porque, como dice siempre: «¡Soy licenciado en Economía, no en Psiquiatría!».

A pesar de que odio a los lameculos, quiero ir al despacho de Ferrari para prometerle que diré la verdad, toda la verdad y nada más que la verdad cuando me citen para declarar. En el fondo, la suya fue solo una salida desafortunada, más que justificada por las provocaciones de Santi.

Bajo al primer piso. La puerta del despacho está cerrada. Qué raro, él la deja siempre abierta, así, si alguien necesita entrar puede hacerlo con facilidad. Llamo un par de veces.

—¿Quién es? —responde Ferrari nervioso.

—Soy Zanardelli…

—Entre si ha de hacerlo.

¡Caramba, nunca ha sido tan maleducado! La espantosa historia de la denuncia debe de haberlo turbado profundamente. Empujo con delicadeza la puerta y lo veo acurrucado detrás del escritorio con aire abatido. Hasta se ha quitado la chaqueta y se ha aflojado la corbata.

—Yo estoy con usted... —susurro.

—¿Está conmigo en qué sentido? ¿Quiere ayudarme a matar a ese imbécil?

Otro que está perdiendo la chaveta. Estamos navegando a la deriva en un melodrama en que se mezclan al azar personajes salidos de un culebrón venezolano con otros propios de una tragedia griega. Tengo que hacerlo razonar, porque si sigue así se meterá en un lío de verdad:

—¡No haga más tonterías! Todos declararán que lo suyo fue solo una ocurrencia torpe, porque Santi le estaba...

Ferrari no me deja acabar la frase:

—¡Ese miserable conseguirá arruinarme! Amenacé oficialmente de muerte a uno de mis subalternos pocas semanas después de que asesinaran a Sereni. ¿Sabe que corro el riesgo de que me acusen de homicidio? ¡Así resolverán el enigma de la empleada!

—Pero ¡nadie se tomará en serio a Santi!

—Nadie me tomará en serio a mí cuando busque trabajo en el McDonald's y descubran que tengo antecedentes penales. ¿Quién estará dispuesto a contratar a un potencial asesino en serie de compañeros de trabajo?

—¡Sabemos que no fue usted!

—Es muy amable por su parte darme tanta confianza, en efecto, no me apasiona estrangular en el baño a las empleadas que acaban de volver del bar… no, no es mi *hobby* preferido, pero ¿quién explica a los de McDonald's que mientras frío las patatas no estoy eligiendo a mi próxima víctima entre las cajeras de veinte años?

No sé qué más decirle, quizá su pesimismo esté justificado. Vernini puede despedirlo cuando quiera porque los directivos no están tutelados por el Derecho Laboral como los mandos medios y los empleados. Y si Ferrari fuera condenado, acabaría de verdad asando hamburguesas en la parrilla en un *fast food* o trabajando como uno de esos albañiles que los capataces contratan por las mañanas sin preguntarles siquiera cómo se llaman.

Mejor será que me vaya. Vuelvo a mi oficina, pero allí la atmósfera es tan pesada como el hierro fundido. Solo Santi nos lanza de cuando en cuando una mirada victoriosa y se ríe sarcásticamente. Iluminados por la luz del flexo, sus caninos resplandecen de forma cruel.

Los temores de Ferrari eran fundados. Vernini lo ha hecho desaparecer y su despacho está ahora vacío. Han desaparecido también los cuadros y todo lo demás; Pisani se los llevó hace un par de mañanas. Colombo vio que el chófer de Vernini entraba en el despacho y salía de él con varias cajas cerradas con precinto, preparadas a saber por quién, puede que por Laura, que en ocasiones hace los trabajos sucios en nombre del director.

Ferrari desapareció sin despedirse de nosotros y no sabemos si está en excedencia, como sostiene Parodi, o si en cambio ha sido despedido, como Colombo está dispuesto a jurar.

Vernini no ha hecho el menor comentario, pero Laura nos ha enviado un mail para avisarnos de que esta mañana hará una visita oficial a los pobres huérfanos, es decir, a nosotros: «Se ruega a los señores Zanardelli, Parodi, Gavazzeni, Colombo y Santi que esperen al director en su oficina a las once para recibir una importante comunicación».

A las once en punto Vernini se materializa en la puerta. Nos levantamos de un salto para reagruparnos alrededor de él, que tiene el aire grave de las grandes ocasiones.

—Para empezar, les ruego que sean puntales en la reunión de mañana —anuncia, luego toma aliento y prosigue—: Pero, por encima de todo, me gustaría recordarles que la planificación es uno de los elementos fundamentales en la vida del cuerpo empresarial, porque los músculos necesitan recibir sangre para poder funcionar. Sin sangre ni siquiera el mejor de los campeones correría medio metro o saltaría una barra colocada a diez centímetros del suelo.

Permanecemos impasibles, a la espera de que prosiga con la espantosa metáfora sobre el funcionamiento del cuerpo empresarial.

—¿Sabéis por qué os he comparado con la sangre? ¡Porque vosotros, los empleados de Planificación y Control, estáis en todas partes! Corréis por las venas y las arterias de las actividades que lleva a cabo una empresa, cuando compra y vende algo en el exterior, pero también cuando paga a sus empleados y verifica que estos han desempeñado a conciencia su trabajo.

Seguimos guardando un silencio sepulcral a la espera de que él prosiga con su delirio verboso.

—El señor Galli sustituirá a Ferrari a partir de la semana que viene. Por desgracia, el señor Ferrari tiene problemas de salud y está de baja temporal. Además hay otra novedad: he instalado a vuestro nuevo jefe en un despacho del cuarto piso, aquí al lado, así podrá ayudaros mejor a realizar vuestro trabajo.

Acto seguido se despide esbozando una sonrisa malévola. Menudo hipócrita. Ferrari no tiene ningún problema de salud y Galli es uno de los directivos más desastrosos que Vernini recibió en herencia cuando lo nombraron director. Creo que Galli apenas tiene cincuenta años, pero es una ameba llamada a la extinción, con unas ganas de trabajar equivalentes a cero. No obstante, dado que es un directivo, debe ocupar a la fuerza una posición organizativa, esto es, tener una responsabilidad oficial y varios recursos dependiendo de él. De esta forma, ha pasado por todas las secciones de la empresa, solo que al cabo de un año tratando de soslayar problemas y decisiones, Vernini se ve obligado a aparcarlo en otro sitio antes de que cause demasiados destrozos. De hecho, su apodo oficial es Passotini. Para colmo no lo pueden despedir, porque tiene amigos influyentes que lo protegen o, al menos, ese es el rumor a voces.

Ferrari llevaba treinta años haciendo balances, mientras que Galli ni siquiera sabe qué es una partida doble. Acabaremos trabajando con números sacados del bombo de la lotería. Sigo sin comprender por qué vienen a parar a nuestro departamento todos los casos desesperados de la empresa. Parece una unidad de enfermos terminales. Después de haber intentado colocarlos en todas partes los mandan aquí, donde basta con saber hacer cuentas o jugar al solitario. Además, en caso de que no sepan, nadie los mueve de su sitio, los dejan para siempre al baño María como un flan que no cuaja, porque la vieja ley laboral prohíbe los despidos, incluso en el caso de que los jefes te quieran sustituir por un joven de veinticinco años dotado de un cómodo contrato de falso autónomo.

Es el día grande de la reunión. A las nueve vamos apareciendo de uno en uno en el salón de actos, donde Vernini y el resto de directivos están ya sentados en primera fila. A la legión de cuadros y empleados ha quedado reservada la retaguardia. Me acomodo en uno de los últimos asientos, al lado de Michele. Cuando la sala se llena el director sube al palco y anuncia por el micrófono:

—Está a punto de comenzar un día distinto a todos los que conocéis ya. Hoy viviremos un momento especial que nadie habría imaginado jamás que llegaría a compartir con sus compañeros. Podréis contarles esto a vuestros nietos y ellos os mirarán asombrados. Queridos míos, ¡nunca debemos sentirnos solos, ni siquiera en los momentos más oscuros! La luz de la esperanza volverá a encenderse y a iluminar nuestro camino.

A continuación baja animoso del palco, mientras del público se eleva un tímido aplauso. Así es como los empleados le agradecen la inusual pausa de la rutina diaria.

Las lámparas de neón parpadean hasta apagarse y nos hundimos en una penumbra azulada. En el salón se instala un silencio preñado de promesas. ¿Qué efectos especiales habrán preparado?

Enseguida se difunden las notas altísimas de una canción que me parece haber oído ya, a la vez que en la pantalla se proyectan imágenes de pájaros volando, montañas nevadas y umbrosos bosques centenarios.

Por fin reconozco la canción. Es *Todavía tengo fuerza* de Luciano Ligabue. La deben de haber elegido por los pasajes en que incita a no rendirse nunca. Lástima que Ferrari no esté aquí para escucharlo, quizá encontraría la fuerza necesaria para enviar su currículum a una empresa más prestigiosa que la nuestra.

Mientras las últimas notas se van apagando lentamente, las luces se vuelven a encender y —¡golpe de efecto!— un tipo sube al palco con un movimiento elástico. Su apariencia es desaliñada: viste un suéter grande e informe de color azul oscuro, propio de un mercadillo *hippy*, y un par de vaqueros rotos. Como *life coach* me esperaba el habitual tipo de cuarenta años con la chaqueta a medida y la corbata inglesa de rayas. Este, en cambio, parece que acaba de levantarse de la cama y que no ha tenido tiempo de darse una ducha. Su pelo enmarañado recuerda al nido de un zarapito.

Pasea en silencio, como mirándonos a los ojos uno a uno, y sonríe.

—¿Quién no se ha sentido abatido alguna vez y ha pensado que no iba a poder recomenzar? —Con un salto atlético baja del palco y empieza a andar entre los sillones—. Son esos los momentos en que es necesario sacar lo mejor de nosotros mismos y volver a empezar desde cero, porque «¡nos guste o no, ha sucedido, y no es posible volver atrás!», como dice nuestro amigo Ligabue.

Miro fugazmente a Michele, que parece aún menos entusiasmado que yo, y susurro:

—Confiaba en que no mencionase la historia de Casper...

A mi amigo no le da tiempo a responderme, porque el orador, tras hacer un giro de noventa grados, ruge para llamar la atención de todos:

—Hoy trataremos de entender por qué, en las situaciones de estrés, el secreto es unirse y formar un equipo. Para colaborar bien con los demás es necesario dejar a un lado los viejos principios jerárquicos. La esencia de un equipo radica en compartir las mismas esperanzas. ¡Los equipos que solo existen en la mente de los gerentes nunca funcionan! —prosigue con gestos exagerados—: Si no se tiene una visión común del objetivo que hay que alcanzar es más difícil trabajar con los demás. Y un liderazgo excesivo impide que los individuos se sientan parte del grupo, con unos resultados pésimos para la autoestima de sus miembros.

Tras otra pausa efectista, el *life coach* retoma la pequeña lección que ha aprendido de memoria:

—Cuando, en cambio, se crea un clima de confianza, se genera espacio para ideas y acciones nuevas, y todos logran sentirse miembros de un equipo y, gracias a ello, sienten la fuerza necesaria para esforzarse al máximo.

Se apagan de nuevo las luces y suena a todo volumen *Haciendo camino* de Baglioni, con la famosa cantinela sobre la repentina ayuda celestial: «Haciendo camino encontrarás un gancho en el cielo...».

Cuando se vuelven a encender los neones, el desventurado pasa de nuevo al ataque:

—Para poder trabajar juntas, las personas necesitan que se las reconozca continuamente, lo que no debe ser un momento excepcional sino una constante en su vida en la empresa. El mejor modo de felicitar a los demás es alabarlos de forma espontánea, por ejemplo cuando uno pasa junto a tu mesa...

Alzo los ojos al techo esperando la próxima estupidez: ¿por qué se burlan así de nosotros?

Me despierta un codazo de Michele. La sala está iluminada y reina una gran confusión. Puede que hayan sido esas canciones tan insulsas, pero el caso es que dos horas encerrada a oscuras han sido suficiente para sobarme. La tarde ha sido interminable, entre *No abandones jamás* de Gigi D'Alessio, para animarnos a no tirar nunca la toalla, y los discursos patéticos del orador sobre el dichoso *team building*. Casi habría sido mejor dedicar el día al balance final. Abro los ojos justo a tiempo para ver a Colombo abalanzándose sobre el director para estrecharle la mano y felicitarle por el uso del festival de San Remo con fines formativos. Pero no es el único lameculos que zumba alrededor de Vernini, porque al menos una docena más de colegas se apresuran a felicitar al gusano.

—¡Ha sido maravilloso! —gorjea una tipa de unos cincuenta años, resuelta a hacer un poco la pelota al jefe, aprovechando el simple hecho de que lo tiene delante. Santi, en cambio, escapa enseguida con un cuadernito en la mano. ¿Habrá recogido más pruebas de las persecuciones que sufre a diario? Puede que a él quien le guste sea Riccardo Cocciante... Ya me lo imagino: «Es una conjura, están todos conspirando contra mí».

Dado que ya he oído bastantes gilipolleces por hoy, me salto la cena en casa de mis padres y vuelvo a la mía. Cuando me meto en la cama me cuesta dormirme. No me importaría que el asesino de la empresa matase también a Santi. Ya no soporto más a ese paranoico. Cuando estoy a punto de deslizarme al mundo de las pesadillas —siempre sueño que Maurizio y yo nos hundimos con el barco durante el crucero que habíamos reservado para la luna de miel— oigo lo que me diría Michele: «¿Has caído tan bajo que deseas la muerte de todos los compañeros que te caen gordos?». En el duermevela le respondo: «¡Si se sientan delante de mí, sí!».

Luego tengo una iluminación: pediré a Vernini que me cambie de área. Puedo pararlo en el pasillo con cualquier excusa y solicitarle de buenas a primeras un «desarrollo profesional más rápido» que me permita, con la ayuda de algún bonito curso de formación, cambiar de oficina y de trabajo. Mañana por la mañana haré acopio de valor y se lo diré.

QUE PASE EL SIGUIENTE

El día empieza con una bonita novedad: Santi no está. Su lámpara está apagada y en su escritorio reina un orden nórdico en que no se divisa ni un solo bolígrafo. De inmediato me siento más alegre y corro a subir la persiana. La vista del cielo es como un bálsamo para mi corazón.

Trabajo sin descanso hasta las once, por fin puedo hacerlo en paz. Luego me levanto para ir a beber un café. Mientras camino a buen paso por el pasillo me encuentro al inspector Lattanzi. Tiene la misma expresión mesurada del día del homicidio y le acompaña un policía que no conozco.

Me escruta impasible, está pálido y tiene unas ojeras marcadas. Cuando abre la boca pronuncia en voz baja las palabras que más he temido oír:

—¿Puede seguirnos al despacho del señor Vernini?

Casi me da un infarto, ¿qué más habrá sucedido?

Al entrar en el despacho del director comprendo que mis presentimientos son acertados. La arrogancia jovial de la reunión de ayer ha desaparecido en la cara de Vernini, que ahora se tuerce en una mueca trágica. También Laura, que entra apresurada para darle un papel y sale con las mismas prisas, tiene la cara de quien acaba de recibir un escopetazo en la espalda.

—Acomódese, Zanardelli —me ordena el director.

Los dos policías se quedan de pie detrás de mí.

—Por lo visto todo le sucede a usted —prosigue—. Mejor dicho, a los que se sientan delante de usted…

—Dios mío, ¿qué ha ocurrido ahora?

—Santi… también él —responde muy serio.

Siento un espasmo en el corazón, como si estuviera a punto de romperse. ¡Parece que el asesino me ha leído el pensamiento y ha satisfecho mis fantasías más crueles! La cabeza me da vueltas, la habitación es también un remolino, cierro los ojos y lo veo todo negro.

Me despierta la voz de Vernini:

—¡Rápido, un vaso de agua! ¡Vamos, Zanardelli, ánimo!

Debo de haberme caído al suelo, porque las caras preocupadas de Vernini y del policía se ciernen sobre mí, mientras Lattanzi trata de cogerme por las axilas. Le agarro un brazo y él me ayuda a sentarme de nuevo en la silla. Me echo a llorar, repitiendo las mismas palabras del día en que encontré el cadáver de Sereni:

—No lo he matado yo, no he sido yo…

Siento sobre mí la mirada tensa de los policías. ¿Estarán empezando a sospechar de mí? Quizá no les parezca una coincidencia que todos los que se sientan delante de mi mesa acaben asesinados.

Vernini sale en mi ayuda:

—Señora Zanardelli, el hecho de que los dos muertos fueran sus vecinos de escritorio significa que la interrogarán de nuevo, ¡pero no tiene nada que temer! La llevarán a la fiscalía para que haga una declaración y luego volverá a casa. ¡Eso es todo!

—A decir verdad, si no le importa, debería hacer enseguida unas preguntas a la señora Zanardelli —lo contradice Lattanzi.

—¿Quiere que se desmaye otra vez?

Al inspector no le preocupa.

—Señora, ¿puede decirnos qué relación tenía con Santi? ¿Pelearon últimamente?

Dios mío… alguien debe de haberle contado que sentí deseos de ser gafe para atraer la mala suerte sobre Colombo y Santi. ¿Y si ha sido el director?

Miro a Vernini con semblante aterrorizado, pero él me vuelve a echar un capote:

—Zanardelli, solo he explicado al inspector que Santi no tenía buen carácter y que, por tanto, las relaciones con sus compañeros eran poco serenas. Pero no se preocupe, usted no tiene nada que ocultar.

Del pecho me sale una especie de bengala de palabras:

—Pero ¿cuándo lo mataron? ¡Ayer estaba en la reunión de la empresa con nosotros!

Lattanzi me mira a los ojos para comprobar si estoy mintiendo.

—Esta mañana, a eso de las siete. El asesino lo estaba esperando en el garaje.

—¿Y cómo lo mató? —susurro, sin una gota de saliva en la boca.

Lattanzi es lapidario:

—Lo estrangularon, señora Zanardelli. Debe de ser la misma persona que asesinó a Sereni, porque usó de nuevo una cuerda blanca. No obstante, ahora la acompañaremos a ver al señor Guidoni, que quiere hablar con usted. —A continuación coge su móvil, teclea un número y dice—: ¿Pasáis vosotros a recoger a la testigo? —Por último, dice dirigiéndose a Vernini—: Bajo con la señora a esperar el coche, vuelvo en un minuto.

Unos lagrimones, grandes como los lagos alpinos, caen de mis ojos. ¿Tengo que volver a salir escoltada por un policía y subir a un coche patrulla? Y eso que desde que Maurizio me dejó hago todo lo posible por pasar desapercibida.

Vernini comprende que no voy a poder soportar una nueva humillación y se ofrece a acompañarme:

—Creo que será mejor que vaya yo con la señora Zanardelli... está un poco turbada, es comprensible. —Luego me ordena desabrido—: Enjúguese esas lágrimas, ¡aquí no ha pasado nada!

—¿Cómo puede decir que no ha pasado nada? —contesto sin dejar de llorar a lágrima viva—. ¡Han matado a Santi! ¿Le parece poco?

—Sé que se ha cometido un homicidio, pero ¡a usted no le sucederá nada! Le preguntarán lo de siempre, como la otra vez, y luego volverá a casa.

—¿De verdad cree que podré habituarme a que me interroguen sobre la muerte de mis compañeros?

No contesta. Sin embargo, me coge del brazo con delicadeza y abre la puerta.

—¡Vamos, tranquila!

Salimos juntos al pasillo caminando lentamente, como en una marcha nupcial. Colombo, Gavazzeni y Parodi brotan de nuestra oficina con los ojos bien abiertos por la sorpresa. Colombo se precipita sobre mí:

—¿Qué le ha pasado a Santi? ¡Dilo si lo sabes!

Siento la tentación de escupirle a la cara, pero Vernini se interpone susurrando con furia:

—¡Cállese, Colombo, y vaya a trabajar!

Parodi tira de su chaqueta.

—¡Déjala en paz! —dice Vernini y luego lo empuja para que entre en la oficina.

Esperamos en la plaza que hay delante de la entrada. Tiemblo de pies a cabeza, y la causa no es el frío punzante. Con todo, el estrecho contacto con el brazo del director me regala un tibio consuelo. Al cabo de un par de minutos llega el coche patrulla, que derrapa como siempre a dos centímetros de nosotros.

Los policías se apean de él.

—¿Es usted la testigo?

Vernini asiente con la cabeza.

—Sí, ¡traten bien a esta chica, por favor!

Los agentes no deben de haberlo oído siquiera, porque me meten de un empujón en el coche, como si fuera Totò Riina, el mafioso, y partimos otra vez a cien por hora. Me despido del director con la mano y lo miro mientras se va empequeñeciendo y difuminando a través del velo que forman mis lágrimas: permanece de pie, alerta, delante de la empresa con el índice de homicidios más elevado de la llanura padana.

Mi padre me está esperando en un coche delante del tribunal. Lo llamé enseguida para que a mi madre no le diera un patatús al ver el telediario. Guidoni me ha interrogado tres horas, pero con educación, sin el apremio de Lattanzi. Al final estaba tan cansada y hambrienta que uno de los policías fue a buscarme un café y un bocadillo.

Puede que para no turbarme aún más, el magistrado ha evitado los detalles de la muerte de Santi y se ha limitado a confirmar lo que ya me dijo el inspector: mi colega fue asesinado a eso de las siete de esta mañana con una cuerda blanca. Si bien los ojos miopes del fiscal me parecían cada vez más cansados, se ha mostrado tan atento como siempre. Al despedirse me ha estrechado la mano de forma casi afectuosa:

—Váyase a casa, señora, siento todo lo que está sucediendo. No está teniendo mucha suerte últimamente…

Me habría gustado responderle como me habló Michele, es decir, que Santi ha sido más desafortunado que yo, pero luego me he contenido y he salido a toda prisa a buscar el coche de mi padre. Lo encuentro en doble fila y abro la puerta sin mediar palabra. Él da un brinco en el asiento.

—No te había visto, cariño. ¡Por fin has salido! Ahora te vienes a pasar un tiempo con nosotros... Tu madre estará más tranquila si te quedas en casa unos días.

—¿Y tú, papá, qué harás, el enfermero de por vida? ¿Por la noche nos traerás un vaso de leche a la cama y nos arroparás para que durmamos mejor? ¿Y qué hay del orinal? ¿Nos lo cambiarás tú, o tendremos que verterlo por la ventana?

—No te preocupes, resistiré. Lo único que quiero es que tu madre y tú estéis bien.

—Papá, por favor, llévame a mi casa. Necesito tumbarme y descansar un poco...

—Pero ¿no tienes miedo, Francesca? Los telediarios han dicho que el asesino estranguló a Santi en el garaje y que luego le cruzó los brazos sobre el pecho como a Sereni. Es un asesino en serie, ¡puede matarte!

—Papá, mamá te tiene comida la cabeza, los asesinos en serie no matan cada doce horas. No moriré esta noche por dormir en mi cama.

—Te lo ruego, ven a casa con nosotros, esta vez tu madre podría no recuperarse...

No comprende que ha usado el peor argumento, porque hoy no soportaré a mi madre lloriqueando en camisón delante del televisor.

—Si no me llevas a casa cogeré un taxi.

—De acuerdo, Francesca, pero mañana por la mañana te llamaré a las ocho y si no contestas iré a ver cómo estás. Y no te olvides de dar dos vueltas a la llave cuando cierres.

Conduce en silencio hasta mi casa y antes de arrancar espera a que entre en el portal. Abro la puerta de mi piso. Tengo la sensación de haber estado fuera un par de meses. La vista del sofá tapado con la horrenda funda de color naranja que eligió mi padre me procura una felicidad inexplicable. Saco del congelador un enorme bote de helado de chocolate y pistacho, meto en la televisión de la sala el pendrive donde tengo todos los capítulos de *Friends* y me dejo caer en el sofá con el deseo de no volver a levantarme.

El timbre del teléfono me arranca de una modorra sin sueños. Es mi padre, que me susurra en voz más baja de lo habitual.

—¡Habla más fuerte, no te oigo!

—¿Cómo estás, cariño?

—Estoy bien, tranquilo. Pero ¿qué hora es?

—Las ocho, ¿quieres que te lleve los periódicos?

—No, gracias, ayer por la noche me llamó Vernini. No iré al trabajo durante unos días. Los de la científica tienen que examinar de nuevo nuestra oficina. Yo saldré a comprar el periódico, así saco la nariz de casa. ¿Cómo está mamá?

—Ahora está durmiendo. Ayer vino el doctor para ponerle una inyección de valium. ¿Quieres que le pida que te ponga una a ti?

—Prefiero que no, no serviría de nada, porque al cabo de dos horas me despertarás tú.

—No es verdad, cariño, además el médico dijo que el valium es ideal para casos como este.

La idea de pasar un día atontada por los calmantes me disgusta.

—Te lo agradezco, papá, pero ahora tengo ganas de salir.

—¡En ese caso paso a recogerte! Espérame, llego enseguida.

—¿Estás tratando de decirme que de ahora en adelante solo saldré acompañada de papá, como si fuera una niña de cinco años?

—No, querida, haz lo que quieras, ¡pero ten cuidado si sales sola!

—¿Acaso pretendes que mire alrededor antes de bajar del coche? Además, perdona, si el asesino quisiera matarme le resultaría más fácil hacerlo en casa y no en medio de la gente.

—Cariño, ¿cómo podemos estar tranquilos si no atrapan al asesino? ¡Los periódicos dicen que no hay ni un sospechoso!

—Olvídate de los periódicos. Quizá haya una pista. El fiscal me hizo repetir no sé cuántas veces la frase que Ferrari dijo a Santi el día de la bronca, cuando nos preguntó si no había que matarlo.

—Sería estupendo que fuera él el culpable y que lo arrestaran. ¡Así dejaríamos de tener miedo por ti, Francesca!

—No, papá, no sería estupendo. No creo que haya sido él. ¡Es injusto acusar a una buena persona porque un cabrón lo denunció por una estúpida broma!

—Francesca, de verdad creo que necesitas un poco de valium…

La conversación se está haciendo insensata, necesito tomar el aire.

—Papá, salgo a comprar el periódico. Hablamos luego.

Voy al supermercado de siempre a comprar unos cuantos periódicos. Los titulares son sensacionalistas a decir poco: «El asesino en serie ha matado a otro empleado» y «Continúa el enigma de la empleada: un nuevo homicidio en la Empresa Letal». En todos los diarios figura la misma fotografía de Santi, donde aparece con los ojos desmesuradamente abiertos y expresión de loco, como si el asesino fuera él. Tiene los labios apretados para no dejar a la vista sus caninos puntiagudos, pero aun así resulta temible, y eso que es la víctima.

Me lo imagino tumbado en el suelo, escondido detrás de su coche, con una palidez lívida en la cara, como Marinella. Siento también la misma sensación de calma posterior a la muerte del día en que estrangularon a Sereni. Pero puede que la parálisis sea una defensa contra el miedo. Miedo también a acabar como cuando me dejó ese canalla de Maurizio. No quiero volver a estar así, y esta vez me mueve un motivo más: no tengo la menor intención de guardar cama durante meses en casa de mis padres, mirando series televisivas sobre asesinos en serie con mi madre, ataviadas, las dos, con unas batas de franela de color rosa y colocadas con diazepam.

Salgo del supermercado y me meto en un bar. Me siento a una mesa próxima a la cristalera y pido un cortado. Empiezo a hojear los periódicos, que están intentando recuperar los lectores de la época dorada de Casper. Empiezo por el artículo con el titular menos truculento: «Cómo muere un empleado».

El periodista arranca con la descripción de la casa de mi difunto compañero: «El señor Santi vivía solo en la periferia sur de Milán, en un edificio de diez pisos en el que había comprado el apartamento adyacente al de su madre, que se quedó viuda hace cuarenta años y de la que era el único hijo. Salía todas las mañanas a las siete para ir en coche a trabajar. Es muy probable que el asesino lo estuviera esperando detrás de una de las columnas del garaje y que le pusiera un trapo empapado con éter para hacerlo perder el conocimiento. A continuación lo tumbó detrás del coche para poder estrangularlo sin ser visto. Después de matarlo, le puso los brazos sobre el pecho, en la misma posición en que dejó a su compañera Marinella Sereni, previamente asesinada».

Mientras leo me asalta una ansiedad que no creía tener. Es más, espero que sea de verdad una simple agitación y no un ictus, porque siento una vena pulsando dentro de mi cabeza. Golpea como un martillo mientras sigo adelante con el artículo: «El asesino fue tan rápido que nadie en el edificio vio ni oyó nada. Solo la madre de Santi comprendió que algo iba mal, porque a las ocho aún no había recibido la habitual llamada de su hijo para decirle que había llegado a la oficina. Bajó al garaje para ver si el coche seguía allí y encontró el cadáver».

El periodista está convencido de que se trata de un asesino en serie: «El señor Santi es la segunda víctima de un asesino en serie empresarial que ha golpeado con idéntico *modus operandi* a dos empleados que no tenían ninguna culpa, salvo la de trabajar en la misma oficina y a las órdenes del mismo jefe».

Después viene una alusión a Ferrari que me asusta: «La madre de Santi ha contado a los investigadores que, después de haber trabajado veinte años en la empresa sin haber tenido el menor problema, su hijo había reñido con su nuevo jefe, el señor Gianfausto Ferrari, quien le había asignado unas tareas especiales con la pretensión de que las desempeñase sin haberle dado ninguna explicación».

Brinco en la silla, la vena está a punto de reventar. «Santi pidió a su jefe que le describiera con más detalle el trabajo que debía desempeñar, pero Ferrari perdió la cabeza y lo amenazó de muerte delante de los demás compañeros».

El artículo prosigue con «el doloroso relato de la madre de la víctima», quien no se anda con rodeos a la hora de acusar a Ferrari: «También Marinella Sereni, asesinada hace un mes, trabajaba en la unidad de Planificación y Control que dirigía el señor Ferrari. Después del episodio de las amenazas, mi hijo presentó una denuncia y pidió protección a la policía, pero esta, por desgracia, no se la concedió. Pese a que el director de la empresa apartó al señor Ferrari de su puesto de trabajo, mi hijo seguía sin sentirse seguro. Sabía que su vida estaba en peligro por haber demostrado valor ante un superior sádico y cruel que, con toda probabilidad, asesinó también a su pobre colega».

No, no he tenido un ictus, porque sigo viva cuando llego a la espantosa conclusión de la entrevista: «Mi hijo Savino había implorado a la fiscalía de Milán que le asignase un escolta para sus desplazamiento, no solo entre la casa y la oficina, sino también en el interior de la empresa, porque Marinella Sereni había sido asesinada en ella y él sabía que estaba en peligro. Pero nadie tomó en serio sus palabras y ahora es ya demasiado tarde».

¡Dios mío! ¿Será posible que baste un exabrupto para acusar a alguien de asesinato?

Pero ¿y si Ferrari fuera de verdad el asesino?

Fue él. Anoche lo llevaron a la prisión de San Vittore sin que opusiera la menor resistencia. He oído la noticia a las seis de la mañana en la radio. Como era de esperar, tampoco esta noche he pegado ojo. Me contengo hasta las siete menos diez y luego llamo a Michele, que me responde irritado:

—Pero ¿qué horas son estas de llamar? Está amaneciendo.

—¡Han arrestado a Ferrari! ¡No es justo que metan en la cárcel a una buena persona como él! —gimoteo.

Michele se espabila enseguida con una perorata sobre el Código Penal que debe de haber estudiado estos días:

—Para empezar no lo han arrestado. El fiscal solo ha ordenado que lo detengan. Dentro de dos días, el juez instructor decidirá si confirma la detención o lo deja salir de San Vittore. No sería la primera vez que un juez suelta a un sospechoso. Se necesitan pruebas para dejarlo dentro, o que exista riesgo efectivo de que escape o cometa un nuevo delito. Y no me parece que sea el caso de Ferrari.

—¿Siempre eres tan optimista?

—¿Qué tiene que ver el optimismo con el Código Penal? Y ahora perdona, tengo que prepararme para ir a trabajar —dicho esto, me cuelga.

Yo, en cambio, debo quedarme en casa porque la policía científica aún no ha terminado de examinar nuestra oficina. Echo enseguida un vistazo al diario en el ordenador, pero prefiero comprar también los de papel. Salgo a por ellos sin ducharme siquiera.

Media hora más tarde estoy sentada a la mesita del bar de siempre con una tonelada de periódicos, que he comprado en el primer quiosco que he encontrado abierto. En primera página aparece una fotografía de Ferrari saliendo de casa con las esposas escondidas bajo la chaqueta, flanqueado por dos policías. Tiene la misma mirada de los condenados a muerte cuando los suben al patíbulo.

Los titulares de los periódicos son banales, como, por lo demás, la conclusión de todo el asunto: «Un sospechoso en los asesinatos de los empleados: el jefe en la cárcel» y «Arrestado el presunto asesino en serie empresarial: era el antiguo jefe».

Las «investigaciones relámpago», como las llaman los periodistas, han sido brillantemente conducidas por Guidoni, que pinchó el teléfono de Ferrari y el muy idiota se traicionó a sí mismo: «Pocas horas después de la muerte de Savino Santi, Gianfausto Ferrari llamó al móvil de su mujer para contarle el delito que acababa de cometerse: "¡Por fin ha muerto ese imbécil!"». En el inmediato interrogatorio del fiscal, Ferrari sostuvo que se había enterado de la muerte de su subordinado por el telediario. Para defenderse, el sospechoso dijo que en el comentario que había hecho a su esposa solo había manifestado la antipatía que sentía por la víctima. Se excusó diciendo que la mañana del delito, él estaba en casa con su mujer, pero, dado el parentesco existente entre los dos, el testimonio de la mujer no puede considerarse válido».

¡Lo sabía, no tienen ninguna prueba contra Ferrari! Se aferran a la llamada porque no han conseguido encontrar nada más. No obstante, el artículo sigue arrojando cubos de fango sobre él: «La mujer del arrestado ha cometido la torpeza de intentar procurar una coartada a su marido, asegurando que la mañana del delito este se levantó muy temprano para arreglar un grifo, de forma que ahora podría ser incriminada por falso testimonio. Pero, además, hay un segundo elemento que ha persuadido a los investigadores de estar sobre la pista correcta: Ferrari calza el emblemático cuarenta y tres».

Del registro efectuado en el garaje donde apareció Santi se deduce que el asesino es el mismo que el de Sereni: «También en esta ocasión el asesino logró actuar sin dejar huellas biológicas ni dactilares. De él solo se encontraron las huellas de los habituales zapatos de cuero del número cuarenta y tres, con la suela plana. No obstante, parece que en el curso del registro al piso del sospechoso no se han encontrado zapatos de ese tipo. En cualquier, caso, no es difícil desembarazarse de ellos».

Sigo ojeando esa basura con una curiosidad morbosa. Se diría que los cronistas se han puesto todos de acuerdo: Ferrari es un monstruo y mataba a los empleados que no le caían bien. Anoche los periodistas se afanaron mucho y, entrevistando al azar a los propietarios e inquilinos del edificio donde vive Ferrari, descubrieron los dos inocentísimos intereses del asesino —*hobbies* dominicales o poco más— que enseguida transformaron en signos distintivos de una personalidad patológica y propensa, por tanto, al homicidio: «El presunto asesino en serie tiene dos pasiones obsesivas: el cuidado maniaco de las plantas de la terraza de su piso y los peces tropicales, que también eran objeto de unas atenciones contranatura».

Un periodista incluso logró arrancar confidencias al vecino del rellano: «El señor Ferrari hablaba siempre de sus peces, y una vez fui a ver sus acuarios: tenía tres. Uno estaba vacío, porque un amigo le había aconsejado dar un fármaco a los peces disco, que, según Ferrari, estaban demasiado hinchados. Por desgracia, a la mañana siguiente los había encontrado muertos. Estaba desesperado. Traté de convencerlo de que él no tenía la culpa de su muerte y de que debía comprar enseguida otros, pero me explicó que no podía dar un paso de ese tipo, porque estaba muy encariñado con los peces que habían crecido en su acuario. Sabía que su esposa y él no tenían hijos, pero, en cualquier caso, me pareció un razonamiento de lunático. ¿Cómo se puede querer a unos estúpidos peces disco?».

Por lo visto, también la buena mano que Ferrari tenía con las plantas le había procurado muchos enemigos en el edificio. Los cronistas han logrado descubrir que Ferrari había instalado un pequeño equipo de irrigación, que había desencadenado la ira de la inquilina del piso de abajo, quien había tenido que padecer «la inundación diaria de la terraza: ¡unos charcos enormes de agua en mi balcón!».

Qué asco. Lo están vapuleando sin piedad. Leo también la entrevista a un criminólogo, que los periodistas se apresuraron a despertar después del arresto y que asegura haber comprendido la razón por la que el asesino juntó los brazos sobre el pecho de los cadáveres: «Es típico de una personalidad obsesivo-compulsiva como la de Ferrari repetir el macabro rito de componer los cadáveres eliminando de la escena del delito el desorden que suele acompañar a una muerte violenta».

Salgo del bar después de haberme bebido un número indefinido de capuchinos. La sangre fluye con violencia por mis venas, no sé si debido a la cafeína o a la rabia que me ha causado la lectura de esa sarta de tonterías. Todo parece demasiado fácil para ser cierto. Hace años que conozco a Ferrari y si de verdad fuera un psicópata me habría dado cuenta. Ciertas cosas se sienten, se perciben. ¿Cómo habría podido trabajar con él, verlo todos los días, sin advertir una sensación de peligro o notar cierto temor?

No alcanzo a creer que he vivido al lado de un asesino en serie sin comprender quién era de verdad. Aunque, pensándolo bien, no tengo la menor idea de cómo son realmente los asesinos en serie, siempre me los he imaginado como unos individuos repelentes, tipo el Carnicero de Rostov, con la baba en la boca, apostados detrás de un árbol para raptar a una menor en minifalda y cargarla en una furgoneta, donde tienen ya preparadas las cadenas para atarla.

Quizá deba revisar mis estereotipos, porque Guidoni acaba de arrestar a un hombre que no puede ser más normal. Puede que deba consultar unos cuantos libros de criminología para comprender algo más. Así pues, decido ir a la librería Feltrinelli de la plaza del Duomo.

—¿Dónde puedo encontrar libros sobre asesinos en serie? —pregunto a la primera dependienta que encuentro.

La tipa me mira con aire perplejo.

—¿Le interesa el ensayo o quiere una novela policiaca?

Debe de haberme tomado por idiota. Respondo mortificada:

—Ensayos...

Con un ademán me indica que la siga. Llegamos a una sección periférica, donde me abandona después de haberme señalado una estantería. Echo un vistazo a los títulos. No tengo la menor intención de leer las biografías de los criminales más repugnantes de la tierra, simplemente quiero un estudio sobre el perfil psicológico de los asesinos en serie para comprender si Ferrari puede ser o no uno de ellos.

Hojeo a toda prisa los volúmenes que pueden aproximarse a lo que estoy buscando. Los textos de los autores italianos citan continuamente las entrevistas de sus colegas americanos que han conseguido hablar en la cárcel con algún asesino en serie «histórico», como Charles Manson, al que, sin duda alguna, estrecharon calurosamente la mano al entrar en la celda.

Según parece, el máximo sueño de un criminólogo —ya sea policía o psiquiatra— es reunirse con un asesino en serie y lograr que este le cuente detalles inéditos sobre su infancia, algún pormenor feroz sobre su madre, que, además de ser prostituta, pegaba al futuro asesino cuando le pedía que le cocinara unos huevos fritos para cenar y luego se emborrachaba con sus clientes.

De hecho, los asesinos en serie más célebres son violadores que en su infancia sufrieron unos abusos tremendos y que luego mataron a sus víctimas tras una sesión de torturas. Pero nuestro asesino pertenece a una especie distinta. Sigo buscando y encuentro un par de libros que contienen una clasificación de todos los tipos posibles de asesinos. Descubro que existen los «organizados», es decir, lúcidos y metódicos en la planificación de los crímenes. ¡Eureka! Me dirijo a la caja con mis trofeos y me pongo a la cola. Esta noche tengo, por fin, algo que hacer.

No sé cuántas horas llevo leyendo los análisis psicosociológicos de los expertos en asesinos en serie y he comprendido qué quieren decir los criminólogos cuando afirman que el que mató a Santi y a Sereni es un asesino organizado, capaz de no dejar huellas en la escena del crimen.

El asesino organizado es muy inteligente y concibe sus homicidios como unos «proyectos de alto nivel», según los definen los estudiosos, es decir, algo más complejo que dar un navajazo al primer imbécil que pasa por la calle y después correr a esconderse manchado de sangre en un cuchitril mugriento a esperar el próximo arrebato. Además, un asesino de ese tipo puede tener una vida afectiva y laboral normal, como Ferrari.

Sobre las razones que habrían empujado a mi exjefe a matar a sus subordinados tengo, en cambio, las ideas más confusas. Yo misma experimentaba «sentimientos negativos» hacia Santi y Sereni, pero jamás podría matar a un compañero por el mero hecho de que me caiga gordo. Entre otras cosas, porque si tuviera que matar a todos los que detesto no daría abasto. Debería estrangular a una persona al día, empezando, claro está, por Maurizio y la pendona de su novia, y luego continuaría durante un par de semanas, rematando el trabajo de forma magnífica con el homicidio de la señora Giovanna.

En pocas palabras, mi resentimiento jamás podrá degenerar en una masacre, a diferencia de los asesinos en serie, que matan sin excesivo sentimiento de culpa. Ahora bien, es indudable que el asesino es uno de nosotros, dado que los únicos elementos comunes entre Santi y Sereni son su pertenencia a la empresa y al reino de las personas tóxicas. Pero si Guidoni arrestara a todos los que los aborrecíamos, no sería la única en ir a parar a San Vittore...

Me despierto con un libro en la almohada y la luz aún encendida en la mesita de noche. Miro el reloj. Son las nueve de la mañana. Debo de haberme dormido como si los perfiles psicológicos de los asesinos en serie me hubieran hecho el efecto de una nana. Me arrastro hasta la cocina, bebo un café y llamo por teléfono a Michele.

—Es absolutamente necesario que hable contigo, Michele.

—Te escucho —responde como una computadora preparada para recibir datos.

—He leído varios libros sobre los asesinos en serie... Confirman que pueden parecer personas de lo más normales pero por más que le doy vueltas no me creo que Ferrari matara a esos dos. He trabajado varios años con él y estoy segura de que habría notado algo... En mi opinión el verdadero asesino sigue tan tranquilo por ahí, consciente de que han arrestado a otro en su lugar. Podría matar otra vez en cualquier momento.

—Por favor, Francesca, ¡espero que no se te ocurra la bonita idea de propagar el rumor de que el asesino no es Ferrari y de que va a morir más gente! No sé lo que te haría Vernini si se enterara.

—Tranquilo, no hablaré con nadie. Aún estoy de vacaciones. A saber cuándo volveremos…

—La otra vez estuviste en casa dos semanas, pero, dado que a Santi lo mataron en el garaje, esta vez tardarán menos en examinar la oficina. En cualquier caso, ahora trata de descansar, sal a dar un paseo, no sé, distráete y no te esfuerces demasiado.

A continuación cuelga sin esperar mi respuesta.

Me siento cansada y un poco vacía. Discutir con él es como estrellarse contra una placa de mármol a doscientos por hora sin hacerle siquiera un rasguño. No sé qué me empuja a hablar con él, quizá el hecho de que soy incapaz de guardar un secreto y de que Michele es el último hombre en este mundo que podría llevar una doble vida, como Maurizio. Así que mejor un hombre seco e inofensivo que nuevos amigos que me podrían decepcionar o herir. Ya no me fío de nadie y no quiero tener más sorpresas desagradables. Tengo suficiente con los espantosos crímenes que llegan a la oficina una vez al mes.

Vuelvo a la cama y cojo de nuevo el libro, pero estoy agotada, así que me hundo en una especie de coma vigilante, atormentada por unos pensamientos terroríficos. ¿Y si el asesino llamase a la puerta ahora mismo? ¿Sería capaz de coger un cuchillo y defenderme?

El timbre del teléfono me salva de las visiones de mi próxima muerte.

—Hola, papá... —digo sin necesidad de mirar el nombre en la pantalla.

—¿Cómo estás, cariño?

—He dormido poco esta noche.

—Igual que nosotros.

—¿Cómo está mamá?

—Regular... habría preferido que cenases en casa con nosotros, se habría tranquilizado. Estoy intentando convencerla de que el asesino es Ferrari y de que no corres ya ningún peligro.

—¿Y si no fue él?

—¿Por qué no dejas ese trabajo, Francesca? Así podrás volver a la universidad.

—¿Y qué se supone que haría, encerrarme en casa a estudiar? ¡Acabaría suicidándome!

—¡No digas esas cosas ni en broma! Además, ya sabes que puedes contar con nosotros si decides dejar la empresa.

—Y si me despido, ¿de verdad crees que encontraré fácilmente otro trabajo a los treinta y cuatro años? Tendría que mendigar un empleo precario en una empresa de trabajo temporal, y cualquier responsable de recursos humanos me miraría fatal... ¿Cómo les explicaría que dejé un trabajo seguro porque habían asesinado a mis compañeros de despacho? Es preferible buscar algo mientras sigo teniendo trabajo oficialmente.

—Como quieras, Francesca, pero esta noche vendrás a cenar con nosotros, así estaremos juntos un poco.

—De acuerdo, pero ¡nada de *tonnarelli* con mero, son muy indigestos! ¿No sabes hacer una pasta corriente?

—¡Claro que sí! ¿Qué prefieres? ¿Salsa de albahaca, de verduras salteadas o de berenjenas?

—¿Te refieres a salsas precocinadas?

—Por supuesto, tu madre las adora.

No tengo fuerzas para contradecirlo.

—De acuerdo, probemos las verduras salteadas.

Ya está, le he dado una alegría, porque cambia por fin de tono y vuelve a ser el padre dinámico que resuelve todo con una visita al supermercado.

—¡Una decisión magnífica las verduras salteadas, no te arrepentirás! Nos vemos a las ocho.

Cuando cuelga, pienso que debería proponerle que se busque un trabajo para el día en que termine esta espantosa historia y mi madre se levante por fin de la cama, porque no es capaz de estar mano sobre mano. Quizá podría convertirse en imagen de una empresa de congelados y presentar un programa de esos tipo *MasterChef* en el que, en lugar de ingredientes frescos y sanos, el cocinero abriera bolsas de guisantes hechos un bloque de hielo y los echara a la sartén con unos pulpitos recién sacados del congelador.

Audiencia idónea: hombres de mediana edad cuyas mujeres están deprimidas y se niegan a cocinar siquiera un plato de pasta con tomate.

MEJOR VIUDA QUE SOLTERONA

La reaparición del asesino me ha hecho involucionar y me ha convertido en una adolescente que pelea furiosamente con sus padres cada vez que los ve. Mi padre me invita a comer con ellos todos los días, y solo hablamos de Ferrari, porque el juez de instrucción ha ratificado la detención.

Por lo visto, existe el riesgo de que se repita el delito. Mi exjefe se ha declarado inocente, pero durante el interrogatorio no resultó demasiado convincente. De hecho, dijo que le caía bien al asesino, quien en su opinión «había hecho lo correcto asesinando a esos dos idiotas, inútiles y quejicas». Así pues, el juez se vio obligado a retenerlo en San Vittore.

¡Si delira de esa forma, Ferrari debe de haber perdido el juicio! Si se hubiera callado, quizá su abogado habría logrado sacarlo. No han aparecido pruebas contra él, pero los jueces no pueden excarcelar a alguien que declara su solidaridad con un asesino en serie.

Así pues, el abogado defensor ha pedido un diagnóstico psiquiátrico. «Mi cliente solo está delirando sobre un homicidio que cometieron otros y manifiesta síntomas de confusión, debidos a su detención injustificada», ha declarado a la prensa. Estar en la cárcel nunca ha sido bueno para nadie, pero a saber lo doloroso que tiene que ser para un hombre como Ferrari, que se atormentaba cuando morían los peces disco de su acuario.

En estos días estoy haciendo también averiguaciones sobre San Vittore. Las celdas de quince metros cuadrados están ocupadas por diez presos, que solo pueden salir al aire libre dos horas al día. En esas condiciones cualquiera enloquecería, incluso al cabo de unas horas.

No obstante, la entrevista con el psiquiatra forense ha empeorado aún más las cosas. Según dicen los periódicos, Ferrari se reía de los intentos del psiquiatra por entablar conversación y lo insultaba con «perlas» como: «¿Por qué no se mete en sus putos asuntos?». La imposibilidad de establecer cualquier tipo de contacto verbal o emocional con el acusado ha sido valorada como «una peculiaridad de las personalidades psicopatológicas, que mantienen una distancia insalvable con los demás seres humanos, incluso en los momentos en los que cabría esperar unas reacciones emotivas más empáticas».

En pocas palabras, si Ferrari hubiera recibido en su celda al psiquiatra y le hubiera abierto el corazón hablándole de sus peces disco, quizá este no lo habría definido como un «sujeto asocial». Ahora, en cambio, su perfil psicológico puede considerarse compatible con el del asesino de empleados. Y si los peritos del tribunal declaran que puede ser el asesino, el juez tirará la llave y lo tendrá encerrado a saber cuánto tiempo.

La única que sigue defendiéndolo es su mujer. Aún sostiene que la mañana del homicidio su marido estaba en casa con ella. Pero a estas alturas todos esperan que la acusen de encubrimiento y falso testimonio cuando quede definitivamente probada la culpabilidad de su marido.

De nuevo en el candelero, los criminólogos tratan de demostrar hasta qué punto la personalidad de Ferrari se asemeja a la de los asesinos en serie. Han hecho también averiguaciones sobre su pasado para descubrir «episodios relativos a la infancia que pudieran haber originado comportamientos patológicos en la vida adulta». Pero se han quedado con un palmo de narices, porque Ferrari es hijo único, sin hermanos ni hermanas a los que ahora puedan exprimir a voluntad. Sus padres murieron, de forma que tampoco ellos pueden hacer declaraciones. Así pues, nadie sabrá nunca si, cuando tenía diez años, mi exjefe torturaba a los gatos de los vecinos o molestaba a sus compañeras de clase.

Entretanto, el último capítulo del «misterio empresarial» ha llegado a la televisión con un nuevo vídeo: el delito en el garaje representado en una versión un poco desdibujada, como si las cámaras de seguridad hubieran grabado el homicidio. El actor que encarna al asesino es, claro está, un hombre de mediana edad, con el pelo gris oculto bajo un borsalino que Ferrari no se habría puesto en su vida.

Desde lo alto del trono de su especialidad en Criminología Televisiva, mi madre está más que convencida de que el asesino es él. Ayer, en la comida, parecía casi de buen humor, mientras explicaba:

—Si no fue él, ¿por qué dijo que el asesino había hecho lo correcto matándolos? ¡Ningún *profiler* creería ya en su inocencia!

Le salté al cuello.

—¿*Profiler*? Pero ¿qué palabras son esas?

Ella, serena y contenta como una niña que está jugando al corro con sus amigas de la guardería, me respondió:

—Cariño, deberías ver también *Mentes criminales*. ¿Sabes cuántas cosas se aprenden viendo esos programas?

—Perdona, mamá, ¿puedes explicarme qué se aprende mirando unas series televisivas en que cada tres minutos muere alguien despedazado? Sabes que son películas, ¿verdad? Todo es fingido, sobre todo la sangre. ¡Y aunque veas todos los capítulos no te darán el diploma *cum laude* en Criminología!

Pero ella insistía.

—Te equivocas, cariño. Son unos programas muy estimulantes —dijo realmente «estimulantes»— y te aconsejo que veas también *Dexter*. ¡Es un chico muy guapo, y me río mucho con él!

Mi padre debería secuestrar la televisión cuanto antes.

—¡Mamá, Dexter es un asesino en serie que mata asesinos en serie! Puede que haya algo de humor negro en la manera en que cuenta sus homicidios, pero no es una comedia brillante. ¿No puedes ver otra cosa?

Mi padre, sin embargo, la defendió a toda costa.

—Francesca, tu madre es adulta y puede ver lo que quiera. En lo que a mí concierne, espero que Ferrari sea el asesino de Sereni y Santi, ¡así dejaré de preocuparme por ti!

Aproveché para sacar a colación una tesis un poco osada:

—Creo que Ferrari culpa inconscientemente a Santi de haber acabado en la cárcel. Sus palabras de odio nacen del hecho de que no puede dejar de detestarlo, aunque esté muerto. Por eso delira cuando habla del asesino. Pero, en mi opinión, es inocente.

Mi madre se puso a gritar:

—¡Pero si el asesino no es él, el verdadero podría matarte! —Y rompió a llorar de nuevo. En ese punto me marché dando un portazo, porque estoy harta de esos llantos que estallan de repente como un géiser que libera litros y litros de lágrimas.

No obstante, cuando llego hoy a su casa noto que mi padre está extrañamente animado, pese a que esquiva mi mirada. Siento que me oculta algo. Mi madre está ya sentada a la mesa, perfectamente peinada.

—Hola, mamá, ¿has ido al peluquero a hacerte el tinte? —le pregunto, dado que los dos dedos de raíces blancas han desaparecido.

—Oh, no, cariño, lo ha hecho tu padre. ¡Compró el color en el supermercado y me tiñó él!

Empiezo a preocuparme.

—¿Además de a la cocina ahora te dedicas a la peluquería? ¿Cuándo tienes pensado hacer el curso de esteticista para poder pintarle también las uñas de los pies?

Él intenta justificarse:

—No exageres, Francesca... solo he ayudado a tu madre a arreglarse, porque hemos decidido salir a cenar.

—¡Por fin! ¿Cómo la has convencido?

Lanza una mirada suplicante a mi madre, que toma la palabra de pronto:

—La idea es de la señora Giovanna: tú irás con Regina a la *speed date*, mientras nosotros os esperamos en el restaurante que hay allí cerca...

Están locos.

—¿Qué? ¿Nos esperaréis fuera como si aún estuviéramos en primaria?

Por toda respuesta, mi madre empieza a sollozar y desaparece en su dormitorio, mientras mi padre la sigue a toda prisa, entra también y cierra la puerta con un golpe seco. Oigo que le habla en voz baja tratando de calmarla, pero ella grita:

—¡Yo me mato, Amedeo, me mato! ¡Estoy harta de esta vida de sufrimientos! ¡Prefiero morir y descansar en paz!

Mi padre susurra un poco más, pero ella prosigue:

—¿Sabes lo que pienso hacer? ¡Me tiraré por esta ventana cuando vayas al supermercado!

No la soporto más, se comporta peor que una niña histérica. Basta, me sacrificaré. Estoy dispuesta a hacer lo que sea con tal de no oírla lloriquear. Abro la puerta.

—Haré todo lo que queráis, pero ahora deja de llorar, mamá, y ven a la mesa.

Ella me mira con los ojos hinchados:

—¿No nos estás tomando el pelo? ¿Y si cambias de idea?

—Dadme el número de teléfono de esa anchoa seca, la llamaré enseguida.

—¿Por qué dices que Regina es una anchoa seca, Francesca? Es cierto que está delgada, pero es muy mona...

—¿Cómo puedes decir que es mona? Además, no es que derroche simpatía, precisamente. ¡Como mucho, pronunció en total veinte palabras cuando estuvo en casa!

—Porque es muy educada, eso es todo. Y puede que no le guste dar confianzas a los desconocidos...

—¡Dame su número y ve a la mesa!

Me pasa la agenda abierta señalándome el último nombre de una página. Voy al salón y marco el número. Me contesta la cariátide gritando «¡Dígame!» como una endemoniada. Pero, apenas comprende que soy yo, cambia de tono:

—¿Entonces has decidido ir a la cita rápida? Así me gusta, cariño, seguro que te diviertes mucho y, si algo va mal, nosotros estaremos cerca, en un restaurante encantador. Nos llamáis y pasamos a recogeros.

Simulo que no la he oído.

—¿Puedo hablar con Regina para quedar con ella?

La señora Giovanna, sin embargo, no suelta a su presa:

—Se lo digo siempre a mi hija: cásate, porque si tu marido se muere serás viuda, pero al menos no una solterona.

¡No puedo creerme lo que estoy oyendo! Es la primera vez que oigo expresar el concepto «mejor viuda que solterona».

Impertérrita, ella sigue filosofando:

—Debéis casaros, chicas. ¡Así podréis ir por fin con la cabeza bien alta!

No puedo insultarla delante de mi madre. Lo único que quiero es concluir esta maldita llamada y sentarme a la mesa.

—Señora, ¿puede pasarme a su hija, por favor?

—¡Aquí la tienes! —gorjea orgullosa.

La voz de Regina parece llegar de las profundidades del Más Allá:

—Holaaa...

Voy enseguida al grano:

—¿Dónde y cuándo nos vemos para la *speed date*?

—Es el martes que viene, en el Happy House, un local que está cerca de los canales... te mando todo por mail, así puedes leer también el reglamento.

—¿Qué reglamento?

—El de la *speed date*. Tienes que tomar apuntes durante las conversaciones. Si no lo haces ¿cómo podrás recordar después a quién corresponden los distintos números?

Estoy empezando a asustarme.

—No sé si te he entendido...

—Cada vez que hablas con uno de los veinticinco hombres debes escribir su número en la ficha que te dan y poner una cruz en la casilla del «ok» si quieres volver a verlo, o en la del «no» si no te ha gustado. Ellos hacen lo mismo y al cabo de unos días los organizadores te envían la lista de los que encajan contigo, porque los dos habéis dicho que sí.

—¿Y después qué ocurre?

—En este punto depende de vosotros, si queréis veros o no.

Siento un estremecimiento de disgusto al pensar que tendré que ponerme una camiseta con un número bien grande para que, si hay suerte, me elija uno de los veinticinco ejemplares masculinos que acudirán a la cita rápida. Me recuerda a una exposición canina, una de esas en las que los dueños hacen desfilar a los animales con el bozal mientras el jurado les pone nota. En cualquier caso, no creo que a Regina le haya tocado nunca subir al podio, dado que es una experta en *speed dates*.

—Pero ¿a ti te ha llamado alguno luego?

—Sí, pero nunca he llegado a salir por segunda vez.

—¿En qué sentido por segunda vez?

—Salí a cenar con tres o cuatro, para ver si surgía algo, pero no volvimos a vernos más...

Ahora sí que encaja todo. Me pregunto quién estaría dispuesto a salir dos veces seguidas con una tipa que dice una palabra al minuto y a la que le importan un comino los placeres de la mesa.

—Pero si no me gusta ninguno y pongo a todos un «no» no podrán contactarme después, ¿verdad?

—Sí, pero ¿por qué habrías de hacerlo? Sería como tirar a la basura los veinticinco euros de la entrada…

Me delato.

—¿Veinticinco euros por una gilipollez así?

Regina no comprende mi salida.

—¿Por qué has dicho esa palabra?

Está como un cencerro. Mejor será acabar cuanto antes.

—Perdona, estaba bromeando.

Su hilo de voz habitual vuelve a manar de ella:

—Entonces, si me das tu dirección, te envío el mail.

Se lo deletreo y ella emite un gemido funesto:

—Adiósss…

Acto seguido cuelga sin darme tiempo a despedirme.

Cuando entro de nuevo en la cocina veo a mis padres sentados a la mesa, esperándome.

—¿Y bien? —pregunta mi madre sonriendo, por fin.

—Es el martes que viene. ¿Pasaréis a recogerme?

Mi padre me mira estupefacto, puede que se esté preguntando por qué he capitulado tan deprisa. Mientras me mira con los ojos desmesuradamente abiertos, se me ocurre una idea maravillosa. ¡Le contaré a mi madre que he encontrado un novio en la cita rápida y así no tendré que volver con Regina!

Lo único que debo hacer el próximo martes es poner una cruz en todos los «no» y tratar de no reírme en la cara de los veinticinco señores convocados para calificar a las solteras expuestas. Luego esperaré un par de semanas y finalmente haré el anuncio oficial: «Mamá, he conocido a un hombre maravilloso. Estamos hablando ya de boda, ¿estás contenta?».

—¿Bajas? —pregunta mi padre por el telefonillo.

Me miro rápidamente al espejo que hay junto al perchero. No estoy nada mal. Tengo el pelo untado de gel, efecto rizo mojado. Al menos ya no parece hecho de serpientes. También he conseguido entrar en un vestidito negro que no me ponía desde hace dos años. Presentarse en bata a la *speed date* sería demasiado, incluso para mí. Pero apenas me he maquillado: los veinticinco hombres no se merecen el pintalabios, que ningún mamarracho se crea que voy en serio.

Mi madre sonríe como una poseída al verme.

—¡Estás guapísima, cariño! ¡Va a ser una noche perfecta!

—Yo también lo siento, ¿sabes? —le respondo con una alegría tan falsa que no engañaría a nadie. Pero me conviene preparar el terreno para el noviazgo con el príncipe azul, que encontraré en la primera y última cita rápida en la que participaré en toda mi vida.

Mi padre me escruta por el espejito retrovisor. Mi repentino entusiasmo no le convence. Peor para él, así aprenderá a no mandarme a reuniones para solteros.

—¿Cuánto pesa la señora Giovanna, mamá? Yo creo que más de cien kilos. No es bueno para la salud. Debería ponerse a dieta en lugar de cenar en restaurantes.

—¿Por qué tienes que hablar mal de una señora tan amable, Francesca?

—Si digo que pesa cien kilos solo digo la verdad. No estoy hablando mal de ella, me limito a hacer una constatación. Y además me preocupo por su salud.

—De acuerdo, pero no seas maleducada con ella cuando la veamos.

—Ok —refunfuño provocadora.

Al cabo de media hora aparcamos delante del Happy House. Nuestras amigas han llegado ya. La señora Giovanna bracea para que la veamos —pese a que tamaña mole no es difícil de distinguir, lo haría incluso en medio de un banco de niebla en mitad de la noche—, mientras que su hija parece un poste de la luz clavado en el suelo. El peinado que lleva no puede ser más extraño: se ha cardado el pelo y lo ha recogido en una especie de cola de caballo, que, sin embargo, recuerda más bien a la de un ratón: corta y fina. Atisbo también un par de zapatos negros de tacón muy alto, que le confieren un aire tan alargado y huesudo que desanimaría incluso a un maníaco sexual en abstinencia.

Mi madre se apea al vuelo del coche y desaparece entre los brazos de la bruja, que la estrecha contra su corazón como si no se hubieran visto en diez años. Suelto una carcajada sin querer. ¿Cuánto durará su amistad cuando mi madre le cuente que he conocido a «un chico que va en serio» y que además hemos salido por segunda vez?

La señora Giovanna nota mi risa y me pregunta:

—¿Pasa algo, Francesca?

—Oh, no, solo que me siento muy feliz. ¡Siento que está a punto de sucederme algo precioso!

—¿Es la primera vez que vienes? Serías muy afortunada...

—Es la noche adecuada, yo percibo esas cosas.

Pero ella tiene que soltar la canallada como sea.

—¿Tuviste también algún presentimiento sobre tu boda? Creía que todo había sucedido de improviso...

No le doy un puñetazo en la cara porque no la volveré a ver. En lugar de eso, cojo a Regina del brazo y la arrastro dentro del local.

—¡Vamos! —Si me lo pienso dos minutos más daré media vuelta y me marcharé.

Apenas entramos en el Happy House me siento mal. Hombres de todas las edades nos miran con aire de querer devorarnos vivas. Los que más miedo dan son los solteros entrados en años, que llevan chaqueta y corbata y que nos miran como si fueran vampiros, listos para saltarnos a las venas del cuello. Un par de ellos tienen el pelo teñido de un color marrón tirando a rubio que desentona a más no poder con la barba gris. Uno se ha hecho incluso mechas. Los largos mechones rubicundos parecen planchados por una peluquera sádica.

—Regina —le susurro al oído—, me parecen un poco viejos...

Ella responde haciendo una mueca:

—Te recuerdo que nos hemos inscrito a la velada 35-50. Aunque tienes 34 años, pensé que no te gustaría conocer veinteañeros. En la franja 20-35 son demasiado jóvenes y no les interesan las relaciones serias.

Tengo que morderme la lengua para no preguntarle si, en su opinión, un cincuentón teñido de rubio y con mechas se inscribe en una *speed date* para buscar esposa, pero Regina ya está haciendo cola para la caja y me indica con un ademán que la siga. Cuando llega su turno, suelta los veinticinco euros y recibe una etiqueta adhesiva con un número. Se la pega a la blusa, y yo pago también los veinticinco euros peor invertidos de mi vida.

Mi número es el veintisiete, la tipa de la caja me lo entrega con el folleto de instrucciones. En la última página hay una especie de ficha a rayas para rellenar, cuyo título reza: «¡Toma aquí tus apuntes!».

Mientras la tipa me tiende la parafernalia correspondiente a la *speed date*, tengo la impresión de que su mirada refleja una mezcla de pena y desprecio. Estoy segura de que nos encuentra realmente patéticas.

Entretanto, no dejo de sentir en el cuello la respiración de los depredadores, que dan vueltas tratando de identificar a la mejor presa. Todos me escrutan con una sonrisa de vivales en los labios.

Bajo instintivamente los ojos y me acerco a Regina, que me está esperando. Me dice lacónica:

—¡Ponte el número, vamos!

Aún no estoy preparada.

—Quizá dentro de cinco minutos… y ahora ¿qué hacemos?

—Puedes beber algo y servirte en el bufé, yo te esperaré aquí —me explica acomodándose en una mesa donde ya hay alineadas varias decenas de solteras. Miro hacia el bar, pero está abarrotado. No tengo ganas de tener que pegar a alguien para beber un mojito o llenarme un plato de aceitunas y pasta fría. Así pues, me resigno a ocupar el sitio vacío en el banco, al lado de Regina, que guarda silencio como si estuviéramos en la sala de espera del dentista.

Pero —¡horror!— delante de nosotras se sienta un tipo de unos cincuenta años, que hace una mueca de listillo. Está calvo y luce bronceado de rayos UVA.

—Vosotras dos, ¿cómo os llamáis? —pregunta sin el menor pudor.

En lugar de ignorarlo, la anchoa seca le responde con una risita complacida:

—Yo Regina y ella Francesca. ¿Y tú?

—Enzo —pronuncia él con firmeza, y nos escruta con aire repugnante unos segundos. A continuación esboza una especie de sonrisa malévola—: ¿Me dais vuestro número de móvil? —Ni que fuéramos un par de prostitutas que han salido en pareja con el claro objetivo de ampliar el círculo de clientes.

Incluso Regina comprende que algo va mal.

—¿No has leído el reglamento? No se puede pedir el móvil de las participantes —replica, picada.

El superbronceado, sin embargo, no teme a nadie.

—El reglamento me importa un carajo. ¿Me dais el número de móvil sí o no?

Regina se levanta y se marcha.

—¡Eres un maleducado! ¡Ven, Francesca, vámonos!

Nos sentamos a otra mesa. Ahora que nadie intenta pegar la hebra puedo echar un vistazo alrededor. Las mujeres van maquilladas y vestidas de forma decente, sin pretender parecer excesivamente sexys. Solo un par van escotadas, con estampado de leopardo y el pelo rubio oxigenado, y caminan contoneándose sobre sus tacones de aguja. En general, sin embargo, el estilo es sobrio, diría que incluso digno. Y, a diferencia de los hombres, ninguna mira alrededor con aire de depredador de la sabana.

El local se llena aprisa. Uno de los organizadores pasa por las mesas dejando en ellas una vela encendida y unas hojas en que figura un número escrito con rotulador.

—¿Y ahora qué se supone que debemos hacer? —pregunto a Regina, que observa la multitud con la insistencia de un cernícalo.

—Cuando suene el timbre iremos a la mesa con el número que nos han asignado —me responde, y a continuación, concentrándose en sus uñas, se hunde en su habitual silencio. De pronto parece indiferente a todo lo que sucede a su alrededor. La señora Giovanna, con su exuberancia, ha logrado apagar en ella cualquier reacción vital ordinaria. Yo, en cambio, no sé qué daría por no estar sentada delante de la vela encendida, como una cartomántica que lee el tarot. Además, con la suerte que tengo, seguro que me saldría la carta de la Muerte. O peor, la del príncipe azul calvo, cincuentón y bronceado.

Por suerte, la espera dura poco. Suena el timbre, Regina se levanta y encuentra enseguida su sitio. Yo, en cambio, deambulo por la sala hasta que veo la mesa número veintisiete, que queda un poco apartada en un rincón. Hay ya sentado un tipo muy sonriente con el pelo cano que, en mi opinión, ha mentido sobre la edad, porque aparenta muchos más de los cincuenta previstos por el reglamento.

Me siento delante de él con cierta torpeza.

—Hola, soy Aldo —dice—, ¿es la primera vez que vienes?

Me gustaría responderle «la primera y la última», pero me contengo y suelto lo primero que se me pasa por la cabeza para aguantar hasta el final de los doscientos segundos:

—Sí, me ha traído una amiga... ¿y tú?

Él confiesa la verdad sin demasiados escrúpulos.

—Bueno, hace dos años que frecuento las *speed dates.*

Tiene la camisa desabrochada sobre el pecho velloso y un reloj hortera, pero no parece un playboy profesional. Puede que sea un divorciado que deja a sus hijos y a su exmujer para ir a buscar carne fresca. Con todo, su cara de padre de familia me relaja y mi lengua empieza a soltarse.

—Si sigues viniendo aquí después de dos años significa que no has conocido mujeres interesantes…

Él niega indignado con la cabeza.

—¡No vengo a buscar mujeres sino amigas! Te equivocas si piensas que mi objetivo es puramente sexual.

Por supuesto, faltaría más. Aunque quizá piense que es mejor iniciar con la teoría de la amistad platónica, en lugar de apuntar directo al dormitorio.

Hago como si no lo hubiera oído y le pregunto:

—¿Tienes hijos?

Exhala un suspiro.

—Dos… una chica de diecisiete años y un chico de catorce.

Insisto:

—¿De manera que estás divorciado?

—Sí… —Y se pone a contarme la historia del fracaso de su matrimonio, pero en ese momento suena el timbre, *¡rinnnggg!* ¡Se acabó el tiempo!

Después de dos años de citas rápidas, Aldo sabe a la perfección cómo comportarse, porque esboza de nuevo una sonrisa ceremoniosa, se pone de pie y va a sentarse a la mesita contigua, donde lo espera otra soltera con su bonita vela de hechicera.

Deja libre el sitio al pretendiente sucesivo: un tiarrón de cuarenta años que parlotea sobre gimnasios y *cardiofitness* hasta que volvemos a oír el *¡rinnnggg!* El timbre es tan liberador como el del recreo. El grandullón suelto de lengua se levanta y el circo recomienza.

En mi mesa se alternan durante una hora y media hombres tristes, que se quejan de sus exmujeres, y hombres que, en cambio, fingen estar alegres, pese a que salta a la vista que si tuvieran más de doscientos segundos empezarían a protestar también por algo.

Logro mantener todo el tiempo una sonrisa forzada, pese a que me duelen los músculos faciales, hasta que un tipo se sienta delante de mí y me anuncia en tono vibrante: «¡Hola, soy el último de los veinticinco!».

Suspiro aliviada. Dentro de doscientos segundos todo habrá terminado. Mi último examinador es calvo, pero con la tonsura bien cuidada y el bigote recién retocado. También su camisa parece recién planchada, y todo en él emana una serena eficiencia. Lleva la ficha en una mano y la deja encima de la mesa, procurando que no vea dónde ha puesto las cruces.

Acto seguido me mira a los ojos y pronuncia firmemente, como si estuviéramos en una entrevista de trabajo:

—Veamos, ¿cómo te llamas?

—Francesca.

—Bien, Francesca —prosigue el tipo—, dime... —Y se pone a mirarme en silencio con aire de quien no tiene tiempo que perder.

Quizá espera que le ilustre las dotes y cualidades de la mercancía, que le explique cómo soy o, mejor dicho, cómo no soy, al menos de un año a esta parte —dulce, tímida, alegre, irónica, optimista—, porque si estoy aquí es porque he colgado el anuncio «Se vende» en la puerta de mi corazón. Y él, antes de comprar, quiere asegurarse de que no haya gato encerrado.

Le digo con fingido brío:

—¡Dime tú!

Pierde todo su aplomo.

—¿Cómo? ¿No quieres presentarte?

—No.

Parece turbado, reflexiona unos segundos y luego me revela con nobleza su currículum:

—Bueno, Francesca, te hablaré de mí. Me llamo Paolo, tengo cuarenta y dos años y trabajo en un hospital, pero no soy médico. Me ocupo del abastecimiento; del material médico a las sábanas de los pacientes. Son unas decisiones muy delicadas, por eso, cuando están en juego grandes inversiones, preferimos organizar concursos para los proveedores...

Tengo la impresión de que de un momento a otro me va a enseñar una muestra del último lote de jeringuillas que acaban de comprar. Espero a que suene el timbre y después esbozo una sonrisita cuyo significado no puede ser más evidente: «¡Que os den por culo, a ti y a tus sábanas!».

El tipejo entonces coge su ficha y hace una cruz —seguro que es un «no»— apretando el bolígrafo de tal forma que lo despunta. A continuación se levanta y se marcha sin despedirse.

Me quedo sentada en mi sitio, doy la vuelta a la ficha y marco rápidamente veinticinco noes. Luego, procurando que Regina no me intercepte, entrego la hoja en el mostrador de los organizadores, que está al lado de la salida.

Espero un poco a la anchoa seca, pero no la veo por ninguna parte. Voy a buscarla a su mesa. Sigue sentada delante de la vela con una expresión muy concentrada. Mira meditabunda la ficha y relee los apuntes que ha escrito como si tuviese que tomar unas decisiones de estrategia internacional, propias de un jefe de gobierno.

—¿Y bien? —le pregunto, dado que es hora de marcharnos y no quiero estar un minuto más en la Happy House.

—Tengo varias dudas… ¿qué has hecho con el número trece? ¿Le has puesto sí o no?

Tengo que encontrar la manera de hacerla salir de allí:

—Regina, solo he puesto un «ok» en un número que no puedo decirte. Es un secreto. Oye, ¿tu madre no se enfada si llegas tarde? Dijeron que nos esperarían fuera.

Se levanta de golpe como un robot.

—¡Sí, voy enseguida!

Entrega a toda prisa la ficha y sale corriendo. La señora Giovanna nos está esperando, pavoneándose en la acera de enfrente del local. Detrás de ella, rezagados unos pasos, como si fueran dos ángeles involuntarios de la guardia, están mis padres.

—¿Cómo ha ido, chicas? —grita sin contención la gorda. Los que salen en ese momento de la Happy House nos miran incrédulos. ¿A quién se le ocurre pedirle a sus padres que pasen a recogerle?

La cojo del brazo.

—Ha sido una idea magnífica venir a esta cita. ¡Creo que he conocido al hombre de mi vida! Solo he puesto un «ok» en la ficha, pero si él también me ha elegido dejaré de sufrir. ¿Cómo podré agradecérselo?

Ella intuye que le oculto algo, porque me mira de través.

—¿Estás segura de lo que dices, querida?

—Segurísima.

Le suelto el brazo y cojo a mi madre por la manga de su abrigo, tirando de ella hacia el coche.

—Despídete de la señora Giovanna, mamá. Te contaré todo mientras volvemos a casa.

Ella se despide agitando la mano, como si fuese al menos la reina Isabel de Inglaterra.

—Hablamos mañana —dice, y luego añade, dirigiéndose a mí—: No me arrastres así, cariño, que no me estás raptando.

—¿No quieres saber cómo es el hombre maravilloso que acabo de conocer? —le pregunto, a la vez que la meto de un empujón en el coche.

—Por supuesto, quiero saberlo todo de él.

—Tiene un par de años más que yo y es muy atractivo… —empiezo a contarle, mientras mi padre me escruta pensativo por el espejito. En el fondo, él me ha empujado a seguir el despreciable camino de la mentira. Ahora está recibiendo su merecido.

El timbre del teléfono suena poco después de las nueve, mientras sigo durmiendo. Anoche me costó eliminar la adrenalina que había acumulado en la Happy House y pasé varias horas intentando relajarme delante de la televisión.

—Francesca... —dice mi padre en un tono que no hace presagiar nada bueno.

—¿Pasa algo?

—Tengo que darte una mala noticia, cariño. He pensado que es mejor que te la diga yo.

—¡Vamos, habla!

—Se trata de Ferrari... un guardia lo encontró muerto esta mañana. Por lo visto ayer lo metieron en aislamiento, porque había tenido un ataque de nervios. Se colgó de los barrotes con las sábanas.

Me echo a llorar, sollozo con tanta fuerza que apenas puedo respirar. Ferrari ha muerto. Jadeo como si mi garganta fuera a cerrarse, pero luego se abre y las lágrimas siguen resbalando, irrefrenables.

Mi padre trata de consolarme:

—Paso ahora a recogerte, sé que lo sientes, pero quizá decidió suicidarse porque se sentía culpable.

Nadie, ni siquiera mi padre, puede acusar a un inocente.

—¡Ferrari jamás habría esperado a Santi en un garaje para estrangularlo! ¡Ni habría sido capaz de matar a Sereni! —grito entre un hipo y otro.

Con todo, él insiste:

—Pero dejó un extraño mensaje que nadie comprende.

—¿Cuál?

—Dos palabras: «Os odio». Estaban escritas en un pedazo de papel que dejó sobre la cama —me dice, turbado.

No me lo puedo creer.

—¿De verdad dejó un mensaje así?

—Sí, lo han dicho todos los telediarios.

—Dios mío...cuánto debió de sufrir el pobre...

Mi padre intenta hacerme razonar.

—Oye, cariño, debes reconocer que Ferrari no se comportó de forma equilibrada después de que lo arrestaran.

—¿Qué quieres decir, que las sábanas alrededor del cuello prueban que era el estrangulador?

—Francesca, ¿no sería mejor que el asesino fuera de verdad Ferrari? ¡Así tu madre y yo dejaríamos de temer que alguien te mate!

Las palabras me salen amasadas con los sollozos:

—Está bien, papá, comprendo que estéis deseando tener un poco de tranquilidad, pero en mi opinión el culpable sigue suelto.

—¡No vayas a decirle eso a tu madre!

¡No puedo soportar más que mi padre tenga a mi madre en una campana de cristal! ¿Cómo es posible que últimamente ella sea siempre la única con derecho a sufrir, y que los demás debamos consolarla y contarle unas mentiras patéticas para que deje de recitar el papel de la que quiere suicidarse porque tiene una hija gafe?

Estoy hasta el gorro, yo también tengo derecho a que me tengan en cuenta. Así pues, lanzo un grito furibundo: «¿Sabes lo que pienso hacer, papá? ¡Esta noche os llevaré una botella de champán para brindar por el suicidio de Ferrari y por mi boda, pese a que nunca podré invitaros a ella, porque nunca se celebrará! Pero ese es un detalle estúpido, ¿no te parece? Solo cuenta lo que le decimos a mamá. ¿Y si le contase que he ganado un millón de euros en la lotería? ¡Quién sabe cuánto se alegraría!».

Mi padre se dulcifica:

—Tienes razón, he exagerado un poco… pero eres mi hija, caramba, ¡estoy preocupado por ti! Si no era Ferrari ¿quién puede ser el asesino?

Yo también me lo pregunto.

—No lo sé, pero supongo que es alguien que trabaja con nosotros… —No puedo concluir la frase, porque mi madre le susurra algo en voz baja. Papá se despide rápidamente—. Luego te llamo.

Estoy temblando, el frío me ha calado hasta los huesos y me rechinan los dientes. Voy a darme una ducha con la esperanza de que la desesperación que me atenaza resbale con el agua. Permanezco bajo el chorro caliente hasta que el baño se llena de vapor. La cabeza me da vueltas y las piernas me flaquean. Si no salgo de la ducha me desmayaré. Haciendo acopio de mis últimas fuerzas abro la cabina y salgo a toda prisa. ¿Por qué se suicidó Ferrari? No había pruebas contra él, habría podido demostrar su inocencia… pese a que jamás se habría quitado de encima el sambenito de ser un monstruo. Todavía mojada, me tumbo en la cama. Me tapo con el edredón, pero sigo temblando, tengo el pelo empapado. Debo levantarme, si no me acabarán entrando a mí también ideas de darle un uso alternativo a las sábanas. Me seco el pelo, cojo el ordenador y voy al sofá.

Las primeras páginas de los periódicos son idénticas. En ellas aparece la fotografía de Ferrari esposado, sobre la que han impreso con violencia unos titulares de todo menos originales: «El asesino de la empresa se ha quitado la vida», «El asesino de empleados se ha colgado en su celda», «El asesino de la oficina se ha suicidado». Ninguno, sin embargo, ha tenido el valor de llamar la atención sobre el último «Os odio» de Ferrari. Es más, algunos diarios ni siquiera se han atrevido a citarlo o lo describen como «el lacónico mensaje de despedida del suicida». Patético.

En los artículos predomina la tesis del «suicidio como confesión», y uno de los expertos habituales afirma incluso la tesis de un desdoblamiento de la personalidad: «El asesino no tenía valor para reconocerse a sí mismo la verdad, es decir, que había matado a sus subordinados. El mecanismo de la represión funcionaba haciendo que Ferrari desviara la culpa a otro yo diferente y pérfido».

Sigo leyendo, por lo visto todos concuerdan en que hay que cerrar el círculo sin preocuparse porque Ferrari se desviase o no de la perfecta línea redonda que han trazado para él los acusadores de asalto, que pasan indemnes del trauma por la muerte de los peces disco a la frase «Os odio» de un suicida.

Pero si el asesino vuelve a matar, ¿qué dirán los periodistas, criminólogos y magistrados? Quizás un «Disculpen, todos podemos equivocarnos».

UN VALLE DE LÁGRIMAS

M e he encerrado de nuevo en casa y lloriqueo sin cesar pensando en Ferrari. Cuando logro parar enciendo la televisión y me pongo de nuevo a llorar como una Magdalena. Solo emiten programas sobre el asesino que acaba de suicidarse, y en la escenografía del famoso espacio de entrevistas han aparecido incluso unas sábanas enrolladas como las que usó Ferrari para ahorcarse. Hasta han emitido un vídeo en que un actor con aire de chiflado interpretaba la escena del suicidio, filmada con un efecto noche atroz en el que todo parecía azul marino. Acto seguido enfocaban el cadáver mientras un guardia de la cárcel lo bajaba de la ventana, y el actor inclinaba la cabeza abriendo la mandíbula. Una escena espantosa que deberían haber prohibido.

Mi móvil no deja de sonar, pero no contesto. Los periodistas deben de haberse pasado el número y me dejan mensajes en el contestador para invitarme a ir a la televisión. Quieren animar sus platós, frecuentados invariablemente por los mismos invitados que van de un programa a otro repitiendo las mismas cosas.

La única novedad es que un criminólogo ha salido en defensa de Ferrari. Lo he visto un par de veces mientras lanzaba el anzuelo: «¿Y si no hubiera sido él?», causando una barahúnda increíble. «¿Ha visto alguna vez a un inocente suicidarse después de ser arrestado?». A estas alturas creo que soy la única en toda Italia que sigue convencida de que Ferrari no tenía nada que ver con los asesinatos. Además, he decidido asistir a su funeral.

También esta mañana leo las esquelas del *Corriere della Sera.* Puede que publiquen la suya. ¡Ahí está! Perdida en medio de otras veinte por la condesa de noventa y dos años, Ninìn Della Porta Raffo, que quizá haya partido rumbo al paraíso en un Rolls Royce conducido por su mayordomo. La esquela de Ferrari solo la ha firmado su mujer, Luisa: «Ha muerto de forma trágica un hombre que vivió honestamente. El tiempo le hará justicia, pero no podrá devolverle la vida. Su mujer siempre lo recordará con afecto y amor. El entierro civil se celebrará en el cementerio de Lambrate el 19 de marzo, a las 16 horas».

Mi antiguo jefe no era un tipo de misa dominical. Mañana intentaré ir a Lambrate.

He aparcado cerca de la entrada del cementerio. Pregunto al vigilante dónde se celebran los ritos civiles y él me susurra a través del cristal. «En el edificio gris, delante del prado». Me encamino agitada hacia el edificio achaparrado de un solo piso. El verde intenso de la hierba, muy cuidada, no consigue calmarme. Entro de puntillas, porque me parece un poco descarado presentarme en el entierro de alguien que no era ni amigo ni pariente mío. No veo a los fotógrafos, como en la misa por Sereni. Es evidente que a nadie le gustan los entierros de los suicidas.

A diferencia de lo que me esperaba, la escena que encuentro en el interior del edificio no es triste ni austera, más bien tengo la impresión de estar en el supermercado de las exequias, con los ataúdes apoyados encima de unos carritos y colocados en pequeños ambientes separados. Los parientes están de pie, rodeando las cajas, a la espera de que sus seres queridos sean trasladados a la sala de celebraciones.

Me cuesta un poco orientarme. ¿Cómo puedo encontrar el ataúd de Ferrari? Echo una ojeada rápida al primer apartado, pero en él hay una viuda de al menos ochenta años, rodeada de sus hijos y nietos. En el segundo, un grupo de sudamericanos llora sonoramente, incluidos los niños. Puede que el difunto fuera joven. Luego veo a una familia italiana. Esta vez la viuda debe de tener unos cincuenta años.

Me aproximo a ellos con cierto embarazo.

—¿Son ustedes los parientes del señor Ferrari?

Me miran atónitos, como si hubiera preguntado si he aterrizado en Marte o en la Luna.

—Disculpen —murmuro disgustada y me dirijo al siguiente apartado, en el que solo hay tres personas, una mujer y dos hombres muy compuestos, que no lloran ni hablan. Me dirijo a ellos—: Estoy buscando a la familia del señor Ferrari.

La mujer me responde con brusquedad:

—Y usted, ¿quién es?

Debo de haber llegado a mi meta.

—Soy Francesca Zanardelli, trabajaba en su oficina.

La señora Ferrari —¡es ella!— esboza una ligera sonrisa.

—Mi marido me habló de usted... fue la única que le dijo que testificaría a su favor contra Santi.

No logro contener las lágrimas.

—Santi era un hombre mezquino y rencoroso. ¡Quería hacérsela pagar a todos, incluso a los que no tenían nada que ver con su marido!

—Lo sé, lo sé... —contesta la viuda y me aprieta un brazo con afecto. Luego, señalando a los dos hombres que están a su lado, añade—: Francesca, le presento a dos compañeros de universidad de Gianfausto. Lo conocían desde hacía treinta y cinco años y nunca han creído que fuera el monstruo que se dedicaba a estrangular a sus colegas. Por lo visto son los únicos amigos que quedan.

Tiendo la mano a esos dos señores tan dignos, hechos de la misma pasta franca y sincera de mi exjefe. Me la estrechan con una fuerza delicada, mirándome a los ojos.

La señora Ferrari prosigue:

—Los demás, empezando por nuestros vecinos, están convencidos de que Gianfausto era el asesino en serie. Cambiaré de casa. No puedo seguir viviendo al lado de gente que piensa que mi marido era un asesino.

—¿Se refiere a la señora que vive en el piso de abajo del suyo?

—Sí. Al día siguiente del arresto de Gianfausto lo denunció también. ¿Ha oído hablar de la estúpida historia sobre las goteras en su balcón? ¡Mi marido la habría matado cuando la oyó! No creía que pudieran existir personas tan malvadas.

Siento una rabia incontenible.

—¿Por qué no ha muerto esa cabrona en lugar del señor Ferrari? ¿No se avergüenza de ser una víbora asquerosa?

Pero la viuda ha aprendido la lección.

—Se lo ruego, Francesca, ¡no cometa los mismos errores que mi marido! Si se hubiera callado aún estaría vivo. De nada sirve enfurecerse por las mezquindades de los demás.

Me vuelvo a conmover.

—Cuánto debió de sufrir el señor Ferrari para llegar a decir todas esas locuras sobre el asesino en serie...

—Desde que estaba en la cárcel no dormía, rechazaba la comida. Se había vuelto agresivo, incontrolable, deliraba... deberían haberlo curado en lugar de seguir interrogándolo —concluye exhalando un suspiro.

No logro contenerme y le pregunto:

—¿El fiscal la ha acusado de falso testimonio?

—No, no podía imputarme también a mí, dado que faltaban incluso las pruebas que demostrasen que mi marido era culpable.

Expreso mis trágicas previsiones alzando la voz:

—Estoy segura de que el que estranguló a Santi y a Sereni volverá a matar, y de que Guidoni le pedirá entonces disculpas por haber acusado a su marido, pese a que será ya demasiado tarde.

La pobre mujer me responde susurrando:

—Estoy de acuerdo con usted, pero a saber cuándo volverá a matar el asesino...

Bajo la voz hasta reducirla a un susurro:

—¿El señor Ferrari no sospechaba de nadie?

—Según Gianfausto, en la empresa nadie soportaba a esos dos, pero él mismo se preguntaba quién habría llegado al punto de matarlos.

—Y cuando su marido desapareció de la empresa, ¿qué ocurrió?

La señora Ferrari parece casi resignada.

—Vernini le pidió que se tomara un mes de vacaciones que tenía retrasadas. Sin embargo, dos días después, Pisani, el chófer que acompaña siempre al director, se presentó en nuestra casa con unas cajas en las que habían metido los cuadros y las demás cosas que Gianfausto tenía en el despacho. Entonces mi marido comprendió que lo iban a despedir y que la historia de las vacaciones era una farsa...

Uno de los enterradores entra en nuestro apartado y anuncia:

—Ahora les toca a ustedes.

A continuación empuja el carrito donde descansa el ataúd hacia una especie de capilla de cemento armado, en la que no hay ningún símbolo religioso. Lo deja en medio de la sala, cerca de un atril, tras el cual se aposta uno de los dos compañeros de facultad del fallecido.

Los otros tres nos sentamos en primera fila. El hombre que está de pie inicia su discurso: «Gianfausto era una persona original. Unía a su afilada ironía unas pasiones tiernas e inauditas, como la de los peces tropicales. Solo él era capaz de pasar una noche despierto para ver a los peces disco desovando».

La señora Ferrari pierde el control y empieza a llorar quedamente. Le aprieto una mano, mientras unas lágrimas tan grandes como monedas resbalan de sus ojos y caen sobre nuestros dedos entrelazados: estamos realmente en un valle de lágrimas.

Ayer me llamó Vernini para decirme que podíamos regresar a la oficina, y hoy hemos vuelto a trabajar como si no hubiera sucedido nada; no obstante, el ambiente no puede ser más triste. Hasta Colombo está insólitamente taciturno. Yo también callo y me concentro en los mails acumulados, dado que debo recuperar el tiempo que he estado en casa. Al principio el director no da señales de vida, pero a eso de las diez entra en la oficina Passotini, dejando tras de sí un olor a loción para el afeitado al aroma de musgo.

—Quiero decirles que no estoy en absoluto preocupado, porque siempre han trabajado muy bien, así que se pondrán al día enseguida, no notarán que han estado parados unos cuantos días. —Se calla, con aire engreído, mientras se ajusta la enorme corbata azul de directivo. También hoy lleva una camisa celeste y la habitual chaqueta cruzada azul marino que, a buen seguro, le parece el máximo de la elegancia porque se la ha hecho a medida un sastre. Después prosigue con su discursito—: ¡Podéis contar conmigo! Escribidme un mail o llamadme cuando necesitéis mi ayuda. Y ahora volved a bombear sangre al cuerpo empresarial. ¡Todos os necesitamos!

Sale a buen paso y se encierra de inmediato en su despacho. Se estará regodeando por haber utilizado la metáfora anatómica para nuestro departamento que inventó el director de Planificación y Control y, en todo caso, no es alguien que pase demasiado tiempo en la oficina de sus subordinados.

Su visita basta para que Colombo vuelva a ser el de siempre. De hecho, alza la cabeza del ordenador y dice:

—En vuestra opinión, ¿Galli sabría diferenciar un balance de un marciano? Aunque puede que ni siquiera le interese…

No le respondemos, pese a que esta vez todos estamos de acuerdo con él. Sin Ferrari dirigiendo la orquesta y haciendo seguir el ritmo a los balances, a saber cómo saldrán nuestras cuentas.

Colombo vuelve al ataque:

—Jamás he pensado que Ferrari fuera capaz de matar a Santi, y no digamos ya a Sereni. Pero debía de estar más loco de lo que parecía. Si de verdad no había sido él, ¿por qué dijo que el asesino había hecho lo correcto matándolos?

A modo de respuesta, Parodi y Gavazzeni suspiran sin añadir nada. En el fondo, a todos nos gustaría tener la certeza de que Ferrari era el estrangulador, así dejaríamos de tener miedo y podríamos volver a la vida pacífica de antes, solo con algunos malos recuerdos que olvidar.

Pese a que estoy convencida de su inocencia, no tengo ningunas ganas de discutir con ese colérico de Colombo, así que decido ir a saludar a Michele. En el pasillo que lleva a su oficina me cruzo con un tipo que nunca he visto. ¿Será nuevo? Resultaría extraño que Vernini contratara a alguien en esta época de crisis. Quizá sea uno de los nuevos consultores autónomos que de vez en cuando trabajan en la sede. Tiene una barba cortísima y el pelo castaño. Nos miramos fugazmente. Parece tímido y amable, tiene cara de no contar nunca mentiras, pero a saber si es así. Después de lo que sucedió con Maurizio deberán pasar diez años antes de que vuelva a fiarme de alguien. Es más, puede que cien.

Pero cuando entro en la oficina de Michele siento que una ligera onda de felicidad acaricia mi corazón.

¿Será a causa de la mirada que nos hemos intercambiado el desconocido y yo en el pasillo?

Michele está trajinando con el ordenador y alza los ojos para saludarme. Tras un par de rápidos comentarios circunstanciales —¡hacía mucho que no lo veía!— suelto de buenas a primeras una pregunta que jamás habría imaginado que sería capaz de hacerle:

—¿Conoces al nuevo compañero, al de la barba corta?

Mi curiosidad le parece insustancial, tan infértil como la de todas las mujeres:

—¿Quién? ¿Federico? Es un informático. Trabaja para una empresa externa, no sé cuánto estará aquí. —Eso es todo, porque la vida de los demás le parece digna de un educado respeto y nadie tiene derecho a entrometerse en ella.

Si quisiera saber algo más sobre el nuevo compañero no sacaría nada de Michele. Además, no estoy de humor. Lo único que busco es el consuelo de un viejo amigo.

—Estoy fatal, Michele, ni siquiera puedo pasar por delante del despacho de Ferrari.

Pero él me ataja enseguida:

—Perdona, Francesca, pero tengo cosas urgentes que hacer. Nos vemos en los tornos a las doce y media, luego hablamos, ¿ok?

—De acuerdo, hasta luego —contesto, antes de volver desanimada a mi mesa.

Quizá debería tratar de entablar otra vez amistad con una de mis colegas. Puede que estén dispuestas a comunicar algo más que Michele. Antes de que el cabrón de Maurizio me abandonase salía a comer de vez en cuando con un par de compañeras, pero luego me enteré de que habían sido justo ellas las que fueron contando por ahí que había intentado suicidarme. Y si ahora intentase tan solo charlar un poco en las mazmorras del café, sé que la conversación versaría sobre Sereni y Santi y sobre «el departamento de la muerte», como algunos nos llaman. Noto una curiosidad pegajosa a mi alrededor, que rehúyo apenas comprendo que alguien trata de sacar el tema a colación.

Cojo el ascensor y cuando bajo al segundo piso tropiezo con el director.

—¡Aquí está nuestra Zanardelli! ¿Ha pasado bien las vacaciones? —me pregunta con voz sonora.

¿Si he pasado bien las vacaciones? ¡No he ido a las Seychelles! Le suelto la respuesta que se merece:

—Esperemos que maten pronto a otro colega, ¡así podremos disfrutar de un par de semanas más de descanso!

Vernini me escruta con los ojos desmesuradamente abiertos.

—¿Cómo se permite bromear sobre un tema así? ¡Venga de inmediato a mi despacho! —dice, encaminándose hacia la cámara de torturas. A saber cómo piensa castigarme, esta vez le he soltado una demasiado gorda.

Cuando entramos en su despacho cierra enseguida la puerta. Me indica con un ademán que me siente y luego se deja caer en el sillón de directivo. Parece furibundo, las aletas de la nariz le tiemblan:

—¡Le dije que estuviera tranquila y que no se metiera en líos, y ha ido incluso al entierro de Ferrari! Ahora la policía se preguntará qué relación tenía usted con el asesino de dos personas.

Vernini parece el jefe de la CIA, siempre sabe dónde estamos y con quién... pero, en cualquier caso, ¿no tengo derecho a ir al entierro de quien me parezca?

—Trabajé dos años con Ferrari —suelto de un tirón—. Pensé que era mi deber ir.

Vernini se lo toma a mal.

—¿«Su deber» presenciar las exequias de un asesino en serie que, quizá, estaba tramando matarla también a usted? En su caso, ¿tiene intención de asistir también al entierro del novio que la dejó plantada?

El director es todo un maestro en golpes bajos, incluso ilegales, dado que está hablando de mi vida privada. Pero no es momento de sacar a relucir el derecho a la intimidad:

—Solo quería decirle a la mujer de Ferrari que, en mi opinión, su marido no era un asesino, y que la única ligereza que cometió fue ceder a las provocaciones de Santi.

Vernini se enfurece aún más.

—Nosotros hacemos nuestro trabajo y los magistrados el suyo. Si lo arrestaron fue porque había un motivo. Escúcheme bien, Zanardelli, si ahora se dedica a ir por ahí diciendo que Ferrari era inocente y que el asesino sigue suelto la despediré. Encontraré la manera, mejor dicho, me la inventaré. Y la echaré diga lo que diga su contrato. Y cuando pida que la acepten en la cooperativa que limpia nuestras oficinas diré a esa gente que, si me la encuentro en un pasillo con la escoba, rescindiré también el contrato con ellos. ¿Queda claro?

Me gustaría decirle que la razón está de mi parte, pero tarde o temprano todos lo sabrán. El auténtico asesino en serie solo está esperando a liquidar a otro. Con toda probabilidad, aún tiene en su casa una buena cantidad de cuerda blanca.

Pero no digo una palabra y vuelvo enseguida a la oficina. No, no será agradable proclamar: «¿Habéis visto? ¡Os lo dije!», cuando nos encontremos con el enésimo colega esperando turno para el entierro.

Mejor esperar a que suceda de verdad.

Hace una semana que volvimos al trabajo y da la impresión de que Santi nunca ha existido. Vernini no ha organizado una misa por su alma, como hizo en el caso de Sereni. Laura me ha dicho que está asustado por el acecho de la prensa.

El caso está oficialmente resuelto. La versión que han difundido los investigadores es que Ferrari era una especie de justiciero de la noche que mataba a los empleados que le caían gordos. En la oficina todos están también convencidos de que era el culpable, y Laura me ha confiado que quizá no tarden en quitar las cámaras de vigilancia.

Supongo que la fuente es el director, pero aun así he cometido la estupidez de pedirle que me lo confirmara:

—¿Te lo ha dicho Vernini? ¿Cuándo piensan hacerlo?

De forma que la pobre Laura se ha asustado y me ha clavado las uñas en el brazo, hundiéndolas hasta el fondo mientras susurraba:

—¡Jura que no se lo dirás a nadie! ¡Vernini me despedirá si descubre que hablo de estas cosas! —Como si me acabase de soplar secretos de Estado sobre los planes nucleares de Irán.

Tanto con las cámaras de vigilancia como sin ellas, en el aire reina el festivo ambiente de una postguerra. Salimos y entramos solos a los servicios, joviales y tranquilos, y en las salas de reuniones se vuelven a encontrar compañeros solitarios que han entrado en ellas buscando un poco de paz y concentración para redactar un documento.

El único problema es que Planificación y Control se está convirtiendo, como dice Colombo, en Petrificación y Dolor, dado que Galli recurre a enrevesadas estrategias para no tener que tomar decisiones y evitar los posibles reproches. No envía mails ni responde si le mandan uno. Lo máximo que cabe esperar de él es una llamada telefónica para intercambiar dos palabras sobre lo que le has escrito. Pero procura no dejar ninguna huella escrita de su actividad, para poder defenderse cuando sea necesario.

Así pues, la oficina se está deslizando hacia una peligrosa anarquía contable, y últimamente estallan de repente discusiones entre los cuatro: explotamos como fuegos fatuos que se apagan de forma fulminante apenas el director asoma la cabeza, atraído por los gritos de Colombo, que cada vez se muestra más combativo. Reconozco que empieza a caerme bien: pese a su mal carácter, al menos tiene el valor de decir —mejor dicho, de gritar— lo que piensa.

Ayer, sin ir más lejos, trató en vano de arrastrar a Galli a la reunión con los compañeros de las filiales externas. Ferrari no se perdía una, porque era la única manera de comprobar si habían abultado en exceso las previsiones de ventas para salir airosos. Pero Passotini fue tan canalla que llamó a Colombo cinco minutos antes y le dijo que estaba esperando una llamada muy importante, que iba a llegar con media hora de retraso. Luego se encerró en su despacho y solo volvió a aparecer a las seis y media, cuando se presentó en nuestra oficina con el aire más seráfico del mundo:

—¿Se han marchado ya todos?

Colombo le gritó el «sí» más acre que he oído en mi vida, y luego atacó:

—¿Y ahora quién nos asegura que son ciertos esos malditos números?

Ferrari habría despedazado a los externos para que le dijesen la verdad, pero Galli no quiere hacerse enemigos y le aterroriza la posibilidad de que uno de nosotros desenmascare a los mentirosos. No obstante, Passotini, al igual que todos los pusilánimes, es débil con los fuertes y fuerte con los débiles, así que no pierde ocasión de chillarnos cada vez que osamos poner peros a uno de sus protegidos.

Y hoy la bronca me toca a mí, porque esta mañana envié al responsable de ventas en Europa un mail en que ponía en duda los datos triunfales de sus previsiones, cometiendo, de esta forma, un triple error. Primero: escribí en lugar de llamar por teléfono. Segundo: insinué que otro compañero estaba faroleando, cuando la comunicación de dicha eventualidad está exclusivamente reservada a los directivos, es decir, a Galli. Tercero: no le di a leer el mail antes de enviarlo.

Uno de los trucos mezquinos de Passotini es, precisamente, la censura del correo electrónico. El primer día nos avisó, hablando de sí mismo en tercera persona como si fuera un emperador: «¡Vuestro jefe quiere ver lo que escribís!». Así pues, antes de mandar un mail tenemos que rebotárselo a él, que por lo general los bloquea con la excusa de que no tiene tiempo de leerlos. O redacta una versión expurgada que luego debes enviar con tu nombre, sin ponerlo a él en copia.

Cuando me siento delante de él me mira con aire de decepción. Cada vez más enfurruñado, inicia su sermón:

—Francesca, en una empresa hay que trabajar juntos. —Para subrayar el concepto «juntos», entrelaza los dedos en un gesto que trata de transmitir la sensación de sólida unión. Permanece unos segundos en esa ridícula postura y luego prosigue, con la claridad de la Sibila de Cumas—: Las relaciones deben ser recíprocas, ¿entiende? —El concepto es palmario. Me está diciendo que no vuelva a hacer nada por mi cuenta y riesgo—: Francesca, todos tenemos defectos, pero si los conocemos podemos aprender a controlarlos. ¡Usted es demasiado impulsiva! Debe procurar no seguir su instinto cuando este la lleva en la dirección equivocada. En ocasiones basta pensar en las posibles consecuencias de nuestras acciones para comprender lo que debemos hacer. ¿He sido claro? Las empresas solo se mantienen en pie si las personas se fían unas de otras. Poner en duda la buena fe de un compañero es un error que no debemos cometer. ¿Y si le sucediera a usted? Si alguien no la creyera, ¿cómo reaccionaría? Debe aprender a ponerse en el lugar de los demás en vez de partir de la base de que están en un error.

A continuación hace una pausa penosa, casi conmovido por su inspirada locuacidad. Después prosigue; el ataque verborreico aún no ha concluido.

—Francesca, métase en la cabeza que hay que respetar al jefe, porque mi objetivo es defender a mis recursos. Yo confío en mis colaboradores. —Se detiene de nuevo unos segundos para que su ánimo límpido y puro se expanda en el aire. Luego continúa con la intensidad de un ángel incomprendido—: ¿Por qué no se fía de mí? Mi único objetivo es ayudar a mis recursos valiéndome de todos los incentivos disponibles, para que aprendan a comportarse lo mejor posible.

En este punto me mira a los ojos: sabe de sobra que he captado el mensaje. Los incentivos a los que se refiere no tienen nada que ver con el alimento de mi espíritu, sino con aspectos más materiales de la existencia como, por ejemplo, mi ascenso a la categoría de mando intermedio —que, temo, nunca se producirá— o la minúscula prima de julio que Ferrari me asignaba siempre para manifestar cuánto apreciaba mi profesionalidad.

Por suerte, Colombo interrumpe la lección de Passotini abriendo la puerta sin llamar y gritando:

—He llamado a los de ventas y les he dicho que si no nos mandan los datos antes del jueves comunicaré al gerente que no podemos seguir así.

Galli se encoge como si hubiera recibido un puñetazo en el estómago. Su intrepidez oratoria se desvanece de golpe, al mismo tiempo que palidece y que su frente se perla de sudor. ¿Entenderá alguna vez que es más fácil trabajar que hacer todo lo posible por evitarlo? Me levanto y me precipito hacia la puerta, mientras Colombo toma asiento en mi lugar con una mueca burlona. Passotini no tiene la rapidez de reflejos de Vernini, quien habría expulsado a Colombo de inmediato. Al cabo de media hora sigue encerrado dentro. *Pobrecito* Galli...

Hace dos días sufrí un efecto secundario de la *speed date*. Era un email de la organización: «Querida Francesca, te comunicamos los resultados del encuentro de febrero en la Happy House. Lograste ocho preferencias, pero, dado que tú no diste ninguna, nos ha resultado imposible emparejarte con los demás participantes. ¡Te invitamos a jugar otra vez con nosotros!».

He borrado el mensaje de inmediato y he puesto en el spam la dirección del remitente, por si acaso me vuelven a invitar a «jugar» con ellos.

Sé que Regina ha recibido el mismo email porque mi madre ha obligado a mi padre a acribillarme a llamadas para saber cuántas preferencias he tenido. Según la señora Giovanna, su hija ha obtenido quince, con doce combinaciones victoriosas, entre las cuales se encuentra, a buen seguro, el futuro marido de la anchoa seca. Será una jibia o un calamar.

Hasta ahora les he hecho creer que mi casilla de correo está vacía, pero estoy harta de las llamadas de mi padre, que ya no tiene fuerzas para resistir los envites de mi madre.

Suena el móvil por enésima vez. Obviamente, es él.

En este punto solo me resta ejecutar el plan del príncipe azul, así me dejarán en paz.

—¡Hola, papá, por fin tengo una buena noticia que darte!

Oigo al fondo la voz de mi madre, que pregunta petulante: «¿Le han enviado el mail?», mientras mi padre trata de tranquilizarla: «Maria, déjame hablar con Francesca, dice que tiene una buena noticia».

—¡Por fin han llegado los resultados, papá! Esta noche voy a cenar con vosotros y os lo cuento.

—Perfecto, cariño, ya no nos vemos… —Pero no logra concluir la frase, porque mi madre lo apremia: «¡Pregúntale cuántas preferencias ha tenido!».

—¡Os diré todo esta noche! —suelto en tono perentorio, y cuelgo.

Cuando llego a su casa, mi madre me abre la puerta. Lleva un vestido oscuro que hace que resalten sus ojos verdes, y se ha maquillado un poco. Después del suicidio de Ferrari se levantó de la cama, dejó de ver series tan truculentas y obligó a mi padre a comprarle los DVD de todas las temporadas de *Mujeres desesperadas*. Ahora que ha archivado al asesino de la empresa, su obsesión es que encuentre novio. De hecho, me ataca en cuanto entro.

—¿Cuántos «ok» te han dado?

—Sentémonos en la sala y os lo explicaré todo —digo en tono firme.

Ella se deja caer en el sofá mientras mi padre entra con el sempiterno delantal de cocinero. Si bien mi madre se está volviendo a cuidar, por lo visto la huelga de los fogones aún no ha terminado. No me ando con rodeos:

—Como os dije, en la cita rápida solo había un hombre que me gustó muchísimo y, de hecho, fue el único al que le di un «ok», con la esperanza de que él también me eligiese, porque, en ese caso, habría encontrado a mi príncipe azul.

Puede que se me esté yendo la mano, porque mi padre me mira con suspicacia: sabe que estoy mintiendo, pero aún no entiende adónde quiero ir a parar. Intento poner cara de emoción.

—La buena noticia es esta. Él también me marcó con un «ok». ¡Le gusté!

Mi madre tampoco parece satisfecha.

—Pero bueno, cariño, ¿cuántas preferencias has tenido?

—¡Una, mamá, he tenido una! La única que contaba algo para mí.

—¿Solo una? Pero ¡si la hija de la señora Giovanna ha tenido quince!

Ahora la ahogaría, pero sin narcotizarla.

—En las citas rápidas no gana quien recibe más puntos, sino los que encuentran a una persona que les gusta de verdad, mamá. Y yo he tenido esta suerte.

—Pero si Regina ha recibido tantas preferencias, ¡eso significa que gusta más que tú!

—¿De verdad crees que Regina ha gustado a quince hombres de un total de veinticinco? ¡Como porcentaje eso significaría que casi dos hombres de cada tres, digamos dos hombres y una cabeza, estarían dispuestos a salir con esa especie de anchoa con el pelo cardado! ¿Te parece verosímil? Si aún vive con su madre será por algo.

—Cariño, no hables como una contable, además, me lo ha dicho la señora Giovanna…

—¡La señora Giovanna miente como una bellaca! Además, es una arpía, porque te miente también a ti, que tienes una hija a la que dejaron plantada en el altar. Tu «amiga» no tiene una pizca de sensibilidad.

—Francesca, no puedes ofender a quien no conoces, ¡y a ti la señora Giovanna nunca te ha resultado simpática!

—No sabes lo equivocada que estás, mamá, pero ahora déjame terminar, luego volveremos a la señora Giovanna. ¿Quieres saber o no cómo ha ido con el único hombre al que dije que sí?

—¡Claro que quiero saberlo, cariño!

Ha llegado el momento de lanzar a la mesa mi póquer de ases —falsos— esperando que ella no se dé cuenta de que estoy faroleando:

—¡Hemos salido ya, anoche! ¡No quería deciros nada hasta que no lo hubiera visto!

Mi madre se levanta del sofá y gira en redondo aplaudiendo.

—Dime, Francesca, ¿de verdad es tu príncipe azul?

Lanzo una última mirada ardorosa a mi público delirante y pronuncio decidida:

—¡Sí, es él!

Mi madre salta sin poder contener la felicidad y grita a mi padre, que está boca arriba en el sofá con una expresión de aniquilamiento:

—Lo hemos conseguido, Amedeo, ¡lo hemos conseguido! —Luego se abalanza hacia el teléfono—. ¡Tengo que decírselo enseguida a la señora Giovanna!

Pero yo me adelanto y la detengo antes de que alcance el aparato.

—¿Quieres saber si volveré a ver a Federico? —pronuncio instintivamente el nombre de mi compañero informático de los ojos azules.

—Claro que quiero, pero ¿eso que tiene que ver con la señora Giovanna?

—Mamá, si quieres que te cuente más debes respetar una condición. Si no lo haces, no vendrás a mi boda: me casaré a escondidas, ¿queda claro?

—¡Por Dios, hija mía! ¡No digas eso!

—Bien, pues si quieres ir a la boda, nunca le contarás nada a la señora Giovanna, porque se morirá de envidia cuando se entere de que he encontrado al hombre adecuado y hará todo lo posible por arruinar no solo mi vida, sino también la tuya.

—Pero, entonces, ¿qué excusa puedo inventarme para no hablar más del tema?

—No te preocupes, mamá, yo me encargaré de eso.

Cojo el teléfono y marco el número. La señora Giovanna no pierde el tiempo con los saludos de rigor y va directa al grano:

—Dime, Francesca, ¿hay novedades? ¡Es imposible que aún no hayas recibido el mail!

De nada sirve engatusarla, así que disparo a bocajarro:

—Quería dar una sorpresa a mi madre. He salido ya una vez con el único chico al que di la preferencia.

Esa metomentodo, sin embargo, no se fía:

—¿Y qué número tenía ese tipo, si se puede saber? Puede que también le gustara Regina. ¿Sabes? ¡Ha tenido quince preferencias, seguro que él también está entre los que la eligieron! Conozco muy bien a los hombres. ¡Dicen que sí a todas, porque quieren conocerlas mejor antes de iniciar una historia seria! Así que yo en tu lugar no me haría muchas ilusiones, querida...

Basta, me ha sacado de mis casillas.

—Señora, si su hija saliese con alguien bastaría que lo llevara a su casa una sola vez para que desapareciese sin dejar rastro. ¡Usted arruinaría la vida de cualquiera que le cayese bajo mano, de manera que la desgraciada de su hija se quedará para vestir santos! ¡Para siempre!

Mi madre me mira pasmada, pero yo prosigo:

—Voy a colgarle el teléfono enseguida, pero antes debo advertirle: ¡si vuelve a llamar a mi madre la denunciaré a la policía por acoso!

Apenas me da tiempo a oír que me responde: «¡Te denunciaré yo, desequilibrada, que no eres otra cosa!» antes de que suelte el auricular. He dejado de comportarme como una buena hija y de secundar todas las manías de mi madre. Siento que la rabia fluye por mis venas y la recibo casi con gratitud. Si debo luchar por mi tranquilidad esta vez no me echaré atrás.

Como era de esperar, mi madre se ha echado de nuevo a llorar, pero mi padre no hace siquiera ademán de levantarse del sofá. Es evidente que está de mi parte.

Ella, entonces, se acerca a él, tremebunda, y balbucea:

—Amedeo, ¿no dices nada?

—¡Esa mujer es realmente insoportable! ¡Si tratas de llamarla de nuevo no volverás a verme! —amenaza.

Acto seguido se pone de pie y se dirige a la cocina—: Voy a comer algo, ¿quién me acompaña?

Lo sigo en silencio, sin tratar de convencer a mi madre de que se siente a la mesa. Si tiene hambre ya vendrá ella por su propio pie.

De hecho, se presenta al cabo de un par de minutos. Tiene la mirada límpida, como si se hubiera despertado de un sueño de cien años. Me coge una mano y me dice en tono de disculpa:

—Lo siento, Francesca, pero cuando mataron a tus compañeros pensé que no me iba a sobreponer. Menos mal que tu padre me ha ayudado. Pero ahora ya no tenemos de qué preocuparnos. El asesino en serie ha desaparecido y tú has conocido por fin a un buen chico. Tengo que animarme y volver a vivir como una persona normal. —A continuación sonríe agradecida a mi padre y le estrecha una mano—: Querido, mañana iré a hacer la compra contigo, quizá hasta vuelva a cocinar algo bueno. —Luego se vuelve hacia mí y añade—: ¿Cuándo piensas presentarnos a Federico? Podrías traerlo a cenar una noche.

Mi padre me mira. Se cree capaz de encontrar siempre una solución para todo. A saber qué se inventará ahora. Puede que alquile un actor, como hace con los disfraces de carnaval, y que le escriba los diálogos para las cenas familiares: «Buenas noches, señora, cuánto me alegro de conocerla, etc, etc». Sería muy capaz de organizar también una boda simulada, con la iglesia, el sacerdote, los testigos y los invitados falsos. Si se le mete entre ceja y ceja, es capaz.

REORGANICÉMONOS

En la oficina corre el rumor de que nos van a reorganizar. Cada dos años la sede central lanza un nuevo eslogan: «¡Queremos estructuras pequeñas y ligeras!», «¡Más línea y menos personal!», «¡Eficiencia y sinergias entre las áreas de negocio!», con el resultado de que durante dos meses solo se habla de la futura pirueta, y todos intentan adivinar quiénes serán los compañeros que «avanzarán» y quienes los que «saltarán fuera».

Nunca me han gustado estos debates pero no puedo evitarlos, porque Colombo los adora. Esta vez está haciendo una campaña denigratoria contra Passotini, aireando con generosidad las maldades del nuevo jefe de «Petrificación y Dolor».

Ahora está sentado al escritorio con las piernas cruzadas y protagoniza una de sus hazañas como delator empresarial. Nos cuenta que Vernini está muy preocupado por la manera en que nuestros balances se están yendo a pique y que al jefe le gustaría entender qué está ocurriendo en nuestra atormentada unidad. De hecho, lo ha convocado dos veces a su despacho, como cuenta con aire más inspirado de lo habitual:

—¡No es fácil explicar a Vernini que hay que tener huevos para hacer nuestro trabajo! Debemos controlar los datos que nos mandan y tener también el valor de pedir las verificaciones necesarias, porque si luego hay errores, debemos retocar el presupuesto para que cuadren las cuentas. ¡Y no podemos corregirlo dos veces por semana! ¡En lugar de planificadores seríamos unos bufones!

Parodi, el taciturno, tercia:

—A propósito, ¿quién entró anoche en el archivo del balance y quitó dos millones de los gastos para equipararlos a los ingresos? ¿Fuiste tú?

Colombo se indigna.

—¿Cómo puedes insinuar que he modificado a escondidas los datos que yo mismo introduje? ¡Habrá sido Galli!

Pero Parodi no da su brazo a torcer.

—Passotini no sabe hacer nada, así que explícame cómo puede haber desviado dos millones. No me lo creería aunque lo viera.

El otro insiste:

—¿Quién ha sido, si no? Ferrari nos contaba siempre las manipulaciones que hacía en el balance final. De hecho nadie lo acusó nunca de falsearlos. ¡Era un hombre con clase!

Pero Parodi no se rinde:

—Entonces, ¿no lo hiciste tú anoche?

—¡Te juro que no! ¡Habrá un Judas entre nosotros que entra a hurtadillas en el balance final y lo retoca siguiendo las instrucciones de Galli! —Luego se planta de un salto en medio de la oficina y exclama arrebatado por sus palabras incandescentes—: Quiero saber quién está mintiendo. Vamos, Judas Iscariote, ¡confiesa!

Gavazzeni calla. ¿Será él el traidor? ¿O Parodi, que echa la culpa a los demás para defenderse?

Las alas de su misticismo repentino alejan a Colombo:

—Haría falta Jesucristo para sacarnos del lío en que nos hemos metido por culpa de Passotini. ¡La única esperanza es que desaparezca en la próxima reorganización!

—¿Cómo es posible que se salve siempre? ¿Nunca despiden a los directivos? —pregunta de buenas a primeras Gavazzeni.

—No, los hacen ascender vivos al cielo —tercio yo—, porque sería demasiado vulgar que llegasen muertos. Solo mueren los jefecillos y los empleados; los directivos, en cambio, vuelan al cielo y se sientan a la derecha del Padre.

Logro hacer reír a Colombo, que me responde:

—Sí, y una vez allí hacen un organigrama para establecer quién debe estar más cerca de Nuestro Señor.

—Y las cajas se las hace otro —añado—. Nosotros, en cambio, tendremos que empaquetar nuestras cosas incluso si nos mandan al infierno.

Colombo deja traslucir cierta amargura.

—A quién se lo dices… estoy harto de trasladarme, pero puede que esta vez nos dejen en el cuarto piso. Espero que no nos arrebaten esta moqueta azul ejecutivo.

—Luego enmudece, desmoralizado.

A estas alturas he aprendido a embalar rápido mis papeles porque nunca se sabe qué puede ocurrir en las reorganizaciones. Puedes acabar en una oficina oscura, con un par de compañeros que pasan horas al teléfono y te impiden concentrarte; o quizá en una sala bonita y luminosa que debes disfrutar al máximo porque la suerte cambia deprisa.

Para conjurar la preocupación que empieza a invadirme me pongo a trabajar, pero enseguida me doy cuenta de que Parodi tiene razón. Alguien ha entrado en el balance final y ha revuelto los datos al azar creando una gigantesca macedonia contable. No logro contener un grito:

—¡Es cierto que entre nosotros hay un traidor que deshace de noche lo que nosotros hacemos de día! Nadie tiene el valor de decir que el boicoteador es Galli. ¡O quizás sea un colaboracionista que quiere que le den la prima en julio! ¡Destruye nuestro trabajo por tres mil euros! Brutos, ni siquiera netos.

Colombo no da crédito a lo que oye. Me acabo de lanzar también al ring con un deseo irrefrenable de noquear al culpable. Así pues, me incita:

—¡Muy bien, Zanardelli! ¡Tenemos que desenmascararlo! —Luego, presa de una vibrante agitación, proclama—: ¡Y castigarlo! —Solo falta que grite «¡a la hoguera, a la hoguera!» para que nuestra oficina se transforme en el tribunal de la Santa Inquisición.

Pero, de repente, oímos la voz de Vernini:

—¿A quién quieren castigar? —Ha entrado a hurtadillas en nuestra sala, sigiloso como una víbora. Nadie tiene el valor de contestarle, como si nos hubiera pillado encendiendo de verdad el fuego purificador al que arrojar al contable infiel—. Entonces, ¿quién de ustedes merece un castigo? —insiste.

Colombo recupera la voz, que ha perdido a causa de la sorpresa, y saca a relucir todo su rencor:

—El señor Galli no sabe distinguir entre gastos corrientes y en cuenta capital, pero como es un presuntuoso quiere meter mano de todas formas a nuestros balances. No obstante, dado que no sabe usar los programas, se hace ayudar por alguien en secreto para cambiar las cosas después de las siete de la tarde, cuando ya no estamos en la oficina.

El director permanece en silencio unos segundos y sale de la oficina refunfuñando furibundo: «Intentaré averiguar algo». Acto seguido se encierra en el despacho de Passotini dando un portazo. Por la cara que tiene podría llegar incluso a arrancarle las uñas para hacerlo confesar.

Hoy me siento más ligera, casi de buen humor, quizá porque ayer fui a la oficina de Michele y lo encontré en compañía de Federico, con el que estaba charlando tranquilamente sobre paseos por la montaña. Era la primera vez que veía a Michele tan sereno, incluso me dijo: «¿Puedo presentarte a Federico Palizzi? ¡Trabajaremos juntos!».

Entonces tendí la mano al joven de la barba corta y no logré decir ni media palabra. Mientras lo miraba arrobada como una cretina, él me estrechó la mano con una fuerza delicada y solo alcanzó a decir: «¡Federico, encantado!», antes de salir corriendo al pasillo como si hubiera estallado un incendio.

Tenía la impresión de que la mano me ardía. Sentía incluso un extraño hormigueo en la punta de los dedos, como si la sangre hubiese vuelto a fluir después de haber estado parada mucho tiempo. Pero esa extraña sensación de energía exuberante duró solo un segundo, porque después regresé al pantano cotidiano en que todos los días son iguales.

Como siempre, Michele me está esperando ahora delante de los tornos. Aún no he entendido como puede presentarse siempre a las doce y media clavadas, mientras que yo suelo llegar con retraso. En su opinión, indica mi «escasa seriedad».

—¡Aquí me tienes, Michele! —le grito desde la escalera, consciente de que me he levantado del escritorio a las doce y treinta y uno, de manera que deben de ser, como mínimo, las doce y treinta y cuatro. Él esboza la habitual sonrisita que significa «nunca cambiarás», pasa la tarjeta por el torno y sale caminando con su paso alpino.

Hoy he conseguido convencerlo para no ir al bar de siempre. Él, claro está, se ha opuesto, porque no tolera los imprevistos, sobre todo cuando podrían provocar un retraso en su horario, que prevé un máximo de cuarenta y cinco minutos para comer. Yo, en cambio, he acabado por aborrecer el escalope congelado con la guarnición de ensalada lacia. Así que, recorriendo las callejuelas que hay alrededor de la empresa, he encontrado una pequeña taberna con diez mesas en la que el menú completo cuesta ocho euros, incluido el café. Michele ha transigido, cansado de mi insistencia, pero con una condición: el servicio debe ser rápido o, de lo contrario, no volverá a poner un pie en la nueva taberna.

Entramos un poco vacilantes, pero el dueño, que tiene pinta de ser egipcio, nos hace sentar de inmediato en una mesita de dos, y en menos de un segundo nos trae el menú, que incluye también el inevitable filete empanado. Me juego el todo por el todo y decido pedirlo, porque el escalope es la verdadera prueba de fuego de los restaurantes milaneses. Si es de carne de verdad y lo han frito en una sartén en lugar de descongelarlo en el microondas, entonces demostraré que los propietarios del local son unas personas honestas. Si, en cambio, es una de esas porquerías hechas con pasta de pollo esponjosa, quedará demostrado que el resto del menú es también nauseabundo.

Además del escalope pido espaguetis con calabacín y gambas —¿de verdad todo eso cuesta ocho euros?—, mientras Michele mira alrededor, sin lograr encontrar nada reprobable. El local está limpio y ordenado.

Espero haber encontrado de verdad una alternativa a nuestro bar, porque si la taberna supera hoy la prueba, Michele aceptará la sustitución. Si la suspende, tendré prohibidos los experimentos por mucho tiempo.

Mientras esperamos a que nos traigan los platos empiezo a contarle lo que ha sucedido con el director, el problema es que cuando Michele huele a chismorreo esboza una sonrisa de Gioconda y acciona una membrana especial que cierra sus conductos auditivos, dejándolo prácticamente sordo.

Así pues, intento cambiar de tema para ver si logro abrirlos de nuevo.

—Entonces, ¿cómo va la Edad Media? —le pregunto, porque sé que está leyendo una enciclopedia de doce volúmenes sobre el tema, de la que no piensa saltarse ni media línea.

—Nada mal, debo de estar en la página seiscientos del cuarto volumen.

La tentación de tomarle el pelo es más fuerte que yo.

—¿A qué página has llegado exactamente? ¿Seiscientos uno o seiscientos dos?

Como no es idiota, comprende que me estoy burlando de él y responde:

—Estoy en la página tres mil doscientos veintidós. ¿Quieres que te las cuente todas?

No entro al trapo y le hago la única pregunta que me interesa de verdad:

—¿Cómo es tu nuevo colega, Federico? Parece amable…

—¡Es amabilísimo! Existen animales de sexo masculino que son educados y atentos. Y no me refiero a Flipper, sino a seres humanos. Basta elegirlos bien... —dice en tono burlón.

—¿Está casado? —me aventuro a preguntar.

Michele sonríe como un gato que acaba de ver un ratón.

—Si de verdad quieres saberlo, ayer hablamos de cómo ir a Teolo, un pueblo del Véneto donde se van a casar dos amigos suyos. Federico me dijo que no quería ir en coche, porque teme aburrirse si hace el viaje solo. Así que no creo que tenga esposas ni novias, ahora bien, mi opinión vale poco. Quizá tenga una compañera, pero la deja en casa cuando sale a divertirse, aunque no me parece el tipo de...

Pienso que si Federico estuviera casado mi vida no cambiaría en nada, pero el camarero me saca de mis meditaciones cuando nos sirve los espaguetis con calabacín y gambas, que Michele ha pedido también. La pasta tiene un aspecto más que digno y parece que el cocinero la ha salteado en la sartén. La probamos. ¡Está *al dente*! Incluso Michele se sorprende de que los espaguetis no tengan la blandura húmeda típica de la pasta recalentada en el microondas.

Masticamos unos minutos en silencio, y luego decido cambiar de tema. Retomo el de la reestructuración.

—¿Has oído algo nuevo? Se rumorean muchas cosas, pero no se entiende nada.

Michele responde haciendo una mueca de disgusto:

—Que hablen. Lo máximo que te puede pasar es que te cambien de mesa. He visto al menos diez reestructuraciones. Cada vez las presentan como definitivas. Determinan que todo funciona mal y creen que la nueva estructuración resolverá los fallos. Luego, al cabo de un año, hacen otra y repiten la misma cantinela. A estas alturas las ignoro: a fin de cuentas, mi trabajo siempre es el mismo.

No se equivoca. Entretanto, el camarero nos trae el escalope. El empanado es dorado y está crujiente, la carne resulta deliciosa. Examen superado con máxima nota. ¡No volveremos al bar de las fotografías de bocadillos!

A la una y media, con el estómago lleno, estoy de vuelta en la oficina. Colombo sigue fuera de sí. La historia del desvío de dos millones a hurtadillas se le ha subido a la cabeza y está arrancando la piel a tiras a Gavazzeni y a Parodi.

—Debéis pedirme permiso para modificar el balance final, ¿está claro? ¡No toquéis esos números sin decírmelo! ¡Soy el responsable de ese balance! Son mis números, ¿me habéis entendido? ¡Mis números! —grita como un Gollum enloquecido, con el pelo erizado.

Me bato en retirada para no ver las caras abatidas de mis dos compañeros y voy al búnker del café a beber un vaso de agua. Pero cuando regreso encuentro a Gavazzeni y a Parodi sentados ante el escritorio de Colombo. Tienen las orejas gachas y los ojos brillantes, como un pequeño cocker al que acaba de regañar su dueño.

—¡Coge tu silla y ven aquí, Zanardelli! —me ordena Colombo—. ¡No eres tan poco de fiar como ellos, pero quiero asegurarme de que todos respetáis las reglas!

Siento el impulso de volver a escapar, pero cuando Colombo tiene estos arrebatos de locura es mejor seguirle la corriente. Inicia su arenga a voz en grito:

—Nadie puede cambiar una sola coma sin mi autorización…

Al cabo de veinte minutos de truenos y rayos sigue sin calmarse. En medio de sus gritos y amenazas suena mi móvil. Es el número de mi padre. Salgo de la oficina pese a que los ojos de Colombo echan chispas. Si las miradas pudieran matar, a esta hora estaría ya cadáver.

—Hola, papá, ¿todo bien?

—Sí, y tú, ¿cómo estás? ¿Sales esta noche?

—No, ¿quieres que vaya a casa?

—Sabes que puedes venir siempre que quieras, pero hoy es viernes. Pensaba que saldrías con alguien, quizá con una amiga.

—¡No me apetece, papá!

—Cariño, permite que te diga una cosa. Debes volver a hacer una vida normal. Hace mucho tiempo que reñiste con Maurizio, y te has convertido en un oso. ¡No puedes seguir así! Tómate unas vacaciones, podrías ir a las Maldivas.

—A las Maldivas van las parejas en viaje de novios, papá.

—Da igual, ¡ve con una amiga!

—¿Para morirme de envidia por las parejas que están de luna de miel?

—¡Veo que tu madre tiene razón cuando dice que debes casarte y hacer un crucero en el viaje de novios!

—No me nombres los cruceros.

—Lo siento, perdóname. ¿Por qué no sales esta noche a tomar algo con una compañera o a ver una película?

—No me apetece, ¿cómo hay que decírtelo? Y también se me han ido las ganas de cenar con vosotros. Veré una película en casa.

—En ese caso, ¿te importa si le digo a tu madre que has salido con Federico?

—Papá, ¿aún no has entendido que las mentiras solo traen problemas?

—Francesca, esta vez la mentira se la contaste tú, ¡yo me limito a mantenerla con vida! No veo nada malo en decirle de vez en cuando que sales con el tal Federico. Tu madre está mejor y no quiero tener que explicarle que no existe ningún príncipe azul. ¿Quieres volver a verme en delantal, hija mía?

—Haz lo que quieras, papá, pero avísame si os ponéis a organizar la boda. Al menos me gustaría elegir a las damas de honor. ¿Crees que doce serán suficientes?

—No te preocupes, cariño, ya he pensado en todo. Con Federico no pasaremos del noviazgo y lo alargaremos todos los años que quieras. A tu madre le diremos que es un chico muy reservado y que no quiere vernos. Cuando encuentres un novio de verdad lo traerás a casa para presentárnoslo.

—¿Y si mi futuro novio no se llama Federico? ¿Qué le diremos a mamá, que me equivoqué y que en lugar de Federico se llama Marco o, qué sé yo, Roberto?

—No seas polémica, cariño, vamos… lo hacemos por el bien de tu madre y, de todas formas, estoy seguro de que todo saldrá a pedir de boca.

—Si tú lo dices… Adiós, nos vemos mañana por la noche.

Cuando cuelgo siento una especie de agarrotamiento en el corazón. No puedo echar a perder mi vida escuchando a mi madre, que encuentra guapo a Dexter y dice que debo casarme con el primero que pase por la calle.

Pero ¿qué puedo hacer? ¿Ir a un psiquiatra y explicarle que estoy deprimida porque todos los que se sientan delante de mí en la oficina mueren estrangulados por un asesino en serie que quizá esté aún en libertad?

Aunque tal vez debería explicarle al loquero que antes de que mataran a mis compañeros ya estaba deprimida y, para ser del todo franca, debería confesarle que tampoco echo mucho de menos a los dos muertos. Él, entonces, pensaría que, además de estar deprimida, soy una pérfida, porque sería honesto decirle que mi exfuturo marido también me importa un comino. No iría siquiera a su entierro si, pongamos por caso, muriese aplastado bajo las ruedas de un coche.

Es más, organizaría una bonita fiesta, si supiera a quién invitar…

Es sábado por la mañana y doy vueltas en la cama. El despertar se anuncia siempre con un leve malhumor, que poco a poco va sustituyendo a las pesadillas. Hace un par de noches soñé que moría aplastada por un gigantesco archivo Excel, que caía sobre mí con la fuerza de una prensa. Gritaba pidiendo auxilio pero nadie acudía a salvarme. Trataba de escapar por el pasillo, pero Sereni salía del baño con la cuerda alrededor del cuello. En ese momento me desperté aterrorizada y empapada de sudor. Puede que necesite de verdad unas vacaciones para olvidar los últimos meses.

Abro los ojos en la habitación en penumbra. Por las persianas se filtra un rayo de sol. La primera señal de la primavera después del infinito invierno lombardo. Suena el teléfono. El despertador marca las ocho cincuenta y cinco.

—Hola, papá, ¿qué pasa?

Me responde con una voz lúgubre, que no le oía desde hace tiempo:

—Cariño, deberías encender la televisión y ver el telediario regional. Pero antes tienes que saber lo que ha pasado. Voy a decirte algo terrible. Anoche mataron a Galli, tu nuevo jefe. Tenías razón. Ferrari no tenía nada que ver con esas muertes. Ahora ve a ver la televisión, te llamo dentro de un rato. Y ánimo, por favor.

Me precipito a la sala para encender la televisión. Faltan tres minutos para el telediario. Angustiada, clavo los ojos en la pantalla, el corazón me late con tal fuerza que siento sus latidos retumbando en mi cabeza. Me va a dar un infarto y moriré sola en el sofá, los bomberos tendrán que tirar abajo la puerta para entrar cuando los vecinos les alerten del mal olor.

Empieza el telediario. Después de la cortinilla —el mundo girando y la musiquita de suspense— aparece por fin una presentadora rubia con cara de noticia trágica. Mira a la cámara y dice: «El asesino de oficinistas ha vuelto a actuar. Anoche mató a Graziano Galli, de cuarenta y ocho años, mientras atravesaba el parque de la Martesana para volver a su casa».

Tras ella aparece una foto de carné agigantada en la que Galli sonríe despreocupado, como si aún estuviera vivo.

La rubia calla unos segundos para que podamos mirar con calma la cara del difunto, y prosigue: «El asesino lo esperó escondido tras un árbol y lo golpeó con violencia en la nuca con una tranca o un objeto pesado. Luego le tapó la cara con un algodón empapado de éter, probablemente para asegurarse de que el directivo perdía del todo la conciencia. A continuación, el asesino remató su crimen estrangulándolo con una cuerda blanca. Graziano Galli no tenía hijos y estaba separado de su esposa. Su cuerpo fue hallado por un transeúnte».

La presentadora hace otra pausa teatral y recomienza en tono aún más angustioso: «El asesino compuso el cadáver en la misma posición de los homicidios precedentes, con las manos cruzadas sobre el pecho».

En la pantalla se desvanece la cara de Galli y en su lugar aparece la foto de Ferrari el día que lo arrestaron: «Después del suicidio del Gianfausto Ferrari, el caso del asesino de empleados había sido archivado. Pero ahora, los investigadores se enfrentan de nuevo a una pregunta: ¿quién es el verdadero asesino? La única certeza es que se trata de un hombre más bien alto. Tampoco en la escena de este crimen se han encontrado rastros biológicos, y el único indicio es la huella de un zapato nuevo, con la suela de cuero plana, del número cuarenta y tres, igual que en los homicidios de Marinella Sereni y Saviano Santi».

Mientras pienso que todo un directivo como Galli debe de estar revolviéndose en la tumba por haber muerto a manos del asesino de los empleados, emiten unas imágenes que, con toda probabilidad, fueron grabadas hace varias semanas. En ellas aparece nuestra desventurada empresa filmada a la hora de comer, porque se ven muchas personas saliendo. Entre ellas destaca Cruella, que mira a la cámara con expresión iracunda. Alguien debió de advertirle de la presencia de los periodistas y ella corrió a comprobar lo que estaba ocurriendo. La enfocan mientras camina a buen paso hacia el objetivo. Luego el vídeo se interrumpe, como si el cámara hubiera puesto pies en polvorosa nada más reconocerla.

Entretanto, la periodista prosigue: «La famosa empresa milanesa ha sido el escenario de unos homicidios impresionantes: todas las víctimas trabajaban en la unidad de Planificación y Control. Los investigadores están convencidos de que el asesino es uno de los empleados».

Termino el reportaje y luego, boqueando por la angustia que me aplasta el diafragma contra el estómago, llamo por teléfono a Michele. El sábado invita a comer a su novia, de manera que ahora debe de estar limpiando la casa.

—Dígame —responde al vuelo.

—Dios mío, Michele, ¿has oído lo de Galli?

—Por desgracia sí —responde compungido—. Tenías razón sobre Ferrari: el verdadero asesino sigue suelto.

—¡Entonces lo reconoces! Ferrari, cuando no soportaba a alguien, se limitaba a ignorarlo. En cambio, el asesino en serie quiere borrar de la faz de la tierra a los que no le gustan ¡Su índice de crueldad es absolutamente inhumano, como el de Vernini!

Apenas pronuncio el nombre del director me detengo como fulminada. En mi mente aparece una escena clarísima, en que distingo todos los detalles: veo a Vernini estrangulando a los tres, hábil y rápido, y juntando después las manos en el pecho de los cadáveres, porque todo lo que hace debe ser perfecto, sin un solo detalle fuera de lugar, incluso cuando se trata de un homicidio.

Sin darme cuenta murmuro, como en trance:

—Michele, Vernini es el asesino…

Michele suelta una carcajada.

—¡No vayas a ir por ahí diciendo una estupidez como esa! A menos que quieras acabar como Sereni.

De manera inconsciente, Michele me regala otra iluminación:

—¿Sabes cómo acorralaremos al director? Haré de anzuelo, ¡me comportaré como Santi y Sereni! —grito, excitada y asustada a la vez.

Por el tono, Michele parece ahora más preocupado que divertido:

—En lugar de chillar, explícame qué significa eso de «comportarse como Santi y Sereni», y a ver si te calmas.

A este punto lo veo todo clarísimo y le expongo mi teoría con una lucidez sorprendente:

—Veamos, ¿ya no te cabe ninguna duda de que el asesino es uno de nosotros, mejor dicho, de vosotros, porque sabemos que es un hombre?

—Sí, ya no me queda ninguna duda razonable.

—¿Sabes cómo elige a sus víctimas?

—No, dímelo tú.

—El asesino mata a los empleados que desprecia, porque son perezosos e incapaces como Santi y Sereni, o chapuceros y canallas como Galli. ¿Y sabes por qué lo hace?

—Creo que no.

—¡Porque no puede despedirlos! Santi y Sereni fueron contratados hace veinte años, y ahora se amparan en la vieja ley que prohibía despedir a los empleados con contratos indefinidos. Recuerda que el director trató de segregar una parte de la empresa para liberarse de los compañeros del centro de llamadas, a los que consideraba unos pesos muertos pese a que trabajaban de verdad. ¿Cómo podía tolerar a unos personajes como Santi y Sereni, que solo sabían tocar las narices a los demás o hacer quinielas sobre el menú? Además, creo que Vernini habría despedido también a Galli de buena gana... a los directivos los puedes mandar a casa con un par de años de sueldo, pero Vernini sabía que Galli tenía muchos amigos en la empresa y no quería enfrentarse a los demás jefazos.

—Francesca, ¿de verdad crees que el director es capaz de madrugar tanto como para matar a alguien en un garaje a las siete de la mañana, solo porque no sabe cómo desembarazarse de él?

—¡Por supuesto! ¡Si hubieras oído cómo hablaba de Santi lo considerarías también capaz de matarlo!

—Hay otro detalle que no encaja ¿Por qué los impulsos homicidas de Vernini se han manifestado ahora y no hace un año? Si de verdad es un criminal, ¿por qué ha esperado todo este tiempo para emprender la carrera de asesino en serie?

Michele no logra desmontarme con su lógica, porque cada pieza ha encontrado su sitio en el puzzle mortal.

—¿No te acuerdas de cómo se cabreó cuando los jueces anularon la externalización y Cruella organizó una fiesta en el salón de actos? Ese fue el pistoletazo, el evento traumático que hizo estallar su locura. Pero puede que tú no veas *Mentes criminales*, la serie preferida de mi madre, y que, por tanto, no sepas qué es el evento traumático...

—Francesca, ¡olvida las series de televisión y explícame por qué el director no mató a los trabajadores del *call center!*

—Si el día de la fiesta Vernini hubiera podido transformar el salón de actos en un restaurante, habría servido a los clientes el cerebro de los cincuenta empleados del centro de llamadas, ¡como Hannibal Lecter! ¿Recuerdas la escena de la película en que Anthony Hopkins cocina el cerebro de Ray Liotta y se lo ofrece a Julianne Moore? ¡La receta de los sesos salteados se la dio Vernini!

—¡Basta de estupideces, por favor!

—Es que haces preguntas estúpidas. ¿Cómo podía matar un inútil como el director a cincuenta personas a la vez?

—Esta conversación cada vez me gusta menos, pero aun así explícame por qué se iba a poner Vernini a liquidar a sus subordinados.

—Porque está chiflado, ¡desde siempre! y la sentencia del tribunal encendió la mecha que hizo estallar la bomba. ¡Sí, yo también habría estrangulado de buena gana a Casper cuando hacía previsiones sobre el menú del día, pero no lo hice! El director, en cambio, se considera el ángel exterminador de los «recursos que no rinden», como diría él. ¡Ya ha matado a los tres que menos soportaba, y seguirá haciéndolo hasta que yo lo detenga!

—¿Fingiendo que eres como Santi y Sereni?

—¡Sí, lo obligaré a odiarme! Ya verás, encontraré la manera. Llegaré tarde a la oficina, compraré las plantitas que le gustaban a Sereni, haré solitarios en el ordenador, me equivocaré calculando el balance final. Él, entonces, intentará estrangularme y tú deberás salvarme. ¡Aún no sé cómo, pero me salvarás!

—Si de verdad piensas esas memeces estás delirando, Francesca. Que los empleados sean unos malvados o unos gandules no me parece un móvil creíble.

—¿Sabes que existen unos asesinos en serie que se llaman «misioneros»? No te imagines a alguien vestido de fraile que va por ahí violando ancianitas. No todos los asesinos en serie son unos sádicos. El misionero mata porque se enamora de una idea loca y quiere limpiar el mundo eliminando a las personas que ensucian sus creencias. ¿Recuerdas el caso de Abel y Furlan, en los ochenta? Incendiaban las discotecas y luego firmaban el delito con frases nazis y chorradas como «Dios está con nosotros».

—Sí, me acuerdo.

—A propósito, ¿sabes que Abel era licenciado en Matemáticas como tú?

—Basta, Francesca, ¡no es momento para bromas! Además, yo no tengo pulsiones de asesino en serie.

—Está bien, pero esos dos, sin cortar prostitutas en pedacitos, mataron a veintisiete personas más o menos.

—¿Así que Vernini es un misionero?

—En mi opinión sí. Entre otras cosas porque el misionero forma parte de la categoría de los asesinos en serie organizados, a los que es casi imposible atrapar. Habrás notado lo hábil que es para no dejar huellas.

—¿Y su mujer no se ha dado cuenta de nada?

—No, yo creo que no es cómplice de Vernini. Claro que si se casó con él debe de faltarle algún tornillo, pero es probable que no sepa nada de las actividades extralaborales de su marido…

—Pero, entonces, ¿por qué no le cuentas al fiscal tus ideas, incluida la de que el director te mate? Mejor dicho, perdona, que lo intente.

—Michele, ¿no crees que Guidoni ha cometido algún que otro error? ¿Piensas que me creería a mí, el último de los empleados? ¡Pensará que soy una demente!

—Es que tu idea es una locura, Francesca. Acabas de salir de un periodo atroz y tu lucidez se está resintiendo. Descansa este fin de semana, trata de distraerte… Volveremos a hablar el lunes, ¿ok? Y ahora disculpa, pero tengo que limpiar las ventanas. Adiós.

Al cabo de unos minutos, el móvil vuelve a sonar. Es Guidoni.

—Señora Zanardelli, supongo que sabrá ya lo que ha pasado.

—Sí, señor, acabo de ver el telediario.

—Es un desastre —afirma desalentado—, jamás me había encontrado con un caso así, es un asesino imprevisible. Necesito hablar con usted, ¿puede venir enseguida? ¿Mando un coche patrulla a recogerla?

Por el amor de Dios, no quiero que todo Rozzano me vea otra vez subiendo a uno de esos vehículos.

—No se preocupe, iré sola. En una hora estaré ahí.

Él exhala un suspiro de alivio.

—Gracias, hasta pronto entonces, la espero.

Uf, no me gustaría estar en su lugar.

Los dos policías me miran divertidos. A estas alturas voy por la fiscalía como Pedro por su casa.

Aunque Guidoni parece sumamente preocupado, intenta sonreír de todas formas.

—¡Otra vez! Por lo visto Ferrari era inocente, a menos que el homicidio de Galli sea obra de un *copycat*.

No necesita explicarme qué es un *copycat*: gracias a mi madre me he convertido en una experta en terminología criminal. Pero defiendo al difunto Ferrari:

—No creo que fuera un emulador. Lo que creo es que se equivocaron de medio a medio sobre Ferrari.

Él lo reconoce.

—Por desgracia, cuando lo arrestamos, su perfil psicológico nos parecía compatible con el del asesino organizado. Pero hay personas que no soportan la experiencia traumática de la cárcel y se desequilibran... acabo de llamar a su viuda, mañana hablaré con ella en persona. No obstante, la investigación debe seguir adelante. Veamos, señora Zanardelli, ¿qué hizo ayer por la noche, a eso de las ocho?

—Estaba en casa. Cené y luego vi una película.

—Como coartada no es gran cosa, ¿sabe? Pero no se preocupe, no sospechamos de usted... es que tampoco esta vez sabemos por dónde empezar. El asesino no ha dejado indicios, salvo la huella del zapato. Como era de esperar, se llevó la tranca con la que golpeó a Galli —respira entrecortadamente—. Jamás habría creído que el asesino pudiera matar a tres personas en tan poco tiempo. Además, ¿por qué mata solo a los empleados de Planificación y Control? No entiendo qué le ha dado con ustedes.

Insinúo mis sospechas para ver cómo reacciona:

—¿No ha pensado que podría tratarse de un asesino en serie misionero, uno de esos que matan por el bien del mundo? En este caso, el asesino quizá quiera eliminar a los empleados más ineficientes. Sereni y Santi no eran, desde luego, ejemplos de productividad, y Galli era un desastre como directivo. ¡Solo causaba problemas!

El fiscal parpadea con sus ojos de miope y replica escandalizado:

—¡Francesca, ha visto demasiadas películas! No juegue a ser criminóloga, por favor, deje trabajar a los expertos.

Ok, he comprendido la indirecta. Si le dijera que el asesino es Vernini nunca me creería, al contrario, correría el riesgo de que me encerrara en un psiquiátrico. Como mínimo se reiría en mi cara. Tampoco serviría de nada registrar la casa del director, porque seguro que no guarda rollos de cuerda bajo la cama. No insisto y le pregunto:

—¿No ha encontrado nada extraño en las coartadas de los empleados?

—No puedo contestarle, señora. Son informaciones reservadas. Además, ¿sabe cuántos de sus compañeros estaban en el coche, en el metro o en el autobús cuando mataron a Galli? Casi todos. ¿Qué hago? ¿Los arresto porque no tienen testigos que corroboren lo que dicen? —Luego prosigue, con más calma—: Francesca, estoy pensando en ponerles escoltas a usted y a sus compañeros de la sección de Planificación, aunque tardarán varios días en aprobar mi solicitud. Son ustedes cuatro, y encontrar personal disponible no es sencillo, con tantos recortes estatales...

¡Dios mío, solo me faltaba ir por ahí con un coche patrulla pisándome los talones! Me basta y me sobra la escolta de mi padre, que me llama cada cinco minutos. Entre otras cosas porque, si estoy en lo cierto y el asesino es de verdad Vernini, no corro ningún peligro mientras me comporte como una empleada modelo.

La voz me tiembla un poco cuando contesto a Guidoni:

—Si hace que sus policías me sigan, me iré a vivir a Australia y le diré a mi madre que la culpa es suya. Le aseguro que no le resultará agradable oírla lloriquear todos los días delante de su puerta, porque mi madre es una buena mujer, pero cuando se empeña en algo es peor que una garrapata.

Aunque a Guidoni no parecen impresionarle mis amenazas, intenta cambiar de tema. Dudo que consiga ponernos escolta a los cuatro, bastante le cuesta proteger a los arrepentidos de la mafia. Pasará un poco de tiempo antes de que tenga un coche patrulla aparcado bajo mi casa de Rozzano.

En cualquier caso, el pobre fiscal parece realmente abatido. Los ojos hinchados y las siete tacitas de café sobre el escritorio me revelan que ha pasado la noche en vela, exprimiéndose el cerebro para desenmascarar al asesino de la empresa. Sea como sea, prosigue con el interrogatorio:

—Hábleme un poco de Galli. ¿Qué tipo de hombre era?

—Un jefe pésimo —respondo al vuelo—. Nunca respondía a los mails y se negaba a asumir cualquier responsabilidad; además apenas sabía usar los programas de la empresa... —Mientras hablo mi cerebro da vueltas vertiginosamente al plan para combatir a Vernini. Lograré detener a ese loco asesino, lo juro, pese a que solo soy una pobre empleada.

TRAMPA MORTAL

El asesino ha vuelto a aparecer en la televisión y los periódicos. El titular de un artículo que habría gustado a Galli reza: «¿Por qué el asesino de empleados mata ahora a los directivos?». El periodista habla a tontas y a locas de «una estrategia del terror de la jerarquía, con la que el asesino quiere afirmar su predominio sobre todas las figuras empresariales. Si solo los empleados de nivel más bajo tenían motivos de miedo hasta la muerte de Savino Santi, con el asesinato de Graziano Galli el homicida parece haber querido lanzar una advertencia: los directivos también están en su punto de mira». Así pues, el móvil sería «una infinita sed de poder, afirmada a través de un terror indiscriminado». Interesante, pero demasiado genérico para revelar quién es el homicida y comprender cómo elegirá a su próxima víctima.

En la televisión, los platós han vuelto a abrir sus puertas, exhumando psiquiatras y criminólogos afectados por una extrañísima enfermedad: la amnesia colectiva. Ninguno, de hecho, recuerda haber linchado a Ferrari —vivo y luego muerto— hace apenas unas semanas. El criminólogo que defendía su inocencia intenta decir un par de veces: «Siempre sostuve que Ferrari no era el asesino», pero los demás se hacen los suecos. En compensación, en los estudios de los programas de debate han desaparecido las sábanas enrolladas y en su lugar han puesto una especie de barra de hierro como la que tumbó a Galli.

No tengo ganas de ver más programas sobre el asesino y, además, ahora mis padres tienen siempre la televisión apagada. El homicidio de Galli los ha destrozado, y mi madre duerme a todas horas. El médico ha pedido a mi padre que no exagere con el valium, así que él guarda el frasco en un armarito cerrado con llave y raciona las dosis a mi madre, que solo se despierta para pedir otra pastilla. Aunque mi padre no se lo toma mal del todo. Está extrañamente tranquilo y se limita a aconsejarme que no salga por la noche, como si el asesino fuera un hombre lobo que ataca bajo la luna llena.

Yo, en cambio, no estoy preocupada, al contrario, me siento muy tranquila. He trazado un plan infalible para desenmascarar al director. Quizás mi treta parezca sacada de una película policiaca de serie B, con la trama y el guion escritos por una niña de doce años en su debut cinematográfico, pero no me importa.

Este es el plan, aún más eficaz del que pensé en un principio, en que debía fingir ser una holgazana como Sereni: ¡me afiliaré al sindicato! Seré más despiadada que Cruella, convocaré asambleas y escribiré mociones condenatorias hasta que Vernini sienta el deseo incontenible de matarme y pase a la acción. Michele estará allí, a mi lado, preparado para salvar a su compañera y atrapar al auténtico y único asesino de los empleados. Solo espero que Michele acepte hacer su parte, animado por el valor que mostraré al ofrecerme como anzuelo. ¡Tengo que actuar deprisa, antes de que Vernini deje tieso a alguien más!

Tras la muerte de Galli, los de Planificación solo nos hemos quedado en casa una semana, porque los expertos de la policía científica se han acostumbrado a examinar nuestras oficinas y ya lo hacen a toda prisa. Un muerto al mes es un buen entrenamiento.

Hoy vuelvo a trabajar y encuentro una bonita novedad: dos policías ante la entrada pidiendo a todos la tarjeta identificadora y el carné de identidad. Se aseguran de que solo entren los empleados y no el asesino en serie, quizá con barba y bigote falsos, disfrazado de anónimo recurso empresarial.

Una vez superado el puesto de control, subo lentamente a pie los cuatro pisos, tratando de adivinar qué ambiente habrá en la oficina. Tengo la impresión de estar atravesando un país encantado, donde no se oye una mosca. Todos se mueven de puntillas, como si quisieran pasar desapercibidos. Echo una ojeada a las dos oficinas que hay antes de la mía: las puertas están abiertas de par en par y los directivos trabajan en sus ordenadores en absoluto silencio. El miedo debe de haberse inyectado hasta la última célula de los trescientos *morituri,* un efecto que quizá Vernini había previsto, si bien la paz actual me parece más apropiada para un cementerio que para una dinámica empresa lombarda.

Por suerte también está Colombo, que no teme ni al demonio, porque cuando entro en la oficina le oigo decir:

—Un final espantoso, el de ese cretino... ¡os dije que Galli arriesgaba el cuello si seguía así! En cualquier caso, se lo merece. ¡No debería haber chapuceado con mi balance!

Incluso Gavazzeni se indigna:

—No empieces de nuevo, por favor. ¡Nunca dijiste que el asesino iría a por Galli y tus chorradas no servirán para capturarlo, desde luego!

El otro despliega las plumas como un pavo real y hace gala de una audacia increíble:

—No me asusta desafiar al asesino, sea quien sea. ¿Sabéis que le diré? ¡Ven a por mí si te atreves!

¡Maldita sea, si Colombo no se calma echará a perder mi plan! El director, como siempre, ha oído todo, y llega como un rayo para enfrentarse a él, iracundo:

—Colombo, esto no es un teatro. ¡Si le gusta representar escenitas hágalo en casa, delante de su mujer!

Mientras Colombo busca ruborizado una respuesta que manifieste la indignación apropiada, Vernini lo fulmina con la siguiente advertencia:

—Dentro de diez minutos les presentaré a su nuevo jefe al que, espero, respetarán. Si hay algún problema con el balance final deberán solucionarlo directamente con él, ¿está claro? Y usted, Colombo, colabore, en lugar de organizar tragedias. ¡Aunque en su caso sea más bien un cabaret!

Nuestro actor calla, sobrecogido y humillado. Será mejor que deje de montar estas escenas o será la próxima víctima del director. ¡Debo hacer saltar la trampa como sea antes de que Colombo se meta solo en las fauces del lobo!

Espero a que Vernini salga y estrecho ardientemente la mano de Colombo:

—¡No lo escuches! Me parece bien que quieras desafiar al asesino en serie, pero no es suficiente. ¡Hay que empezar a luchar para que la empresa sea más justa! Si los jefes se equivocan, debemos decírselo. ¿Para qué sirven las jerarquías si no reflejan nuestro valor real? ¿Por qué nos piden que obedezcamos a otro desconocido que puede ser tan cretino como Galli?

A Colombo se le cae la baba. ¿Habré contraído un virus que me convierte en él o en alguien peor que él? Me mira deslumbrado por mi nueva luz espiritual y me aprieta la mano:

—¡Zanardelli, si somos dos los que luchamos para que la empresa reconozca por fin nuestras capacidades y no nos obligue a obedecer a gente como Passotini seremos invencibles!

Me dejo transportar por sus palabras ardientes, y con gestos de diva exclamo:

—Sí, pero deja que esta vez sea yo la que lleva la cruz. Hace años que tú lo arriesgas todo para defender nuestros principios. Ahora me toca a mí: quiero afiliarme al sindicato, ¡porque el sindicato nunca nos deja solos!

Mientras declamo a gritos estas memeces, Vernini regresa acompañado de nuestro nuevo jefe. Es un joven robusto, vestido con una chaqueta deportiva y sin corbata, de unos cuarenta años, brioso y con ganas de trabajar. Debe de ser un suicida en potencia, dado que acepta ocupar el puesto de un caído en combate y dirigir una sección que está siendo diezmada por un asesino en serie.

Seguro que Vernini ha oído la tontería que he dicho sobre el sindicato, pero hace como si nada y nos presenta al kamikaze:

—Espero que el orden y la serenidad vuelvan a reinar en Planificación y Control. Tengo mucha confianza en vuestro nuevo jefe, Massimo Rivarbella, porque, a pesar de su juventud, tiene mucha experiencia. La sede central lo ha elegido para devolveros un poco de paz después del estrés de estos últimos meses.

Rivarbella parece un tipo valiente de verdad. Esboza una gran sonrisa y aprieta, o mejor dicho, estruja la mano a los cuatro.

—Tenemos que aprender a trabajar juntos, y para hacerlo debemos conocernos mejor. ¡Mi puerta siempre está abierta! No tengáis miedo de entrar a verme cuando queráis.

Una música bien diferente a los rasgueos de Galli. Ojalá que sea bien distinto de Passotini. El director le rodea los hombros con un brazo y mientras miro la cara radiante de Vernini se me ocurre otra idea maravillosa para incentivar sus deseos de estrangularme. Tomo la palabra:

—Querido señor Rivarbella, como ya sabrá, el nombre de nuestra unidad se ha hecho famoso en toda Italia por el elevado índice de trabajadores asesinados. De hecho, nos han puesto un apodo: ¡Petrificación y Dolor! El mote se lo debemos a Passotini, es decir, al señor Galli. ¡Sé que no hay que hablar mal de los muertos, pero en este caso debo hacerlo!

Inspiro hondo, como antes de una competición de apnea, y a continuación suelto de golpe:

—Galli no sabía diferenciar entre un balance final y un marciano, es más, no sabía una palabra de contabilidad, ¡porque le importaba un comino! Su único objetivo era no pisotear los pies de sus amigos en la empresa, incluso si para ello debía masacrar nuestras cuentas. ¡Destrozó el departamento!

El director me mira como si me fuera a carbonizar, pero no dejo que me intimide y me apresuro a añadir:

—Antes teníamos un jefe al que todos estimábamos. Como sabrá, se suicidó porque fue acusado de unas cosas terribles e injustas. Y ahora queremos estar seguros de que usted no sea otro Passotini. Si descubro que no sabe hacer su trabajo seré inflexible y hablaré con los sindicatos. ¡Palabra de honor!

Vernini me mira pasmado, como si hubiera visto un fantasma que deambula sacudiendo las cadenas en un castillo escocés. Ya no soy su querida Zanardelli sino un monstruo irreconocible.

Cuando recupera la palabra dice disgustado:

—Zanardelli, usted es una simple empleada. Aprenda a estar en su sitio si quiere seguir trabajando aquí.

Tras lo cual sale con una mueca de dolor en la cara.

Colombo quiere ser mi padrino en la ceremonia de entrega de mi carné de afiliada, de forma que me escolta ceremonioso hasta la oficina de Cruella. Cuando entramos le da enseguida la buena noticia:

—¡Tenemos una nueva camarada! Saca los carnés.

Cruella abre desmesuradamente los ojos.

—¿Quieres afiliarte al sindicato?

—¡Sí! —grito—. ¡Me he cansado de sufrir en silencio! Corremos el riesgo de que nos maten por el mero hecho de venir a trabajar, por no hablar de la forma en que explotan a las mujeres en esta empresa antes de que logren ser jefas. Hace años que pido a Vernini el ascenso y que él me lo niega. ¿Y sabes por qué? ¡Porque soy mujer y no estoy licenciada!

Cruella asiente comprensiva. La mitad de los afiliados al sindicato son empleados que intentan trepar en el organigrama. En pocas palabras, cuando te sacas el carné nadie te pregunta si lo haces porque deseas un mundo mejor. Basta que declares que tus jefes han sido injustos y que tú mereces más.

Con todo, Cruella no acaba de fiarse de mí:

—Tenía la impresión de que te llevabas muy bien con Vernini... te han visto muchas veces en su despacho.

Tendrá sus informadores, pero aun así insisto:

—Fui a pedirle el ascenso que me corresponde, pero él nunca me hizo caso. Prefiere pagar animadores para sus estúpidas reuniones en lugar de elevarnos de categoría o de aumentarnos el sueldo.

He dado en el blanco, porque responde encantada:

—Tienes razón, podría gastarse mejor el dinero de la empresa. Cada vez que ese gusano tiene que soltar un euro que vaya a parar a los bolsillos de los empleados, dice que estamos al borde de la quiebra, pero luego mete trescientas personas en el salón de actos a escuchar cancioncitas. ¿Y sabes quién paga las cancioncitas? Nosotros, con nuestro trabajo. Ese dinero es nuestro, no suyo, ¡lo gana gracias a nosotros, con el sudor de nuestra frente! ¡Es una auténtica injusticia!

Prefiero no ahondar en el tema, porque podría traicionarme. Nadie ha comprendido jamás lo que hace Cruella deambulando todo el día por la empresa, además de escribir sus famosos edictos y mandarlos por email.

Saco de la cartera cien euros y le pregunto:

—¿Bastan para afiliarse? —Tengo la impresión de haber dado una propina al portero de un hotel para conseguir la habitación con vistas al mar.

Ella se apresura a coger el dinero y lo mete en un cajón, que cierra con candado.

—Esto vale como inscripción, pero supongo que sabrás que, además, retenemos una cantidad del sueldo.

No, la verdad es que no lo sabía.

—¿Cuánto? —pregunto atemorizada. No cambiaré mi plan para no pagar la retención, pero no me entusiasma la idea de ver disminuir mi ya reducido sueldo de contable.

Cruella me tranquiliza.

—Serán menos de veinte euros, pero te garantizamos también la asistencia legal en caso de que la necesites.

La idea de tener a la sección de conflictos del sindicato a mi disposición alivia el disgusto de los veinte euros.

—¿Dónde hay que firmar?

Cruella me tiende un formulario, que relleno y firmo, a la vez que Colombo pronuncia con solemnidad su bendición:

—Ahora formas parte de la gran familia del sindicato, Zanardelli. Puedes contar con nosotros cada vez que tengas un problema. Nuestra tarea consiste en proteger a los afiliados y ayudarlos a alcanzar sus objetivos.

A este punto he entrado ya en mi papel, de manera que declamo con énfasis:

—Quiero empezar enseguida a aportar mi contribución. ¡Organicemos otra asamblea sobre el asesino en serie! Tenemos de volver a luchar, como en la época de la externalización. Además, nos merecemos un bonus en julio, igual para todos, como compensación por el riesgo que corremos viniendo a trabajar.

No sé de dónde me he sacado la idea del bonus, pero en los ojos de Cruella brilla de repente una luz. Sabe de sobra que el director no nos concederá jamás la prima «asesino en serie», pero también sabe que si le pedimos una locura similar se morirá de rabia.

—¡Sí, sí! —grita exultante—. ¡Pediré el bonus a ese gusano! —Luego, bajando la voz, suelta sin querer—: Aunque en realidad solo os matan a vosotros, los de Planificación y Control...

Me vuelvo de golpe hacia Colombo, también él parece sorprendido. Solo ahora intuyo que los trescientos empleados confían en que solo nosotros estemos en el punto de mira del asesino.

Debo romper esta ilusión.

—Mi querida amiga, es puramente casual que el asesino solo se haya cebado con nuestra unidad. También vosotros estáis en peligro, y debo hacéroslo comprender. Hiciste ya muchísimo cuando se produjo la externalización del centro de llamadas, así que, si no te importa, esta vez me gustaría redactar a mí la convocatoria para la asamblea. ¡No podemos subestimar el peligro de la situación!

Lo último que se esperaba Cruella es que la desbancara.

—De acuerdo, escríbela tú, pero luego la revisaremos juntas —refunfuña.

—¡Perfecto, te llamaré en cuanto esté lista!

Salgo a toda prisa sin esperar a mi camarada Colombo. Son las doce y media y he quedado con Michele para ir a comer a nuestra taberna egipcia. Debo explicarle que he tirado el anzuelo sindical y que el plan prosigue según lo previsto.

Como siempre, él me está esperando delante de los tornos. Apenas salimos, lo asalto:

—Todo va según lo hemos programado. Me he afiliado al sindicato y capitanearé una asamblea en la que pediremos un bonus en julio como compensación por el riesgo ser asesinados.

Michele me mira atónito.

—¿Un bonus por el riesgo de homicidio?

Lo ignoro y prosigo:

—Por desgracia, Colombo ha estado a punto de estropearlo todo: empezó a reñir con Vernini esta mañana, cuando este nos presentó al nuevo jefe, un tal Rivarbella. Entonces le dije a ese tipo que vigilaré que no sea un chapucero como Passotini. ¡El director se puso morado!

—Francesca, me preocupas mucho.

—¡Haces bien en preocuparte! Si logro mantener este ritmo, en unos días debería empezar el acecho.

—Oh, Dios mío…

—¿Crees que podrías conseguir una pistola?

—Por supuesto, puede que también un par de kalashnikov y un tanque con torreta, ¡así podría vigilarte mejor que desde la ventanilla del coche!

—No estoy bromeando. Vernini tratará de asesinarme, estoy segura. Nadie sospecha de él. Se siente infalible, cree que nunca lo cogerán. Te garantizo que lograré que se muera de ganas de estrangularme.

—No me cabe la menor duda.

—Haz lo que te pido, por favor. Cuando intuya que Vernini está a punto de tener su crisis homicida, procuraré no quedarme nunca sola en la oficina y pediré que me acompañen al baño. Lo organizaremos para que Vernini intente matarme cuando tú estés cerca. Por la noche deberás esperarme fuera, en el coche, seguirme hasta el aparcamiento y esperar a que suba al Seiscientos sin llevarme a Vernini enganchado al cuello. Luego me seguirás hasta casa. El director podría tratar de asesinarme también mientras me apeo del coche, así que no puedes perderme nunca de vista. Por último, entraré en casa. Tendrás que vigilar que nadie entra conmigo en el portal. ¿De acuerdo?

Michele resopla:

—Lo haré solo dos semanas, luego llamaré al 118 y pediré que te ingresen…

Prosigo, sumamente seria:

—Vernini podría esperarme también en el vestíbulo del edificio. En ese caso deberás contar hasta doscientos. Son los segundos que tardo en subir siete pisos con el ascensor y en entrar en mi piso, ayer lo cronometré. Si, pasados doscientos segundos, no te llamo, vendrás a buscarme. Llamarás también a la policía, pero un coche patrulla podría tardar un cuarto de hora en llegar. Demasiado… —Le doy un manojo de llaves—. Aquí tienes, la pequeña abre el portal y la segunda la puerta del piso. ¡Ah, si ocurre esto último, llama también a la ambulancia!

—De acuerdo, pero ¿qué se supone que debo hacer si abro el portal y me encuentro a Vernini?

—Si el director está en el piso tendrás que impedirle que me estrangule, ¡y para eso hay que agenciarse una pistola!

—Si pudiera entrar en contacto con la mafia albanesa podría comprar una en el mercado negro sin el permiso de armas. Pero no sé si es fácil encontrar un mafioso albanés, no sé si figuran en el listín de teléfonos. ¿O tú conoces a alguien que venda bazucas en eBay?

—Basta, Michele. ¿Cómo podrás defenderme de Vernini si vas desarmado? Tienes cuerpo de matemático y, además, con las gafas puestas no asustas ni a una mosca…

—Esta es una de las conversaciones más necias que he tenido en mi vida, pero prometo que pensaré en ello.

—Por suerte, Vernini no tortura a sus víctimas, como hacen los asesinos sádicos…

—¿Cómo puedes excluir que empiece justo contigo, cortándote a pedacitos mientras te recita la vieja ley de despidos?

—Michele, sé lo que digo, ¡tómatelo en serio, por favor!

—De acuerdo, te seguiré hasta casa. Pero ¿no tienes miedo de que Vernini pueda entrar de noche por muchas vueltas que le des a la llave?

—Eso es imposible. Mi padre ha fortificado el apartamento. Puerta blindada, llaves de seguridad. Solo me sacarán de allí con una bomba atómica.

—¿Y por la mañana?

—¡Por la mañana me esperarás abajo! Te haré una llamada al móvil antes de salir y luego contarás hasta doscientos. Si entonces no aparezco vendrás a buscarme. Sencillo, ¿no?

—Sencillísimo… y, dime, ¿cuánto tiempo piensas disfrutar del servicio de vigilancia que te brinda este pobre compañero? Ya te he dicho que no tengo la menor intención de prestarme a esta locura más de dos semanas…

—No te preocupes, no creo que Vernini tarde mucho en caer en la trampa, ya verás como lo hago bien.

—Francesca, por ahora lo único que haces bien es delirar. Y si te dedicas a contar por ahí tu diabólico plan, te arriesgas a que alguien llame al 118.

—¿Y qué iban a hacer?

—Venir a por ti. ¿Sabes lo que es un TSO?

—No tengo la menor idea.

—Un tratamiento sanitario obligatorio. Te llevan al Policlínico y te tienen dentro quince días. Pero no en la sección de cirugía general sino en la de psiquiatría.

—Oh, Dios mío, en ese caso no podría detener a Vernini y él podría matar a otro.

—Creo que voy a ser yo el que llame al 118...

Me parece tener una máquina electrocardiográfica enchufada. Oigo el ruido del corazón subiendo y bajando por el trazado que describen las ondas del ciclo cardíaco. Si me reconociera de verdad un cardiólogo, mi cardiograma aparecería más agitado que un océano embravecido.

Mi corazón pierde los latidos —de vez en cuando hace un ¡pum!, extraño— y luego parece detenerse un segundo. Puede que sean las extrasístoles que mi madre está convencida de que son las causa de sus palpitaciones.

Solo espero que no me dé un ictus antes de que Vernini caiga en la trampa. Y será mejor que nadie me pille haciendo uno de los estrambóticos conjuros que me he inventado en los últimos días para dominar el miedo.

Cuando es hora de salir de la oficina, cuento mentalmente hasta diez antes de despegar el trasero de la silla. Luego me levanto de golpe y me precipito afuera. He madurado la serena y loca convicción de que si me levanto en el nueve o en el once, Vernini acabará por matarme en el baño.

Por la mañana, en cambio, no abro la puerta hasta que el segundero se ha alineado con el minutero. Entonces meto la llave en la cerradura y salgo a toda prisa, convencida de que si saliese antes o después de la mágica conjunción de las manillas, el director me golpearía en la cabeza en el vestíbulo. Viajaría al Más Allá para reunirme con los beatos, de cuyo nombre entiendo ahora el significado, dado que nada me parece peor que la vida que estoy llevando.

La última locura ritual incluye el lanzamiento de una moneda que llevo siempre en el bolsillo para tomar cualquier decisión irrelevante. Si en la hora de la comida tengo que elegir en la taberna egipcia entre los espaguetis con salsa de tomate o el *risotto* a la milanesa, saco la moneda y la lanzo. Si sale cara me decanto por los espaguetis, si sale cruz por el arroz. La primera vez que lancé la moneda en la mesa, Michele me miró perplejo, pero en silencio; la segunda me preguntó irritado qué estaba haciendo:

—¿Por qué tiras esa moneda continuamente?

Le confesé todo, incluida la teoría de las manillas. No es posible mentir a Michele. Estaba preparada para la previsible regañina, pero él se mostró extrañamente enternecido:

—Se llaman trastornos obsesivos compulsivos, Francesca. Te estás inventando unos rituales para tratar de neutralizar tus miedos. Mañana te traeré un libro sobre este tema, así comprenderás mejor lo que quiero decir.

Michele es una enciclopedia andante, de hecho, al día siguiente se presentó con un librito sobre las fobias, que me apresuré a meter en el bolso.

Por la noche, al llegar a casa, empecé a leerlo. Estaba bien escrito, era fácil de entender, y me convencí de que el autor lo había concebido pensando en mí. Parecía conocerme al dedillo, así que busqué su dirección en internet. Quería contarle que lanzo la moneda y miro las manillas, y preguntarle si me podía curar. Pero luego me acordé del miedo que me dan las palomas, que me impide cruzar incluso la plaza del Duomo, y comprendí que pensaría que era mucho más que una obsesiva compulsiva.

Así que he decidido conservar mis obsesiones, es más, las cultivaré con placer. Si mis ritos pueden ayudarme a pasar estos espantosos días no me los negaré. Podría incluso inventarme algunos nuevos, como por ejemplo dar tres vueltas a la pata coja, primero a la derecha y luego a la izquierda, esperar después la conjunción mágica entre las manillas y solo entonces salir de casa, segura por fin de que Vernini no me atacará apenas asome la nariz por la puerta. O podría lanzar cinco veces la moneda, en lugar de una, para elegir el plato que quiero comer en la taberna. Este aumento cuantitativo podría ser beneficioso. De hecho, tendría un muestrario más amplio sobre el que basar mis elecciones. De esta forma, en lugar de libros sobre psicología Michele podría traerme libros sobre estadística. En cualquier caso sería un paso adelante, dado que la estadística le gusta más que la psicología, y así tendríamos, quizá, un nuevo tema de que hablar, además de la Edad Media, los asesinos en serie y lo loca que estoy.

Mis padres parecen dos zombis. En un par de ocasiones los he encontrado en la cama, incapaces de levantarse, con una pila de platos sucios en el fregadero. No tengo ganas de contarle a mi padre lo de la trampa, porque me arriesgo a dar al traste con el plan. Haría de todo para detenerme. Además, necesito tranquilidad para concentrarme en la estrategia que tensará a Vernini como una cuerda de violín hasta que vuelva a sentir en su interior la necesidad de estrangular a uno de sus subalternos.

De esta forma, hace un par de días, la agencia de viajes alrededor del mundo de Assago llamó a mis padres para anunciarles que habían ganado un crucero por el norte de África: «¡Felicidades, son ustedes muy afortunados!». Les dijeron que los habían seleccionado al azar en el listín telefónico y que los billetes les iban a llegar en un par de horas con un mensajero.

Mandarlos a África me ha costado un ojo de la cara, pero al menos me libraré dos semanas de mi madre, que alterna el llanto con unas siestas propias de una drogadicta, convencida como está de que no llegaré viva a final de mes, hipótesis más que probable si Michele no se comporta como un guardaespaldas profesional.

He esperado a que la agencia me avisase de que había entregado los billetes y luego los he llamado. Mi madre estaba en catatonia:

—Francesca, nos ha tocado un crucero, pero yo no quiero ir... No me encuentro muy bien y, además, no quiero dejarte sola.

Más que hablar mascullaba. Debo repetirle a mi padre que no exagere con el valium. Son dos larvas, dentro de poco ni siquiera serán capaces de descongelar la comida.

Pero no quería perder tiempo con mi madre y le pedí que me pasara a mi padre, que enseguida recuperó la lucidez y me preguntó a bocajarro:

—¿Has sido tú?

—Claro, y si no os vais perderé cuatro mil euros.

—¿Por qué lo has hecho?

—Estáis fatal. Mamá debe cambiar de aires y tú necesitas descansar y que te sirvan, después de varios meses haciendo de criado. Ya verás como estáis de maravilla.

—Preferiría quedarme aquí, Francesca, no es buen momento para viajar.

—No creerás que el asesino mata a un empleado a la semana. Pasará un poco de tiempo antes de que vuelva a actuar.

—No quiero que te quedes sola...

—Fíate de mí. ¡Me encontrarás aquí cuando vuelvas! —dije, haciendo el gesto de los cuernos, porque el exceso de optimismo trae mala suerte.

Él, entonces, susurró en el auricular:

—¿Quién se ocupará de ti mientras estamos fuera? ¿Sabes que podrías ser la próxima, Francesca?

Era tan consciente de ello que me apresuré a tranquilizarlo:

—Ya verás como no sucede nada, papá. Además, he convencido a un compañero para que me siga todos los días en coche, cuando voy y vuelvo de la oficina. ¡Mejor que la escolta presidencial!

Él seguía vacilando:

—¿Cómo puedes pensar que me voy a divertir en un crucero mientras te puede suceder cualquier cosa?

Para convencerlo tuve que prometerle que lo acribillaría a SMS:

—Papá, te escribiré todos los días, te mandaré también mails. Además, me puedes llamar cuando quieras. ¡Igual que cuando estás aquí! Será igual que ahora. Lo único que cambiará es que no nos veremos en quince días.

Entonces exhaló un suspiro.

—De acuerdo, me llevaré a tu madre. Ahora duerme todo el día…

Estuve a punto de echarme a llorar cuando nos despedimos. A saber si dentro de dos semanas me encontrarán aquí de verdad.

Esta mañana los he acompañado al tren de Génova —quería asegurarme de que se marchasen— y luego me he precipitado a la oficina para escribir la convocatoria de la asamblea.

Se la mando a Cruella y después voy a su despacho. Ella comenta desconcertada:

—¿Estás segura de que quieres titularlo «Cuándo volverá a matar el asesino en serie»? ¿No será demasiado fuerte? Estoy de acuerdo con el bonus de julio, pero el sindicato no puede sembrar el pánico entre los trabajadores.

Trato de ganármela:

—El asesino sabrá que no bajamos la guardia, y nuestros compañeros se sentirán mejor cuando comprendan que el sindicato está tomando cartas en el asunto. ¿Te das cuenta de que la gente vuelve a tener miedo de ir sola al baño?

Cruella da su brazo a torcer.

—De acuerdo, enseñaré tu moción a los demás y luego se la enviaremos a todos. Hablamos más tarde.

Voy a tomarme con calma un café. Cuando vuelvo a la oficina, Colombo me recibe con un abrazo rebosante de fraternidad masculina:

—¡La he leído! ¡La he leído! ¡Está muy bien!

No sabe que él también forma parte de mi plan.

—Oye —digo—, ¿qué me dices de convocar a Rivarbella? Me gustaría comprobar si al menos sabe usar el ordenador. Dile que venga dentro de cinco minutos. ¡Haremos una reunión!

Colombo se siente seducido por mi perfidia.

—¡Me parece una idea magnífica! —responde alzando el auricular—. Buenos días, señor Rivarbella, ¿puede venir a nuestra oficina? Enseguida, por favor. —Escucha la respuesta y replica enfurruñado, como si el jefe fuera él—. ¿Cómo es posible que tenga otro compromiso? Su único compromiso es trabajar. ¡Le esperamos aquí! —Cuelga y se echa a reír como un loco—: ¡Jamás me había divertido tanto! Tienes unas ideas maravillosas, Zanardelli.

Mientras sigue riéndose, Rivarbella entra a toda prisa en la oficina.

—Veamos, ¿qué es eso tan urgente? —nos pregunta esbozando una sonrisa gélida, que debe costarle tanto como no dar una bofetada a Colombo.

Me apresuro a tomar la palabra, antes de que mi compañero me robe la escena.

—Nos estábamos preguntando si no deberíamos verificar sus conocimientos informáticos. ¿Tendría la amabilidad de hablarnos de ellos o prefiere que le hagamos unas preguntas?

Señalo una silla delante de mi escritorio y le pido con un ademán que tome asiento mientras esbozo una sonrisa alentadora.

Rivarbella permanece de pie y hace todo lo posible para evitar el enfrentamiento:

—Doy por supuesto que en esta oficina todos sabemos utilizar los instrumentos que requiere nuestro trabajo, ¡así que no entiendo para qué sirve hablar de ellos!

Tampoco Colombo renuncia a darle un bastonazo:

—Lo siento, pero no estoy de acuerdo. Su pobre predecesor tenía un secuaz —afirma mirando a Parodi y a Gavazzeni, a los que, según parece, les gustaría meterse bajo la moqueta— que le ayudaba a modificar los datos que yo introduzco en el ordenador. Dada nuestra experiencia, no estoy tan seguro de que usted lo sepa utilizar.

La palabra vuelve a mí, y yo lo invito haciendo otro ademán resuelto con la mano:

—¡Vamos, acomódese! ¿No es mejor charlar sentados? —Le lanzo otra enorme sonrisa tranquilizadora.

Él comprende que le conviene marcharse.

—De verdad que tengo otro compromiso. Disculpen, hablaremos más tarde. —Sale apresuradamente de la oficina y entra en el despacho de Vernini.

Colombo se acerca a mí abriendo los brazos y dice en tono romántico:

—¡Me has hecho soñar! —Luego, mientras apoya las manos en mis hombros, añade—: ¿Qué hacemos ahora?

Prefiero no traicionar la confianza que deposita en mi perfidia y lo engatuso diciendo alegremente:

—¡Llevemos toda la gente posible a la asamblea, la empresa debe entender que tiene que pagarnos más por jugarnos el pellejo!

Si Colombo está en un tris de plantarme un beso, Parodi, en cambio, parece sospechar algo. Lo provoco un poco:

—¡Si todos fueran como Parodi, que nunca ha ido a una asamblea, las empresas serían auténticos campos de concentración! La culpa de que nos exploten la tienen las personas como él.

El pobre no se esperaba una mezquindad así y me mira boquiabierto. A mí también me sorprende la perversidad que soy capaz de mostrar. Puede que esté jubilando a la buena chica, la que siempre da la razón a todos.

He enfilado ya un largo camino sin retorno. ¿No es mejor un parto breve y doloroso que largas y extenuantes contracciones? A este ritmo no tardaremos mucho en expeler al asesino del vientre de la empresa. Solo hay que respetar una condición: el parto deberá producirse antes de que mis padres vuelvan del maldito crucero. Así pues, dispongo de catorce días. Fecha límite: 12 de abril. Ese día tengo que ir a recogerlos en la estación a las seis de la tarde.

Cruella acaba de enviar a todos el email con la convocatoria que he escrito. Voy a la oficina de Michele y le murmuro al oído para que sus compañeros no me oigan:

—Apuesto cinco euros a que Vernini intenta echarme un último sermón antes de comprar mis dos metros de cuerda.

Lo único que consigo es asustarlo aún más.

—No eres un caballo por el que apostar en las carreras, Francesca. Quizá deberías ir a un psiquiatra y yo debería seguirte en el coche para asegurarme de que no te saltas ninguna sesión.

No me da tiempo a responderle, porque Vernini se materializa de pronto en la oficina y me dice con aire un tanto desvaído:

—¿Viene un momento a mi despacho, Zanardelli?

—¿Por qué no? —le contesto con arrogancia a la vez que lanzo una mirada divertida a Michele, que significa «¡Me debes cinco euros!», y a continuación, feliz como una perdiz, entro en el ascensor con el director y lo sigo hasta su despacho.

Vernini cierra la puerta con un golpe seco. Se deja caer en el sillón con una expresión tensa y meditabunda, sin invitarme a sentarme. Quiere que esté de pie.

Así que me dejo caer también en la silla que hay delante de su mesa.

—¡Hoy estoy cansadísima! —digo, subrayando el concepto con un bostezo, que ni siquiera disimulo tapándome con la mano.

El director hace una mueca de asco, posiblemente me acaba de ver el fondo del tubo digestivo, pero dado que no es alguien que se pierda en preámbulos, va directo al grano:

—Lo único que puede disculparla de su atroz comportamiento es el estrés que le ha producido la muerte de sus compañeros de despacho. ¿O acaso hay algo más?

—¿Qué comportamiento? —respondo con jovialidad—. ¿Se refiere al sindicato? ¿Cómo puede definir como «atroz» la decisión de afiliarse al sindicato? ¡Es un derecho inviolable! Además, dentro de nada se celebrará la asamblea, estoy muy emocionada.

Vernini parece cada vez más inexpresivo.

—Si va a la asamblea le garantizo que en la próxima reorganización usted desaparecerá para siempre del organigrama empresarial. La meteré en un sótano y a todo el que vea hablando con usted esté segura de que le espera el mismo final.

—¡Eso es acoso laboral! —digo con expresión provocadora y luego suelto una carcajada que no puede sonar más falsa.

El corazón me retumba en el pecho, podría romper la caja torácica y saltar sobre el escritorio del director. Más vale que concluya la conversación antes de que me derrumbe. Además, podría tener un ataque de pánico, él comprendería mis intenciones y no volvería a picar. Caramba, no es nada fácil provocar a un asesino en serie, quizá debería llevar valium en el bolso para los días en que me encuentro fatal. Puede que quede un frasquito en casa de mis padres. Tengo que ir a ver…

Vernini interrumpe mis reflexiones susurrando malignamente:

—La próxima vez que usted y Colombo convoquen a Rivarbella a una reunión no autorizada en su oficina…

Lo interrumpo con una voz tan ronca como la de una corneja:

—¿Qué hará, nos despedirá?

Luego, para no desmayarme delante de él, me levanto de un salto y escapo. Más que respirar, boqueo convulsamente. ¡Me falta el aire! Pero no puedo dejarme dominar ahora por el miedo, ya he ido demasiado lejos. Entro en mi departamento con andares de general y ordeno a Colombo:

—Llama a Rivarbella, tengo que hablar con él.

Luego me siento con aire torvo en mi puesto. Colombo no se hace de rogar. Coge el auricular y marca el número de Rivarbella.

—Buenos días, la señora Zanardelli quiere verle aquí, ¡enseguida! —Acto seguido cuelga y me mira como diciendo: «¿Te ha gustado?».

Me ha gustado muchísimo.

EL SINDICATO LUCHA CONTRA EL ESTRÉS

Michele se niega a acudir a la asamblea. Se lo he pedido por favor, pero él se ha excusado alegando que tenía un «plazo de entrega de proyecto improrrogable». Puede que sea verdad, pero sin él tengo miedo de emocionarme y no ser capaz de abrir la boca.

Colombo quiere que yo hable en primer lugar, espera que transforme a los trescientos empleados en una masa vociferante, dispuesta a exigir el bonus e incluso un referéndum contra «el clima empresarial negativo que favorece la presencia del asesino», que Cruella ha presentado como si fuera un asunto que es posible resolver con una votación democrática.

La asamblea empezará en una hora y Colombo me dice, mirándome con veneración:

—Entonces, ¿qué sorpresas nos reservas para hoy? ¿Todavía estás en contra del referéndum?

En mi opinión basta con el bonus. Añado:

—¿Crees que si votásemos como una piña en contra del ambiente que reina en la empresa el asesino dejaría de matar? Podríamos denunciar también a la magistratura a los que no voten en contra. Seguro que el asesino es uno de ellos —contesto irónica.

—¿Qué te ha pasado? No habrás vuelto a ser la Zanardelli de siempre, todo casa, papá y oficina —responde Colombo suspicaz.

Por un instante deseo que el director lo estrangule antes que a mí, pero recupero enseguida la lucidez:

—Oye, ¿y si en lugar del referéndum propusiésemos un comunicado para enviarlo a los periódicos? Así Vernini se vería obligado a tenernos en cuenta.

Mi idea lo golpea como un dardo en el pecho, porque se sobresalta y dice:

—¡Eso sí que es genial! ¿Lo escribes tú? Puede que luego vengan a entrevistarnos.

Ya no puedo echarme atrás.

—De acuerdo, déjame diez minutos para escribir dos líneas.

—Ok —dice y se aleja en silencio, lanzándome una mirada cómplice y orgullosa.

¿Y ahora qué escribo? No tengo la facilidad de Cruella con la pluma, así que busco entre los viejos emails una moción de las suyas para copiarla más o menos.

Encuentro una que podría ir bien, la leo con gran atención y empiezo a escribir: «El sindicato pide un encuentro en la sede central para aclarar el comportamiento del señor Vernini, quien se niega a tomar en debida consideración el peligro que corren a diario los trabajadores de nuestra empresa debido a la presencia de un asesino en serie. Esto contraviene no solo las normas indicadas en el contrato laboral nacional de nuestro sector, sino también la disposición 320 en materia de reglamento interno sobre la seguridad del personal directivo y no directivo, publicada el 13 de mayo de 2005. Dicho reglamento debería extenderse a la protección ante el riesgo de homicidio, además del de accidente, precisamente a raíz de los graves acontecimientos que está padeciendo la sede de Milán.

»Asimismo, el sindicato exige que, a los empleados que sufran estrés postraumático derivado de la presencia de un asesino en la empresa, se les reconozca el derecho a ausentarse del puesto de trabajo para recibir asistencia médica y psicológica. Así pues, se ruega a la empresa que no tome ninguna medida disciplinaria contra los trabajadores que se ausentarán en los próximos días para recibir la asistencia necesaria, incluso en spas o en centros de bienestar, para vencer y superar el estrés que padecen.

»Además, el sindicato solicita que se abone a todos los trabajadores de la sede de Milán, con independencia de su cualificación empresarial, la cifra bruta e igual para todos de tres mil euros, a título de bonus por el estrés padecido en estos meses. Se considera asimismo muy grave el escaso esfuerzo que el señor Vernini ha realizado para capturar al asesino en serie, que golpea libremente y sin obstáculos a nuestros colegas de Planificación y Control. De hecho, el sindicato teme una escalada en la que se repitan episodios similares en otras áreas de la empresa. Ningún trabajador puede considerarse realmente fuera de peligro.

»De esta moción se enviará también copia a los diarios locales y nacionales, rogándoles su publicación».

Dado que la he escrito de un tirón, la leo con más calma. ¡Es realmente innoble! Los periodistas solo mandarán imprimir una porquería como esta para reírse a nuestras espaldas, dado que exigimos tratamientos de fangos termales a costa de la empresa. Pero Vernini se encolerizará cuando la vea. Sus pulsiones asesinas —contra la autora— llegarán a las estrellas, estoy segura.

Hago un gesto para llamar la atención de Colombo y le susurro:

—La he escrito, ¿te la mando por mail?

Él asiente con cara de conspirador y yo aprieto la tecla de envío. Lo observo mientras la lee. Está concentrado y parece satisfecho... luego, de repente, lanza un grito como si hubiera tenido un orgasmo.

—¡Ah, la idea del spa es fantástica! ¡A Vernini le dará un síncope!

Acaba de leer a toda prisa el mail y se acerca a mí con aire furtivo:

—Sé que te has inventado la historia del spa para provocar a Vernini, ¡te conozco lo suficiente para saber cuándo bromeas!, pero creo que funcionará. Quiero ver cómo agoniza cuando lea esta mierda. Con todo, no se lo digas a Cruella, dejemos que le llegue tal cual al muy cabrón.

¡De manera que el sindicato no es tan compacto como parece! Pero no es momento de hacer demasiadas preguntas.

—De acuerdo, será un secreto entre nosotros. El fin justifica los medios. ¿Se la mandas tú a Cruella? Así sabrá que estás de acuerdo y dejará que la presentemos.

Colombo me sonríe de forma empalagosa y me guiña un ojo como un enamorado.

—No te preocupes, sé cómo tratarla.

Echo un vistazo al reloj. Dentro de cinco minutos, una infinidad de personas me escrutarán mientras declamo la moción. ¿Cómo me las arreglaré para no desmayarme delante de ellos?

Colombo se levanta del escritorio y anuncia:

—Vamos, ven, ¡es hora de ir!

Se planta delante de mí con aire resuelto. Quiere escoltarme hasta el salón de actos como hacen los carceleros en Texas cuando acompañan al condenado a la sala de la inyección letal.

Pero yo no logro despegar el trasero de la silla. He leído en algún sitio que los condenados a muerte se vuelven apáticos e indiferentes antes de la ejecución, y yo me siento justo así. El hecho de haberme condenado sola, con la única esperanza de poder sacar la cabeza del nudo corredizo un segundo antes de que Vernini tire de la cuerda, no es un gran consuelo.

La voz de Colombo me llega de lejos, como si estuviera ya en el Más Allá:

—Vamos, venga, todos te están esperando. —Pero luego nota que estoy un poco aturdida, porque baja el tono y me susurra al oído—: La primera vez que intervienes en una asamblea te sientes así. ¡No te preocupes, yo te presentaré!

Su promesa me despierta del coma. Lo miro aterrorizada.

—¿Y qué dirás?

Se torna casi paternal.

—Fíate de mí —dice levantándome de la silla para sacarme agarrada del brazo. Echamos a andar juntos hacia el pasillo y, sin soltarme, se desvía rápidamente para coger un folio de la fotocopiadora—. Te he impreso la moción, ¡así podrás leerla en la asamblea!

Luego entra en el ascensor. Pulsa el botón y me da una palmada amistosa en la espalda.

—¡Quién me iba a decir que Zanardelli se convertiría en la voz del pueblo explotado!

La palmada tiene un inesperado efecto vigorizante, me sacude del torpor y me devuelve el deseo de contestarle algo horrible. Pero cuando me dispongo a responderle, siento un nudo en la garganta. ¡No logro tragar saliva ni respirar! El terror me invade, es como si estuviera encerrada en mí misma, aniquilada por un miedo que jamás había experimentado.

Aferro instintivamente el brazo de Colombo, como si quisiera pedirle ayuda, mientras sigo sin poder respirar. Él se vuelve hacia mí y me mira con ternura.

—Veo que a ti también te gustan los cumplidos.

Es evidente que ha interpretado mi gesto de pánico como una señal de reconocimiento, porque me empuja con inesperada dulzura para que salga del ascensor antes que él —¡qué caballeroso!—, ¡pero yo sigo sin poder respirar y no sé cuánto podré resistir en este estado!

De improviso, nada más salir del ascensor, mi garganta se desbloquea y exhalo un suspiro que parece el silbido de un moribundo. Colombo no nota nada y se dirige gallardo hacia el salón de actos, mientras yo recupero el control de mis funciones pulmonares, pese a que temo que vuelva a sucederme algo similar en menos de cinco minutos.

De hecho, apenas veo a Cruella a la puerta del salón diciendo a un par de compañeros: «¡Ahí está!», se repite la sensación de ahogo. Quizá los condenados a muerte se sientan de verdad así.

Me veo arrastrada al interior del salón de actos y me sientan a una mesa frente a una infinidad de sillas ocupadas. A mi derecha toma asiento Colombo, y a mi izquierda Cruella, que mira a los compañeros con aire triunfal.

Tengo la extraña sensación de que un foso de un kilómetro de ancho, imposible de cruzar, me separa de la realidad y de los centenares de ojos que me escrutan en silencio… pero enseguida noto que dos ojos se separan de la marea de iris, córneas y pupilas: son los de Federico, sentado en primera fila.

Qué vergüenza. Tendré que decir toda esa sarta de tonterías delante de él, con el terror de embarullarme por el apuro. Lo espío con el rabillo del ojo y… ¡sí, me está mirando!

Así que alzo los ojos y veo que él me sonríe. Me gustaría devolverle la sonrisa, pero mis músculos faciales están fuera de control y tengo la expresividad de una estatua de cemento.

Siento que la mano de Colombo se posa sobre la mía, como si pretendiera dar a entender a todos que somos viejos cómplices. Luego, no contento con ello, me estrecha contra su cuerpo con aire protector y repugnantemente falso. A continuación inicia su discurso:

—Queridos camaradas, me alegra que hayáis acudido a nuestra convocatoria, porque hoy hablará la nueva afiliada al sindicato, Francesca Zanardelli, a la que quizá no todos conozcáis personalmente, pese a que sabéis de sobra quién es. Ella fue, de hecho, la que encontró a la pobre Sereni en el baño. Se sentaban una delante de la otra en la oficina y ahora nos contará algo sobre el terrible momento en que vio a la muerta.

Se vuelve hacia mí con una risita de chacal. Pero yo simulo no haberlo oído y permanezco en silencio. Él, entonces, prosigue:

—También Santi estaba sentado delante de ella, y Galli era su jefe. Así pues, si hay alguien que puede hablarnos del asesino en serie, es Zanardelli.

Se está pasando. No logro dominarme y le suelto fulminante:

—¿Por qué no dices directamente que soy gafe?

Se oyen murmullos de inquietud y alguna risa nerviosa en el patio de butacas. Si alguien todavía no había sacado sus propias conclusiones ya le he ahorrado el trabajo de sumar dos más dos. Nadie volverá a querer subirse conmigo en un ascensor nunca jamás. Al fondo se escucha un despistado «¡Bravo!» como de salón de opereta. Me siento más que nunca en medio de una representación escolar.

Mientras, Colombo intenta recuperar el terreno perdido:

—Lo único que pretendo es que nuestros compañeros comprendan que tu moción sobre las curas termales para combatir el estrés nace también de una necesidad personal, dado que, entre los presentes, eres la más afectada por los sucesos.

El muy inútil acaba de sacar a colación la historia del spa antes de que yo haya podido leer la propuesta. Nuestros compañeros deben de estar alucinando con nuestro diálogo para besugos.

—Disculpa, pero ¿recuerdas que trabajamos en la misma oficina? Si el asesino solo mata a los de Planificación, el próximo podrías ser tú.

El público vuelve a murmurar. No me atrevo a mirar, pero daría algo por ver la cara de Federico. Colombo se pone blanco como una sábana, quizá ahora se esté ahogando también él. Prosigue al cabo de unos segundos, pero en un tono más razonable:

—En resumen, Zanardelli nos explicará por qué el sindicato puede ayudar a los trabajadores en unos momentos tan difíciles. Tenemos que permanecer unidos para luchar por nuestros derechos, sobre todo el de vivir, pero también el de que nos reconozcan los daños derivados de un ambiente de trabajo tan hostil, causante del trastorno de estrés postraumático, ¡dado que debemos soportar a diario el miedo a morir!

Un compañero levanta la mano.

—¿El trastorno postraumático es el que padecen los soldados que van a Irak y luego, cuando vuelven a casa, se sienten mal y no pueden dormir?

Colombo se lanza de nuevo:

—Sí, es típico de las situaciones de guerra o de conflicto, como la que estamos viviendo nosotros.

El compañero insiste:

—En ese caso, ¡yo también lo padezco! Desde que apareció el asesino en serie me cuesta conciliar el sueño y por la mañana me levanto más cansado que cuando me acosté. De hecho, estoy llegando al trabajo pasadas las once y media por culpa de este trastorno.

—¡Como si hubieras llegado temprano alguna vez en tu vida, Caruso! —grita alguien al fondo de la sala.

Colombo responde sin inmutarse al presunto «trastornado»:

—¡Entonces tienes derecho al tratamiento! Que podrás disfrutar sin necesidad de usar tus días de libre disposición, por supuesto. Hasta ahora la dirección no ha hecho nada para protegernos del asesino y ni siquiera se ha preocupado por la salud de los empleados. Gracias a la propuesta de Zanardelli todos tendremos opción a disfrutar de unos días de spa en reconocimiento a nuestro sufrimiento psicológico. Por desgracia, en Estados Unidos los soldados que vuelven de Irak tampoco reciben asistencia adecuada…

—¡Malditos neoliberales!

—¡Los americanos tienen mucho que aprender de cómo hacemos las cosas en Europa!

—¡Cállate, Mancini! ¡Tú solo podrías enseñar algo a alguien si colgar fotos de gatitos en Facebook se convirtiera en disciplina olímpica!

Dado que nuestras reuniones sindicales no se caracterizan por mandar callar a los chalados, sino que se les otorga una democrática comprensión asamblearia, en cinco minutos la reunión se convierte en un gallinero con modos de tertulia de programa del corazón en la que el tema se ha desviado ligeramente.

—¡Los astronautas también tienen estrés postraumático! ¡Y ellos por lo menos sobreviven! ¡Qué decir de la perrita Laika, asesinada como miles de animales por científicos sin alma! —grita Mancini.

—¡La Unión Soviética siempre luchó por el progreso de la humanidad! —le reprocha a voces Cruella.

Perpleja y paralizada intento fundirme con el gotelé beige de la pared que tengo detrás, mientras comienzo a albergar inútiles esperanzas de que la reunión termine en un lanzamiento de sillas al campo que me impida proclamar las estupideces que prevé el programa.

Cuando los ecos de esta reunión lleguen a Recursos Humanos no van a saber si llorar o reír.

Mientras Colombo ruge, miro a Federico con el rabillo del ojo. Parece tranquilo, imperturbable ante las gilipolleces que caen como gruesos copos de nieve. Es más, me sonríe de nuevo, como si hubiera comprendido que estoy representando un papel que no me corresponde. Solo espero que no se eche a reír si acabo soltando la exigencia de los centros de bienestar.

El momento llega, como todas las fatalidades:

—El sindicato ha escrito la moción pensando en vosotros. ¡Zanardelli os la explicará ahora! Entre nuestras exigencias también se incluye un bonus de tres mil euros brutos como resarcimiento por el estrés que padecemos a diario. —Hace una pausa teatral y proclama solemne—. ¡Tres mil euros brutos para cada uno! —Se pone de pie invocando el aplauso, que llega de inmediato y con vigor. El público se levanta enardecido. En este punto me pasa la moción, como si fuera su secretaria, y exclama exultante de alegría—: ¡Lee!

Cojo el folio, miro un segundo a Federico y empiezo a leer:

—El sindicato pide un encuentro en la sede central para aclarar...

Votaron a favor de nuestra moción termal doscientos setenta y dos trabajadores de los doscientos setenta y dos presentes. Se produjo incluso una gran ovación con todo el mundo puesto en pie mientras Colombo me levantaba el brazo como si hubiera ganado el Gran Premio de Montecarlo. No sé qué cara tenía Federico, porque yo trataba de fijar la vista en un punto más allá de las ventanas, tal era la vergüenza que me daba estar ahí con el brazo en alto como Fernando Alonso.

Cuando volvimos a la oficina, Parodi no dejaba de mirar el ordenador y Rivarbella nos evitó durante todo el día. Colombo, en cambio, no dejó de atormentarme ni un minuto:

—¿Y ahora qué podemos hacer? ¿No se te ocurre nada más?

No, tenía la cabeza vacía. Estaba desfallecida y rumiaba en silencio cuando de repente se levantó y se acercó a mi escritorio con un folio en la mano:

—Te he impreso la lista de las películas que he descargado de internet. ¿Quieres ver alguna? Si haces una crucecita al lado del título mañana te las traeré en un pendrive.

Me negaba a humillarme aceptando sus películas, así que lo despedí:

—No gracias, por la noche prefiero leer.

Él dejó el folio sobre la mesa.

—Como quieras, si cambias de idea aquí me tienes.

Pero ahora, a las tres de la madrugada, lamento no haber aceptado su propuesta mientras veo por enésima vez los estúpidos capítulos de *Friends*. El insomnio se ha convertido en un tormento, aunque los sueños son aún peores. Me paso horas y horas pegada a la televisión para permanecer despierta, pero luego, por mucho que intente oponerme, me derrumbo y me quedo dormida. La otra noche, la peor de todas, soñé que Vernini me ataba al escritorio con la cuerda blanca, solo que no quería matarme, al contrario, sus ojos oscuros lanzaban destellos de lujuria mientras me ceñía la cuerda como un refinado experto en *bondage*. En mis pesadillas veo desfilar también el cadáver de Sereni, el semblante sarcástico de Santi, el cuello hinchado del pobre Ferrari, que aparece colgado, y a Galli muerto en el jardín. Después abro los ojos de golpe. Y no puedo respirar.

A continuación me pongo a escuchar los ruidos nocturnos, aterrorizada por la idea de que alguien abra la puerta, y miro otra película, con la esperanza de permanecer despierta hasta que amanezca y deba abandonar el fuerte para ir a trabajar.

Ahora, sin embargo, se me ocurre una idea loca: espiar la casa de Vernini. No sé cuántas veces he pasado por debajo de la de Maurizio y la capulla con la esperanza de verlos, aunque solo fuera entrando en el portal; soy una experta en acecho. Hay que proceder poco a poco, hasta que encuentras el aparcamiento adecuado, ni demasiado cerca ni demasiado lejos, y luego esperar.

Me visto y salgo desafiando a la oscuridad. Siento un miedo terrible mientras bajo sola para coger el coche, pero no creo que el director mate a nadie de noche. Digo yo que se quedará en casa con su mujer, fingiendo que es el marido perfecto, en lugar de escabullirse antes del alba para estrangular a los empleados con el abrigo sobre el pijama.

Subo al coche y me dirijo a la plaza Cadorna. Vernini vive en la calle Vincenzo Monti, cerca de Maurizio, conozco al dedillo la zona.

Llego bajo su casa, aparco y apago el motor, pero no me apeo del coche. Es un edificio *liberty,* un estilo que me encanta, con la fachada amarilla. En un lugar así, mi dinero no alcanzaría ni para comprar un cuarto de las fregonas.

Miro si hay alguna ventana iluminada, pero todo está a oscuras. A saber de qué habla Vernini con su mujer, dado que se pasan la vida trabajando. Puede que ella le cuente que ha ganado el enésimo proceso contra los empleados víctimas de acoso, mientras él le lee las mociones de Cruella con la esperanza de encontrar una excusa para echarla de la empresa. Estoy convencida de que la señora Vernini no sabe que su marido estrangula a los empleados, puede que últimamente solo lo note algo más nervioso de lo habitual.

Tras pasar una hora al frío, regreso a casa con unas ganas enormes de llorar. Ni siquiera intento meterme en la cama y enciendo el ordenador para ver si he recibido un mail de mi padre. Mi madre le dicta a diario el «cuaderno de bitácora para Francesca» —el nombre se le ha ocurrido a ella—, lleno de empalagosas descripciones del maldito crucero, en que parece haber retrocedido a la despreocupación propia de una niña en sus primeras vacaciones.

Encuentro un mail con un nuevo capítulo dedicado a los vecinos de mesa, que tienen dos hijos, una de mi edad: «¿Sabes que también ella está comprometida con un buen chico? ¿Cuándo nos presentarás a Federico?». Mi padre concluye con dos líneas escritas de su puño y letra: «Te quiero mucho, aunque nunca traigas a casa a Federico. ¡Haz lo que quieras! Adiós, papá».

Me gustaría contestarle que nunca conocerán a Federico. Moriré siendo una solterona más pronto que tarde, porque el director dejó de saludarme hace un par de días y ya no entra en nuestra oficina. A estas alturas me considera un recurso irrecuperable e intentará estrangularme antes de que se me ocurra pedir que instalen una sauna al lado del salón de actos o que nos proporcionen una masajista en la pausa para comer.

Resisto la tentación de mandar un mensaje de despedida a mi padre y le respondo: «No te preocupes, por favor, estoy muy bien. Si te escribo a esta hora es porque quería hacer un poco de gimnasia en mi cuarto antes de ir a trabajar». Puede que sea la última vez que le escribo...

En estos días, Michele me espera debajo de casa por la mañana, en tanto que por la noche aguarda delante de la empresa con el motor encendido. Casi se está convirtiendo en una rutina, al menos para él, como si seguirme en coche fuera la cosa más natural de este mundo. Pero lo conozco, si ha decidido hacerlo no perderá tiempo discutiendo sobre ello. Solo hay un problema. Mañana es 12 de abril y mis padres vuelven a casa. Así pues, tengo que inventarme algo para sacar a Vernini de sus casillas, enseguida.

Estoy sentada en mi puesto meditando un plan de ataque cuando diviso a Laura, que sale del despacho imperial para ir al cuarto del tercer piso a beber un café. Son las únicas pausas que se concede durante el día, durante las cuales deja vacío su puesto de vigilancia. Puede que Vernini esté reunido en su despacho.

Una bombilla se enciende en mi cabeza. Como un resorte me levanto y me lanzo al escritorio de Colombo:

—Ven conmigo al despacho del director con tu móvil. Voy a sentarme en la mesa de Laura y a hacer una declaración pública desde la misma guarida de la bestia. Tú tienes que grabarlo todo y luego lo subiremos a YouTube. ¿Tienes ya un canal en el que publicar vídeos?

Colombo está extasiado.

—¡Claro que tengo un canal! ¡Dos clics y estaremos en línea!

—Entonces sígueme.

Colombo saca su iPhone y lo apunta hacia mí como si fuera un arma.

—¡Vamos allá, Zanardelli, eres la mejor!

Salimos de la oficina, cruzamos el pasillo y miramos alrededor para asegurarnos de que no hay nadie. Todo parece tranquilo.

Presiono con dulzura el picaporte y abro la puerta sigilosamente. Entramos despacio, con la cautela de un par de ladronzuelos.

El escritorio de Laura está libre. Me siento en su silla. Hago un ademán a Colombo para que me grabe. Él se planta con el iPhone delante de mí y pone en marcha la cámara.

A voz en grito, empiezo a hablar sin apenas entender lo que estoy diciendo. Solo me vienen a la mente las frases de esos repelentes programas de entrevistas con la reproducción de la escena del delito:

—Buenos días, saludo a todas las personas que nos están mirando. Os hablo desde la Empresa Letal, como nos llaman ya en toda Italia, donde trabajo desde hace diez años en la unidad de la muerte: Planificación y Control. Los empleados arriesgamos a diario la vida para llevar a casa un sueldo miserable...

No logro acabar la frase, porque la puerta del despacho de Vernini se abre de par en par y él se materializa con su metro noventa de estatura. Echando humo por la nariz como un dragón, ruge:

—¿Qué demonios está haciendo aquí, Zanardelli? ¡Vuelva inmediatamente a su puesto!

Colombo tiene los reflejos de redirigir el móvil al director, pero luego ve con el rabillo del ojo que braceo desesperada como si me estuviera ahogando porque quiero que me enfoque de nuevo.

Así pues, se vuelve otra vez hacia mí al tiempo que yo me pongo a gritar:

—Estamos sometidos a continuas amenazas. Nuestra vida está en peligro. ¡Ayudadnos! ¡Solidaridad con Planificación y Control! ¡Vamos, tuiteros del mundo, una nueva ocasión para salvar el mundo desde vuestro sofá! ¡No nos moverán! *Yes, we can!*

En mi delirio, he perdido totalmente el hilo del discurso sustituyendo la coherencia por un teatral salto encima de la mesa puño en alto, que manda al suelo de una patada el teclado de la pobre Laura.

—Pero qué demonios... —murmura Vernini.

Busco en sus ojos un reflejo homicida pero todo lo que encuentro es una profunda tristeza. Su mirada se desintegra cara abajo, como uno de esos cuadros de cachorritos tristes. Tengo que resistirme a la compasión.

—Zanardelli —masculla finalmente—, yo la tenía por una empleada diferente.

—¡Una empleada diferente es la que está viva, tal como van las cosas!

—¿Por qué hace esto? ¿Qué es lo que quiere?

—¡Lo que quiero es vivir!

Vernini desvía los ojos hacia algún punto indeterminado. Es como si mirase a otra época, como si buscase un faro a través de la niebla.

—Zanardelli —dice por fin secamente—. Está usted jugando con fuego.

El pavor que me producen sus palabras me empuja a seguir gritando barbaridades.

—¡El estrés postraumático que sufrimos en esta oficina es muy superior al de los veteranos de Vietnam e Irak!

¡Nuestro sindicato tiene estudios que lo demuestran! ¡Pero el estrés ya era brutal antes de que comenzaran los asesinatos! ¡Hace no mucho nuestro director intentó deshacerse de todos los trabajadores de nuestro centro de llamadas! ¡Los tribunales dieron la razón al sindicato!

Como suponía, he tocado el nervio que lo hace enloquecer. Mientras sigo aleteando sobre la mesa, Vernini se abalanza sobre Colombo para arrancarle el móvil.

—¡Colombo, súbelo a YouTube antes de que te lo quite! —vocifero.

Pero Colombo, pese a su afición a usar el ordenador de la empresa para ponerse al día con los nuevos episodios de *Juego de Tronos,* no es tan ducho en el manejo de vídeos como había asegurado. ¿Qué se puede esperar de un hombre tan acostumbrado a mentir en su currículum? Trata de manipular el iPhone como un abuelo. Sostiene el aparato en una mano temblorosa y busca las letras en la pantalla con la punta del dedo índice. Cuando quiere darse cuenta, Vernini ya se lo ha arrancado de las manos berreando:

—¡Payasos, son unos payasos patéticos!

Luego entra de nuevo en su despacho y cierra la puerta con llave.

Colombo parece un niño al que le han quitado su juguete favorito. Tiene pinta de estar a punto de echarse a llorar y no para de gritar:

—¡Me ha robado el iPhone!

—Tranquilo —digo para calmarlo—, ya verás cómo te lo devuelve después de borrar el vídeo.

Pero él está agitadísimo.

—¿Y si le da por mirar todos mis otros vídeos?

Noto que se está ruborizando.

—Perdona, pero ¿qué vídeos tienes en el móvil? —le pregunto asombrada.

Él, entonces, brama:

—¡Adivina, Zanardelli! ¿Te ha dicho ya tu padre cómo nacen los niños o quieres que te lo explique yo?

No logro replicarle, porque Vernini asoma la cabeza por la puerta de su despacho.

—¡Salgan de aquí o llamo a la policía!

—¿Y el iPhone? Devuélvamelo… —suplica Colombo.

El director está muy serio.

—Por supuesto que se lo devolveré, pero antes quiero sacar una copia de ciertos vídeos que me parece haber visto… ¿La señorita es su esposa?

Colombo se vuelve entonces hacia mí.

—¡Me has arruinado, cabrona!

Salgo a toda prisa del santuario del director seguida de Colombo, que continúa insultándome.

Pero yo no me ofendo, da igual si al final nadie ve el vídeo, estoy convencida de que el director intentará matarme enseguida, antes de que organice otro numerito. Si, en cambio, me he equivocado —y Vernini no es el asesino—, Colombo se encargará de dejarme seca. Incluso sin la cuerda blanca. Directamente con las manos.

Esta tarde, el director entró en nuestra oficina y dejó el iPhone en el escritorio de Colombo mientras se reía de forma maléfica:

—Muy mona la chica… quizá demasiado joven para ser su mujer. ¿Qué dirían cualquiera de las dos si sus vídeos acabaran colgados en YouTube? Hay un par de escenas muy interesantes, demuestra gran capacidad actoral y además se le reconoce bastante bien… En una semana le estarían pidiendo autógrafos por las calles del centro de Milán, estoy seguro. Es usted un tipo muy polifacético, Colombo, al parecer posee ciertas habilidades secretas reales, no como las que detalla en su currículum. Me pregunto si, para variar, la empresa sí que podría sacar algún rendimiento de estas otras.

Totalmente descompuesto, Colombo trató de esbozar una sonrisita.

—Estimado señor Vernini, le agradecería mucho que olvidara lo que ha visto…

—¡Yo no olvido nada! —gritó entonces Vernini, tras lo cual salió como un rayo para evitar nuevas súplicas del contable pornógrafo aficionado.

Colombo no dijo una palabra hasta que el director volvió a entrar en su despacho. Luego saltó como Tarzán hasta mi escritorio:

—No me vuelvas a pedir nada, Zanardelli, no quiero saber nada más de ti, ¡eres gafe! El sindicato y el asesino en serie me importan un carajo, porque para mí solo hay una cosa realmente importante: ¡mis propios asuntos! —Acto seguido volvió a sentarse y se concentró en la pantalla del ordenador, de la que no volvió a apartar un solo segundo la mirada. Yo había dejado de existir para él.

A las seis me escabullí de la oficina. Michele me estaba esperando ya con el motor encendido. Y ahora estoy conduciendo con el ojo clavado en el espejo retrovisor para comprobar si me sigue. Deseo con todas mis fuerzas que Vernini me estrangule esta noche, porque si no lo hace tendré que empezar a pensar en serio que me he equivocado. Y el mío será entonces un doble autogol. El director se vengará mandándome al sótano a hacer cálculos con el ábaco, y Colombo me causará una úlcera duodenal aguda, una de esas perforantes que no te dan tiempo a llegar siquiera a urgencias.

Oigo un claxon, a saber si va dirigido a mí. La falta de sueño me atonta y tengo unas ojeras kilométricas, que se alargarán más aún si no sucede algo.

Mientras recorro lentamente una avenida, tengo la impresión de atisbar al director subido en un coche oscuro que viene tras el mío. No obstante, hay poca luz y no estoy del todo segura de que sea él. Busco el móvil en el bolso para llamar a Michele y decirle que, quizá, sea la velada justa, pero las manos me tiemblan tanto que no logro encontrar su número en la agenda. El corazón me late como un tambor y un sudor frío me empapa la blusa.

Llego al portal de mi casa. Podría poner pies en polvorosa, pero pienso en las últimas noches que he pasado escuchando el ruido de las ventanas, que crujían con el viento, así que decido seguir adelante con el plan. Aparco y me apeo del coche.

Guardo el móvil en el bolso sin llamar a Michele. Vernini podría sospechar algo si me viera hablando por teléfono. Si me ha seguido de verdad, entrará conmigo en casa para estrangularme donde nadie nos pueda ver, será un acto íntimo entre los dos.

Meto la llave en la cerradura y la giro poco a poco, pero Vernini no da señales de vida. Empujo lentamente la puerta hacia dentro y —¡socorro!— una mano me aprieta el brazo. Me vuelvo de golpe: ¡es Gino Pisani, el chófer de Vernini! Viste una especie de cazadora militar, una de esas llenas de bolsillos, de manera que parece un pescador dominguero que ha empinado el codo. Lleva también una gorrita con la visera calada hasta los ojos, mientras su cara blanda y rubicunda se tuerce en una extraña mueca de crueldad, como si estuviera representando el papel de malo.

Lo miro con los ojos desmesuradamente abiertos, hasta que un pensamiento se separa de la corteza cerebral: «Me he equivocado de medio a medio. ¡El asesino es el desgraciado de Gino!».

La idea de que sea Pisani el que me estrangule en lugar del director es un insulto a mis agudas suposiciones. Pero el asesino de la oficina interrumpe los inútiles lamentos de una moribunda empujándome a toda velocidad en el vestíbulo, y otra persona entra antes de que se cierre la puerta. Me vuelvo con la esperanza de ver a Michele, que ha venido a salvarme, pero compruebo que es el director, ataviado con un abrigo de piel de camello y un par de guantes de pecarí fuera de temporada, ya que estamos en abril. Lleva un maletín en la mano.

¡Dios mío! No se me ocurrió que podían ser dos. ¿Cómo hará Michele para detenerlos? ¡A ver si tiene que estrangularlos a los dos!

Vernini no finge haber venido para una visita de cortesía:

—¡Cállese o se arrepentirá! —me ordena, a la vez que Pisani me aprieta el brazo con la fuerza de una mordaza.

Gino me indica con un ademán que entre en el ascensor. El director me sigue. Tiene la misma expresión concentrada que pone cuando habla de hacer fluir la sangre por las arterias de la empresa, y cuando llegamos al rellano me ordena con voz firme: «¡Las llaves, rápido!».

Empiezo a rebuscar en el bolso. Las manos me tiemblan y no logro encontrarlas. Hurgo al azar entre bolígrafos y notitas arrugadas. Vernini susurra nervioso:

—¿Cree que las encontrará antes de que amanezca? ¿Quiere llamar a uno de sus representantes sindicales para que la ayude? ¡A saber si lograrán juntar un par de neuronas uniendo sus fuerzas!

No soy capaz de replicar nada, porque mi cerebro se ha parado. Observo a Vernini con la rigidez de un salmonete bien hervido, carente de cualquier tipo de actividad cerebral. Incluso mis movimientos deben de haberse frenado, porque oigo que Vernini me dice:

—Pero ¿está buscando las llaves o no?

Sus palabras me desbloquean. El corazón y la cabeza vuelven a funcionar, pero a un ritmo excesivamente acelerado. Los latidos me retumban en las sienes mientras caigo en la cuenta de que no tardaré en estar en casa con ellos dos. Y cuando la puerta se haya cerrado a nuestras espaldas, mi única esperanza será que Michele se presente al cabo de los doscientos segundos que hemos acordado y me encuentre aún con vida.

Vernini ruge:

—Pero ¿oye lo que le digo o no?

—Sí, sí —contesto aterrorizada, aferrando el colgante del llavero. Pero no tengo valor de sacarlo y dárselo a mis inminentes asesinos. ¿Y si fingiese que he perdido las llaves?

Un empujón del director resuelve todos mis dilemas.

—¡Deme el bolso!

Siendo así, más vale que abra yo.

—¡No, un segundo, las he encontrado!

Giro la llave en la cerradura lo más lentamente que puedo. Enciendo la luz del recibidor. Mientras los dos miran alrededor para comprender cómo es el piso, meto de nuevo las llaves en el bolso. Así no tendré que cerrar la puerta, que se puede abrir desde fuera: el único fallo en el sistema de seguridad que organizó mi padre.

No obstante, el director se da cuenta.

—Pero ¿qué hace? ¡Sáquelas otra vez!

Así que empiezo a rebuscar de nuevo en el bolso mientras él susurra:

—Olvídelo, a fin de cuentas, ¡no tardaremos mucho! —afirma empujándome hacia el comedor.

Desesperada, busco algo que decir para ganar un tiempo precioso, pero mi cabeza está vacía. ¿Y si corriese a la cocina a coger el cuchillo del pan? Pero no creo que logre acercarme siquiera al cajón de los cubiertos. Pisani me detendrá antes de que pueda dar un paso.

Entretanto, el muy maldito ha encendido la luz del comedor y se ha acercado a la mesa. Miro los pies de mis futuros asesinos: los dos calzan el mismo modelo de zapatos, con la suela de cuero. Parecen nuevos: es probable que los tiren cada vez que matan a alguien. Pero no es el momento de robarle el trabajo a la policía científica, que luego va a tener mucho que hacer aquí, a menos que Michele se apresure a salvarme.

—¿Me van a matar? —consigo balbucear.

—¿Por qué, aún no lo ha entendido? —responde Vernini con brusquedad, mientras Gino saca una botellita de un bolsillo. La deja en la mesa: seguro que es el éter que usaron con Santi, Casper y Galli.

—¿Me estrangulará él? —tartamudeo al ver que Pisani arranca un trozo de algodón que ha sacado también de uno de sus bolsillos.

El director parece muy complacido:

—Gino es muy bueno, ¡tiene unas manos de oro! —Se ríe como una hiena y prosigue—: Por lo general, lo mando solo a hacer ciertos trabajitos, pero esta vez he venido yo también. Quería ver la cara que pondría cuando comprendiera que no le iba a dar el bonus para las termas, Zanardelli.

Le tiro de la lengua para perder tiempo:

—¿No tienen miedo de que les descubran?

—Si logro matar a veinte cretinos como usted me jubilaré contento —dice Vernini riéndose sarcásticamente, mientras Pisani empapa el algodón con el éter.

—Querrá decir que irá a prisión —farfullo sin apartar los ojos de la botellita.

He dado en el clavo, porque el director suelta:

—¡A la cárcel solo van los idiotas como Ferrari!

¡No! Aunque sea el último minuto de vida que me resta, no le permitiré que tilde de idiota a mi antiguo jefe:

—¡Deje en paz a ese pobre hombre! ¡Era inocente y se suicidó por su culpa! Caerá también sobre su conciencia.

Vernini se enfurece.

—Ferrari no sabía controlarse. Le advertí que tuviera cuidado con Santi, ¡pero cayó en la trampa como un tonto! Ese parásito no esperaba otra cosa, estaba buscando una excusa para denunciarnos y Ferrari se la sirvió en bandeja de plata.

—Si no hubieran matado a Santi, Guidoni no habría arrestado a Ferrari —insisto.

Vernini ya no parece enfadado, sino espantosamente disgustado.

—Santi se ofreció a retirar la denuncia si yo lo ascendía a jefe. ¿Le parece que soy de los que se deja chantajear por un empleado?

ESTA OFICINA ME MATA

No puedo creer que el director se tomara a Santi en serio.

—Ningún magistrado habría considerado la frase de Ferrari una auténtica amenaza de muerte.

El rencor le altera la voz cuando grita:

—¡No me hable de jueces y tribunales! Me vi obligado a readmitir a unos imbéciles que respondían al teléfono como si eso fuera un auténtico trabajo.

¡Tenía razón! La sentencia sobre el centro de llamadas fue el «evento traumático» que lo sacó de quicio. Pero ahora debo conseguir que siga hablando. Es mejor que se desahogue, que me insulte, y que pierda unos minutos antes de dar a Pisani la orden de ajusticiarme:

—¿Y Casper y Galli? ¿Por qué los eligió?

Me chilla a la cara:

—¡Porque se lo merecían! No contraté a Sereni para que se dedicara a adivinar el menú del día del bar de la esquina. Y Galli no debería haber permitido a los demás que modificaran el balance final a escondidas.

Ahora está todo claro.

—¿Si hubiera podido despedirlos seguirían vivos?

El director sacude la cabeza como si una sombra de arrepentimiento se estuviera posando en su álgido corazón, pero en realidad no está arrepentido sino resignado, porque confiesa:

—Sí, matarlos era la única manera de hacerlos desaparecer. Los empleados son intocables por culpa de esa estúpida ley contra los despidos. Solo podría haber despedido a Galli, porque era directivo, pero tenía demasiados amigos influyentes y me habría denunciado. Me habría gastado más en abogados que teniéndolo encerrado en el despacho sin hacer nada.

Quiero saberlo todo.

—¿Por qué mató a Sereni en el baño? En el fondo era peligroso, alguien podría haber entrado.

El director suelta una risotada sarcástica.

—Estaba harto de todos esos empleados que pasaban horas y horas bebiendo café, paseando felices por los pasillos. ¡Era necesario matar a uno para ponerlos en su sitio! —Luego me mira con un disgusto infinito—: No debería haberse comportado así con el señor Rivarbella. Le encontré un nuevo jefe y usted lo trató como si fuera su secretario.

Me gustaría explicarle que conmigo se ha equivocado —¡no soy como Sereni!—, pero a estas alturas ya no se marcharía después de disculparse.

Así pues, lo provoco:

—¿Así que usted también pensaba que Galli era un pésimo jefe? Aunque quizá le estoy haciendo una pregunta obvia, dado que ordenó a Pisani que lo estrangulara.

Él responde irritado:

—Zanardelli, debe aprender a estar en su sitio. ¡No puede preguntarme qué pienso de uno de sus superiores jerárquicos! ¡Usted solo piensa en los bonus contra el estrés y los baños de lodo del lunes por la mañana!

La verdad es que no me sobran los argumentos sobre los tratamientos termales, y cada vez me siento más inquieta, porque Michele no aparece. Seguro que llamó a la policía cuando me vio entrar con Pisani y Vernini en el portal, pero no creo que me haga la canallada de esperar a que lleguen los coches patrulla para subir con los policías. Hace rato que pasaron ya los doscientos segundos que acordamos. ¿Qué demonios le habrá sucedido?

Me desvío ahora hacia Colombo para poder continuar la conversación:

—¿Estrangulará también a Colombo, después de haber encontrado vídeos pornográficos en su móvil, o solo quiere chantajearlo? ¿Piensa pedirle que espíe por usted y le cuente lo que está tramando Cruella?

Vernini parece disgustado por mis rastreras insinuaciones, no es el tipo que organiza conspiraciones con los empleados que desprecia. De hecho, se vuelve hacia Pisani y le ordena en tono gélido:

—¡Hágala callar, por favor! Yo me voy. Si oigo a esta mujer decir otra palabra le cortaré la lengua, ¡y no tengo ganas de mancharme de sangre!

Dicho esto, abre su maletín y saca un rollo de cuerda blanca, que entrega a Gino. El esclavo responde, solícito:

—No se preocupe, señor, ¡yo me ocuparé de todo!

El director se encamina hacia la puerta, es evidente que no quiere asistir a la ejecución. Pero después se detiene un segundo con la mano apoyada en el picaporte, como si hubiera reconsiderado algo. ¿Me irá a conceder la gracia?

No, no ha cambiado de idea, porque se limita a decir a Pisani en tono neutro y profesional:

—Disculpe, Gino, casi me olvido, ¿puede pasar a recogerme mañana por la mañana, a las siete y media? —Acto seguido se vuelve hacia mí y añade sonriendo—: ¡No creo que el señor Rivarbella se disguste por no verla mañana en la oficina!

Lo miro aterrorizada mientras hace ademán de salir, e intento retenerlo por última vez:

—¿Su mujer sabe lo que están haciendo?

—¡No ose nombrar a mi mujer! —replica con violencia.

He encontrado su punto débil, así que me conviene insistir.

—Puede que sea una abogada famosa, pero vive con un asesino, ¿cómo es posible que no se haya dado cuenta?

Vernini adopta una expresión solemne.

—Zanardelli, no soy un asesino y no disfruto viendo sufrir a las personas, de no ser así no la narcotizaría antes de estrangularla. Pero la gente como usted es inútil, y tarde o temprano todos comprenderán que la mía es solo una obra benéfica.

No me rindo:

—Pero ¿su mujer sabe lo que hace usted o no?

—¡No lo sabe! —brama—. ¡Pero se alegraría si le contara que estrangulo a los afiliados al sindicato!

Si sobrevivo, debo contarle esto a Cruella.

—¿Me dejarán bien arregladita cuando muera, como hicieron con los demás? —farfullo, sin saber ya qué decir.

Vernini esboza una sonrisa entre engreída y misericordiosa:

—Yo libero el sistema de los zánganos como ustedes. La única manera de deshacerse de los que ya no sirven para nada en el mundo laboral es matarlos. Por eso le pido siempre a Gino que deje todo en orden. ¡Lo único que hacemos es limpiar! —Luego, crispado, ordena a su chófer—: Dese prisa, por favor, ¡esta estúpida nos está haciendo perder tiempo!

Me veo ya muerta con las manos juntas sobre el pecho, porque Michele no va a llegar a tiempo, a saber dónde se ha metido ese desgraciado, quizá haya tenido miedo de subir a mi piso cuando los vio, o igual se ha distraído leyendo una historia de las catedrales góticas en ocho tomos.

En un insensato gesto de desesperación, me tiro al suelo de rodillas e imploro a Vernini:

—Le juro que romperé el carné del sindicato y que no volveré a hablar con un sindicalista en toda mi vida. ¡Y no volveré a grabar un vídeo en la antesala de su despacho, se lo prometo, pero se lo ruego, por favor, no me mate!

Vernini se ríe despiadado y dice a Pisani:

—Apresurémonos con esta cretina. Y no se deje conmover por sus lágrimas de cocodrilo. ¡Podía habérselo pensado antes de organizar asambleas para reclamar baños de lodo!

Aún de rodillas, expreso mi último deseo:

—¿Puede pedirle a Gino que me estrangule en el dormitorio? Me gustaría morir en mi cama, así a él también le resultará más fácil ordenar todo después.

Vernini me lo concede:

—De acuerdo. Gino, estrangúlela en el dormitorio, dado que lo desea tanto. —Acto seguido se despide de mí con una sonrisa cordial forzada—. ¡No creo que volvamos a vernos, mi querida sindicalista! —Por último, abre la puerta y sale sin despedirse de su tiralevitas.

Pisani y yo nos quedamos a solas. Sé que no servirá de nada suplicarle, así que me levanto del suelo. Intentaré afrontar la muerte con un poco de dignidad. Me dirijo resignada al dormitorio, maldiciendo a Michele.

Cuando entramos en la habitación, Pisani enciende la luz y señala la cama:

—¡Túmbese, señora!

Me tumbo. Mientras él vuelve a echar éter en el algodón, pronuncio mis últimas palabras:

—¿También usted odia tanto a los que estrangula?

Gino responde inexpresivo:

—No es nada personal, me limito a hacer lo que me dice el señor…

Una especie de tubo negro lo golpea en la cabeza. Se desploma como un árbol talado por una sierra.

Me quedo muda. Apenas me doy cuenta de lo que está ocurriendo. Un hombre se inclina sobre el asesino, que está inconsciente.

Solo lo reconozco cuando alza la cabeza y saca el móvil del bolsillo de su pantalón: es Federico.

Puede que ya esté muerta y que no me haya dado cuenta.

—¿Qué haces aquí? —le pregunto.

—Mi trabajo —responde con calma. A continuación se sienta en la cama, a mi lado, y teclea un número. «Estoy con Zanardelli, está fuera de peligro», le dice a su interlocutor. «He esposado a Pisani. ¿Habéis arrestado a Vernini?».

Pero no alcanza a terminar la frase, porque el inspector Lattanzi entra corriendo en la habitación seguido de media docena de policías apuntando con sus pistolas.

—¿Todo en orden, agente Palizzi? Hemos detenido a Vernini, pero ¿dónde está el otro?

Federico señala a Pisani, que yace en el suelo.

—Aquí lo tiene, le he dado un golpe en la cabeza, llamen a una ambulancia. Mejor dicho, llamen a dos: otra para Francesca. Será mejor que la reconozca un médico, está en estado de *shock* —dice a Lattanzi, y luego me susurra al oído—: Tranquila, todo ha terminado.

Siento que su mano robusta aprieta con fuerza la mía, fría y sudorosa. Apenas me da tiempo a pensar «qué vergüenza, le parecerá que está tocando una anguila» antes de perder el conocimiento.

HÉROES EMPRESARIALES

No sé cuántos días he tenido el móvil apagado, porque los periodistas me acribillaban a llamadas. Querían invitarme como huésped de honor a la televisión, sin tener que usar al doble para la escena del intento de estrangulamiento. Incluso me ofrecieron un par de portadas, pero espero que todos se olviden pronto de la «empleada que casi muere a manos del asesino», incluidos los criminólogos, que tendrán que escribir sus libros sobre Vernini sin tener el placer de entrevistarme.

El fiscal Guidoni me explicó todo. El agente Federico Palizzi, licenciado en Informática y colaborador de la policía, se había infiltrado en la empresa poco antes de la muerte de Santi. Vernini sabía de sobra que un agente se había incorporado al personal, incluso propuso a Federico que dijera que era un consultor informático como tapadera y le aconsejó que fuera al trabajo solo un par de veces por semana para no llamar demasiado la atención.

Quizá al director le habría gustado matar a Santi también en el baño, pero a esas alturas había ya demasiadas cámaras y la presencia de un policía en la empresa le hizo actuar con mayor prudencia.

Después del suicidio de Ferrari, el fiscal asignó a Federico una nueva tarea: buscar pruebas de que el difunto había sido realmente el asesino de empleados. Protegido por su tapadera, Federico había empezado a analizar los ordenadores de Ferrari con la esperanza de encontrar algún email, quizá torpemente cancelado, en que mi exjefe amenazase a sus colaboradores.

Pero cuando, después del homicidio de Galli, apareció otro asesino en serie, Guidoni puso a «Petrificación y Dolor» bajo vigilancia, para lo cual pidió a Federico que pasara todo el día en nuestra empresa. Él se dio cuenta enseguida de que Michele me seguía en coche, tanto por la mañana como por la noche, de manera que media jefatura nos vigilaba de Milán a Rozzano, con la esperanza de pillar a Michele mientras rodeaba mi inocente cuello con la cuerda.

Todos estaban convencidos de que el asesino era él —¡mi pobre compañero de la hora de la comida!— y Guidoni confiaba en cerrar el caso lo antes posible.

Así pues, nadie había prestado atención al dúo Vernini-Pisani cuando éste se metió conmigo en el portal, porque todos estaban concentrados en el pobre Michele. Y cuando mi salvador intentó entrar usando la copia de llaves, lo arrestaron y lo metieron esposado en un coche patrulla.

Michele suplicó a los policías que corrieran a mi casa, donde el verdadero asesino estaba a punto de matarme, pero la agitación era tal que nadie lo escuchó. Solo cuando Federico asomó la cabeza al coche patrulla y se presentó como agente, Michele pudo contarle la trampa satánica que yo había urdido para atrapar a Vernini. Federico le creyó y corrió a salvarme, a la vez que ordenaba a Lattanzi que detuviera a Pisani y a Vernini si salían de mi casa.

Al final solo estuve a solas con mis casi asesinos menos de cinco minutos, si bien a mí me parecieron más largos que una vida eterna en el infierno, asándome en la parrilla de un demonio.

Hace un mes que el director y Pisani están en la cárcel, pero no hablan, según explican los periodistas, que están decepcionados por su silencio: «Se niegan a colaborar y permanecen mudos durante los interrogatorios. Ni siquiera han seguido la costumbre habitual de acusarse recíprocamente, con la esperanza de descargar en el otro toda la responsabilidad».

Guidoni convocó a la prensa para leer un comunicado: «La fiscalía lamenta la muerte del señor Ferrari, que no tuvo fuerzas para esperar a que se reunieran las pruebas que demostraran su absoluta inocencia». Los cronistas se limitaron a publicarlo, olvidándose de añadir sus disculpas, como si no hubieran participado en el tiro al blanco contra el monstruo, ayudados por los vecinos, entrometidos y mezquinos.

Vernini solo hizo una declaración hace unos días, de menos de veinte palabras: «Pisani no es culpable, solo ejecutó mis órdenes. Y mi mujer no sabe nada». Pero esto no salvará al chófer factótum de la cadena perpetua, dado que él estranguló a los empleados. En cualquier caso, Gino estará en buena compañía. También Vernini, inductor de tres homicidios más un intento —el mío—, recibirá la «pena máxima».

En cambio, mis padres han salido para siempre de la catacumba con congelador en que se habían encerrado. Ahora buscan en internet billetes de oferta para cruceros en el Caribe y dentro de dos semanas partirán de nuevo. Mi madre ha dejado de delirar sobre mi próxima boda y se contenta con tener una hija viva, aunque solterona. No consigo quitarle esa palabra de la cabeza.

Yo he sido trasladada a Gestión de Riesgos: necesitaba cambiar de aires y creo que el departamento me va como anillo al dedo después de mis últimas experiencias. Cuando llegó el nuevo director, le pedí enseguida que me sacase de Planificación y él ni siquiera tuvo dudas, según me dijo Laura, a quien ya no le asusta hablar con nosotros, los seres humanos, cuando baja a beber un café.

Lo único que siento es no ver más a Federico. Me desmayé después de que hubiera detenido al infame de Pisani, y cuando me desperté en la ambulancia ya no estaba. Ha desaparecido, se ha volatilizado, ni siquiera ha pasado por la oficina.

Por lo demás, mis días siguen siendo iguales, pero pasan más aprisa. A las doce y media voy a comer como siempre a la taberna egipcia con Michele, que ahora protesta porque me río demasiado, incluso de mis propias ocurrencias. Pero si pienso en las noches en que no pegaba ojo esperando a Vernini, me basta realmente poco para estar de buen humor. También Maurizio ha desaparecido de mi mente. No queda ni rastro de él, se ha borrado por completo de mi memoria.

Hasta me he matriculado en un curso de *bharatanatyam*, una danza hindú en que debes sonreír mientras bailas. La música de los tambores me hace sentir más próxima al ritmo real de mi nueva vida, más rápida y arrebatadora que la de antes. Y cuando vuelvo a casa por la noche, estudio los libros de Macroeconomía, porque he vuelto a la universidad. No quiero llegar a ser jefecilla, como Santi, pero espero encontrar un trabajo más excitante.

Solo los sueños me atormentan aún. Tengo siempre la misma pesadilla. Vernini sale de improviso de un bosque húmedo y tétrico, con unos guantes de pecarí negros en las manos. Se ríe maligno, porque, en lugar de ramas, los árboles tienen unas largas garras de acero que se agitan. El director es el amo y ordena a las garras que me maten. Las frondas metálicas giran alrededor de mi cuello y se enroscan a él hasta que me ahogan. Entonces me despierto con una sensación de asfixia.

No obstante, esta noche me empecino en no soñar con Vernini. No quiero volver a soñar con él nunca más.

Me duermo y en el bosque de mis pesadillas se produce el milagro: Federico y Michele me están esperando con sus espaldas apoyadas en el tronco de un árbol. Se alegran de verme y quieren pasear conmigo. Salimos del bosque y caminamos entre dos hileras de viñas, iluminados por el sol. La oscuridad se ha desvanecido y su lugar lo ocupa ahora el azul celeste de los cuentos.

Son las doce y media. Salgo de la oficina con Michele, que echa a correr como un rayo. Cuando me dispongo a seguirle el paso, una mano se apoya en mi brazo, apretándolo un poco, como si quisiera pararme.

Doy un brinco y me vuelvo aterrorizada, por un momento tengo miedo de que Pisani se haya escapado de la cárcel para ejecutar la orden fallida del director. Pero es Federico. Parece avergonzado.

—Perdona, Francesca, ¡no quería asustarte, pero te estabas escapando! ¿Puedo comer con vosotros?

Siento que mi lengua se pega al paladar como si le hubieran pasado un secador de pelo.

—Claro, ¡me alegro de volver a verte, mi querido excolega!

Caminamos juntos hacia la taberna, paseamos como en el sueño, pero no consigo despegar la lengua del paladar, presa del mismo estado cataléptico del día de la asamblea. Cuando nos sentamos, nos traen el menú y, por decir algo, suelto a la ligera:

—Quién sabe qué delicias nos esperan hoy. ¡El viernes suelen hacer pasta al pesto!

Michele me mira esbozando una sonrisita.

—¿Has heredado la costumbre de adivinar el menú?

Me pongo como un tomate maduro. De todas las estupideces que podía haber dicho, he elegido la peor. Me limito a escuchar la conversación, resuelta a no volver a abrir la boca, ni siquiera para hablar del tiempo. Muda como un pez, logro tragarme los *tortellini* con nata y un poco de macedonia. Pero luego, mientras Michele habla de un refugio de montaña al que acaba de ir con su novia —cuando está de vacaciones camina veinte kilómetros al día por lo menos—, Federico me pregunta algo.

Su voz parece procedente de otro planeta que se encuentra a varios años luz de distancia.

Al principio solo entiendo:

—Valle de Brembana.

Lo miro con una expresión tan vacía que él repite la pregunta:

—¿Has ido alguna vez al refugio del paso San Marco, en el valle de Brembana?

Boqueo un par de segundos y luego, sin saber cómo, logro decir:

—No.

Federico me sonríe.

—¿Y si fuéramos juntos el domingo que viene?

Yo, entonces, casi sin poder respirar, jadeo patéticamente:

—Sí.